SIGRID NEUREITER

Kurschattenerbe

SCHATTEN ÜBER MERAN In St. Michaela, einer Ortschaft in der Nähe Merans, wird ein Südtiroler Heimatmaler in seinem Atelier erschlagen. Während die Polizei nach dem Mörder sucht, versammeln sich Mittelalter-Experten im Meraner Kurhaus zu einem Symposium über den Minnesänger Oswald von Wolkenstein. Auch die PR-Beraterin Jenny Sommer reist an. Am nächsten Morgen erhält sie eine SMS von Professor Arthur Kammelbach, dem Leiter des Symposiums. Darin sagt er seine Teilnahme ab. Jenny ist beunruhigt, da sie ihn seitdem nicht mehr erreichen kann.

Getrieben von Neugier und Sorge dringt Jenny in Kammelbachs Hotelzimmer ein und stößt auf einen Zeitungsausschnitt. Darin wird über den Mord an dem Maler berichtet. Jenny ist nun überzeugt, dass es zwischen Kammelbachs Verschwinden und dem Mord einen Zusammenhang gibt. Sie beginnt zu ermitteln.

Sigrid Neureiter, geboren in Salzburg, studierte Germanistik an der dortigen Universität und arbeitete als Journalistin und PR-Managerin. Sie betreibt eine eigene PR-Agentur in Wien. Ihre Mutter ist Innsbruckerin, ihr Vater wurde in Meran in Südtirol geboren. Mit »Kurschattenerbe« legt die Autorin ihren zweiten Krimi aus Südtirol vor.

Bisherige Veröffentlichungen im Gmeiner-Verlag:
Dolomitenrot (2015)
Burgfrieden (2012)

SIGRID NEUREITER

Kurschattenerbe

Kriminalroman

GMEINER SPANNUNG

Personen und Handlung sind frei erfunden.
Ähnlichkeiten mit lebenden oder toten Personen
sind rein zufällig und nicht beabsichtigt. Die Ortschaft St. Michaela ist
eine Erfindung der Autorin.

Besuchen Sie uns im Internet:
www.gmeiner-verlag.de

Im Ehnried 5, 88605 Meßkirch
Telefon 07575/2095-0
info@gmeiner-verlag.de

3. Auflage 2017

Lektorat: Sven Lang
Herstellung: Julia Franze
Umschlaggestaltung: U.O.R.G. Lutz Eberle, Stuttgart
unter Verwendung eines Fotos von: © Edith60 – Fotolia.com
Druck: CPI books GmbH, Leck
Printed in Germany
ISBN 978-3-8392-1434-3

Für meine Eltern

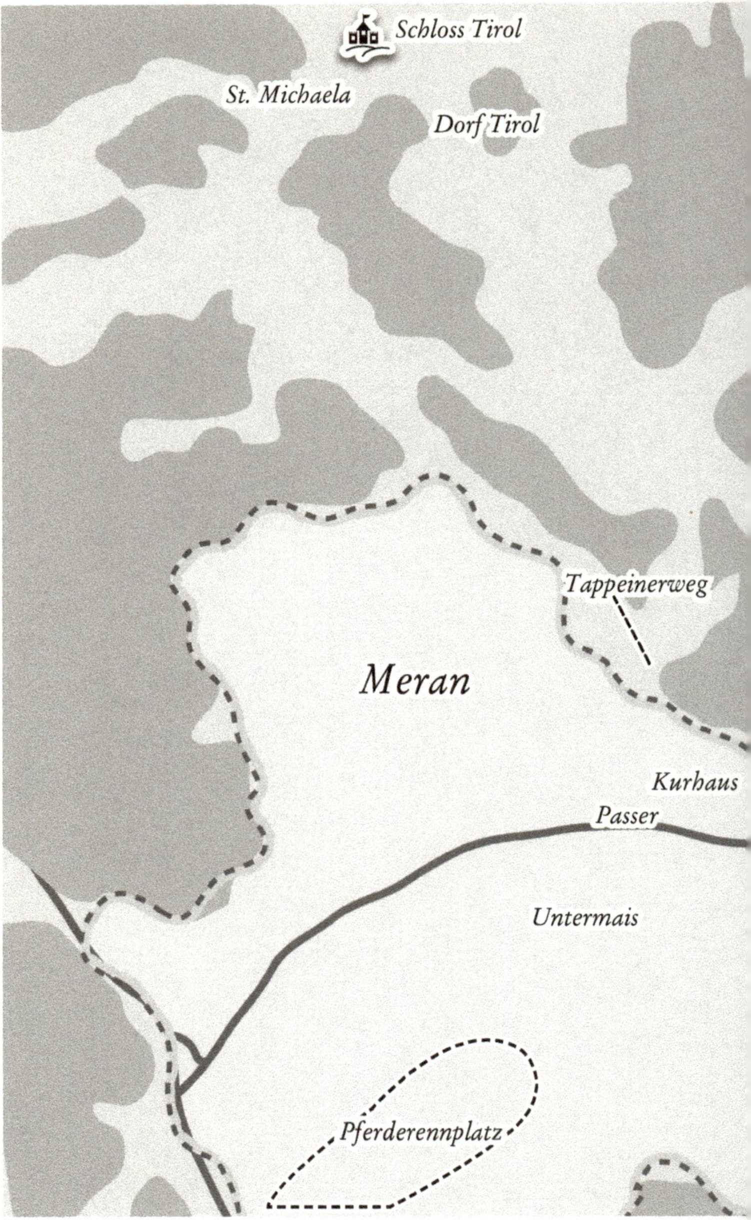
Schloss Tirol
St. Michaela
Dorf Tirol
Tappeinerweg
Meran
Kurhaus
Passer
Untermais
Pferderennplatz

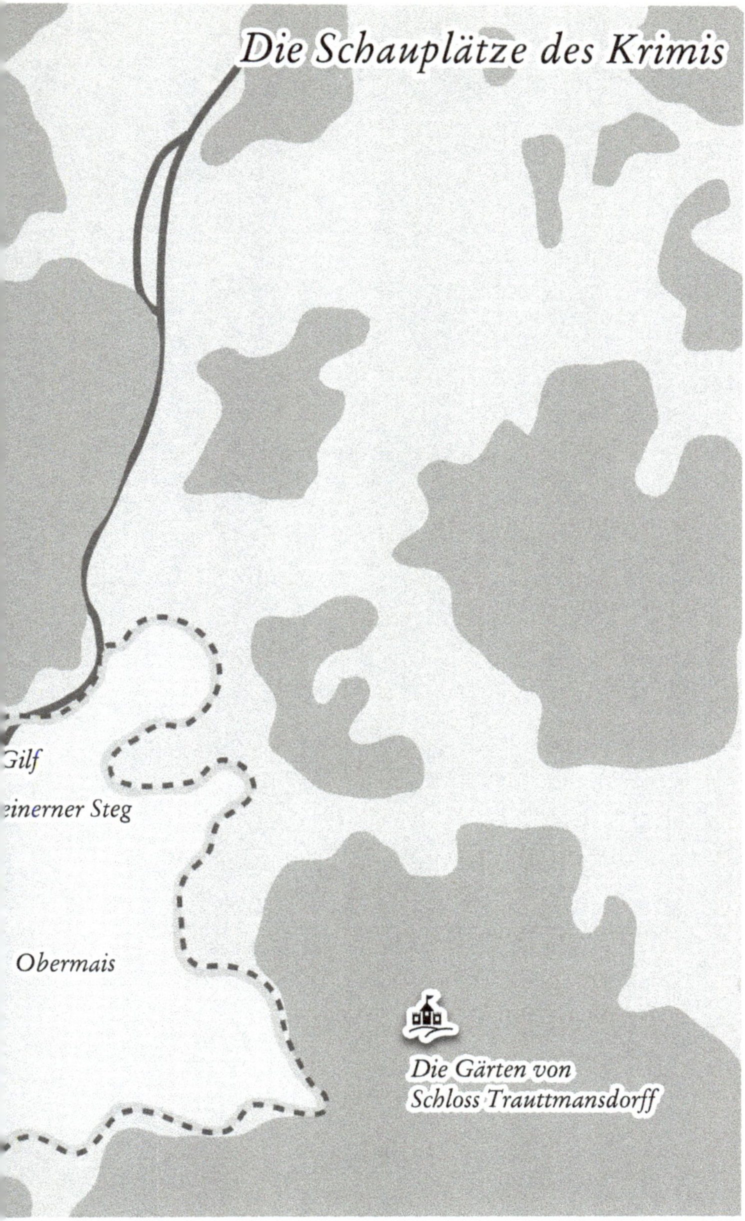
Die Schauplätze des Krimis
Gilf
einerner Steg
Obermais
Die Gärten von
Schloss Trauttmansdorff

NULL

Südtiroler Heimatmaler tot aufgefunden

Einen schrecklichen Fund machte gestern die Haushälterin des bekannten Südtiroler Heimatmalers Peter Mitterer aus St. Michaela in Dorf Tirol. Die Frau kam wie jeden Morgen zum Aufwarten in das Haus des Mannes. Eine Blutspur ließ sie Schlimmes ahnen. Schließlich fand sie Mitterer an der Schwelle zu seinem Atelier auf.

Die Sanitäter des Rettungskommandos konnten nur den Tod des Malers feststellen. Die Polizei geht von einem Verbrechen aus. Genaueres könne man erst nach Vorliegen des Obduktionsbefundes sagen, erklärte Vizequästorin Franca Bertagnoll dem *Meraner*. Laut der Haushälterin wurde nichts gestohlen.

Peter Mitterer war ein geschätzter Künstler. Sein letzter großer Zyklus wurde vor zwei Jahren im Südtiroler Landesmuseum auf Schloss Tirol gezeigt. Seither war es ruhig um den Maler geworden. Geschäftsführung und Belegschaft des *Meraner* trauern um einen Sohn Südtirols.

Der Meraner, 30. Mai 2011

MONTAG

EINS

Gerade mal zehn Jahre alt,
wollt' ich mir die Welt anseh'n.
Bei Christen, Moslems und Orthodoxen
fand ich Unterschlupf
mal frierend, mal schwitzend, mehr schlecht als recht.
Drei Pfennig und ein Stück Brot im Sack
war alles, was ich von zu Hause mitnahm.
Laufbursche war ich, Pferdeknecht und Koch,
sogar zum Ruder musst' ich greifen.
Bis Kreta ging's, hin und retour,
ich pfiff schon aus dem letzten Loch.

Nach Oswald von Wolkenstein ›Es fügt sich‹

Jenny Sommer betrat den Burghof von Schloss Tirol nahe der Kurstadt Meran. Durch das offene Fenster des Rittersaales klangen Singstimmen und Instrumente. Das Ensemble probte. Ein kräftiger Bariton unterbrach die schwungvolle Darbietung: »Viola, dein Einsatz war zu spät. Bitte von vorn.«

Die hohe Frauenstimme, die zu vernehmen war, gehörte mit Sicherheit der Angesprochenen. »Nein, ich war nicht zu spät. Ihr anderen wart zu früh.« Gemurmel setzte ein, das stetig an Lautstärke zunahm. Jenny vermeinte ein »Natürlich, wir sind schuld« herauszuhören. Die Männerstimme erhob sich wieder. »Ruhe bitte, wir probieren es noch einmal.«

Jenny zog die Augenbrauen hoch. Das fing ja gut an. Hoffentlich einigten sich die Musiker bis zu Beginn des Konzerts. Eine misslungene Aufführung wäre das Letzte, was sie heute Abend gebrauchen konnte. Immerhin traten die ›Freudenklänge‹, so der Name des Ensembles, ja nicht vor irgendwelchen Banausen auf, die ohnehin keinen Unterschied zwischen richtig und falsch bemerkten. Die gesamte Elite der Forschung über Oswald von Wolkenstein versammelte sich heute Abend. An die 200 Experten aus Europa und Übersee waren zu dem Symposium über den berühmten Dichtersänger angereist, der im 15. Jahrhundert in Südtirol gelebt und gewirkt hatte. Diesen Leuten konnte man kein D für ein E vormachen. Viola würde gut daran tun, an ihrem Tempo zu feilen, um mit den anderen Ensemblemitgliedern Schritt halten zu können.

Wozu sonst hatten sie die ›Freudenklänge‹ engagiert? Die Gruppe, die samt und sonders aus Absolventen der Hochschule für Alte Musik in Basel bestand, war in Fachkreisen berühmt für ihre gelungenen Interpretationen mittelalterlicher Lieder. Momentan machten sie allerdings keinen besonders professionellen Eindruck. Da konnte man nur hoffen, dass der Chef der Truppe seine störrische Interpretin bis zu Beginn der Vorstellung zur Räson brachte.

Jenny setzte sich auf eine der Bänke im Burghof von Schloss Tirol. Nur einige wenige Fahrzeuge und Taxis mit einer speziellen Genehmigung durften den schmalen Weg, der von Dorf Tirol zum Schloss führte, befahren. Der Großteil der Besucher zog es daher vor, die etwa 20-minütige Strecke bis zur Burg per pedes zu bewältigen.

Der Fußmarsch erforderte gute Kondition. Zwar ging es zunächst recht eben dahin, und der Wanderer konnte das herrliche Panorama mit Blick auf Meran und die umliegenden Berge genießen. Doch je näher Jenny dem mächtigen Gebäude, das die Grafen von Tirol im 11. Jahrhundert erbaut hatten, kam, desto steiler ging es bergauf. Wer auf dem Weg entlang des vor allem im Frühjahr und Sommer meist feuchtschwülen Sonnenhanges nicht ins Schwitzen geriet, dem trieb die letzte steile Serpentine, die zum Burgtor führte, mit Sicherheit den Schweiß auf die Stirn.

Wenn man Pech hatte, auch in die Achselhöhlen. Jenny hob diskret den rechten Arm, um sich zu vergewissern, dass ihr Deo die Strapazen ausgehalten hatte. Schließlich war sie nicht zum Vergnügen hier, sondern in offizieller Funktion. Als PR-Beraterin hatte sie sich um die Öffentlichkeitsarbeit für das Symposium zu kümmern. Ihr ehemaliger Doktorvater Arthur Kammelbach, Germanistikprofessor aus Salzburg und wissenschaftlicher Leiter des Symposiums, hatte ihr diesen Auftrag verschafft. Die Pressekonferenz würde morgen im Kurhaus von Meran stattfinden, wo auch das Symposium tagte. Jenny wollte heute am Eröffnungsabend auf der Burg einen guten Eindruck machen.

Eigens für die Kongressteilnehmer waren Shuttlebusse eingesetzt worden. Jenny hätte den Service nutzen können. Doch sie hatte es vorgezogen, sich alleine auf den Weg zu machen. Mit dem Bus der Linie 221 war sie von Meran nach Dorf Tirol heraufgefahren und von dort zu Fuß auf die Burg gegangen.

In Wien, wo sie ihre PR-Agentur betrieb, hatte sie keine Gelegenheit zu ausgedehnten Wanderungen in der freien Natur. Daher war sie fest entschlossen, bei ihrem Aufenthalt das Nützliche mit dem Angenehmen zu verbinden und möglichst viel Südtiroler Bergluft einzuatmen.

Mittlerweile bezweifelte sie allerdings, dass der Fußmarsch eine gute Idee gewesen war. Nach den starken Regenfällen der vergangenen Tage hatte sich die Sonne ihren Weg durch die Wolken gebahnt und verbreitete eine drückende Schwüle.

Jenny wiederholte den Achselhöhlentest, diesmal auf der linken Seite. Schweißgeruch war definitiv das Letzte, was sie heute Abend gebrauchen konnte – abgesehen von einer glänzenden Nase.

Rasch nahm sie die Puderdose aus ihrer Handtasche und betrachtete sich in dem kleinen runden Spiegel. Kein Zweifel, es gab Renovierungsbedarf.

Nachdem sie das Döschen wieder zugeklappt und verstaut hatte, machte sie sich auf den Weg zur Toilette. Dabei fiel ihr Blick auf den Bergfried, der die imposante Anlage überragte. Sie hatte im Vorfeld einiges über die Burg gelesen und wusste, dass dort das einstige Verlies lag. Die Haftbedingungen in dem Kerker waren so hart gewesen, dass kaum einer der Verurteilten je wieder lebend herausgekommen war.

Jenny schauderte. Es war gar nicht so lange her, dass sie unfreiwillige Bekanntschaft mit einem Verlies gemacht hatte.

Die Stimme des Baritons rief sie zurück in die Gegenwart: »Bitte von vorn.« Viola hatte offenbar noch immer nicht das richtige Tempo gefunden.

*

»Krischtl, du kannsch die Becher herstellen. Na, Walther, tua nimmer di Tisch hin- und herrucken, sunsch follt alls wieder oi.«

Martha Tappeiner stieß die Kommandos stakkatoartig hervor. Bis zum Eintreffen der Gäste dauerte es nicht mehr lange, und nach wie vor herrschte hier das reinste Chaos. Dabei hatte sich die Betreiberin eines Buschenschanks in St. Michaela ursprünglich sehr über den Auftrag gefreut. Bei der heutigen Soirée sollte sie für das leibliche Wohl der Anwesenden sorgen. An die 200 Doktoren, die alle an einem großen Kongress über Oswald von Wolkenstein teilnahmen, galt es zu verköstigen. Dazu kamen einige wichtige Leute aus der Gegend. Der Bürgermeister hatte sich angesagt, der Direktor des Tourismusvereins und sogar die Vizequästorin vom Kommissariat in Meran.

Fehlte nur, dass der Landeshauptmann höchst persönlich auftauchte. Immerhin war er oberster Chef des Südtiroler Landesmuseums, das auf Schloss Tirol beheimatet war. Er stand, soviel sie wusste, allerdings nicht auf der Gästeliste.

Auch so brachte die heutige Veranstaltung Martha Tappeiner beinahe an die Grenzen ihrer Kapazitäten. Aperitif mit Spezialitäten von Burg und Berg, in der Pause Schmankerln aus Kammer und Kessel – so hatte der Auftrag gelautet.

Normalerweise arbeiteten die Betreiber der Burg fix mit einer Gastwirtschaft der Umgebung zusammen. Doch ihr einflussreicher Arbeitgeber, bei dem Martha ihr saisonal schwankendes Einkommen im Buschenschank aufbesserte, hatte dafür gesorgt, dass diesmal sie zum Zug kam.

Inzwischen bereute sie ihre Zusage allerdings. Zuerst hatten die Auftraggeber von ihr verlangt, dass sie und ihre Helferinnen sich in grobe Leinenkittel kleideten. Die beiden Burschen im Team mussten lederne Kniehosen und lose herabfallende Baumwollhemden tragen. Das alles, um dem Ganzen eine authentische, mittelalterliche Note zu geben.

Doch die sackartige Bekleidung passte hinten und vorne nicht, der derbe Stoff kratzte und die langen Röcke waren bei der Arbeit eher hinderlich. Den Burschen schien es mit ihren um die Schenkel flatternden Hosen auch nicht besser zu gehen. Damit nicht genug, lautete der Auftrag, dass sie neben Bier – von der altehrwürdigen Brauerei Forst – und Wein – von den Hängen hinter Schloss Tirol – auch etwas Typisches ohne Alkohol ausschenkten.

Apfelsaft hatte sie vorgeschlagen, schließlich war die ganze Umgebung voller Apfelbäume. Zu wenig originell, hatte es geheißen. Sie möge sich etwas anderes einfallen lassen. Bis sie auf die Idee mit dem Rosenwasser gekommen war, das sie aus Rosenblüten selbst hergestellt hatte.

Ein polterndes Geräusch ließ Martha aufschrecken. Ah, Walther und Luis rollten das Bierfass herein. War ja auch Zeit geworden. Es musste rechtzeitig aufgebockt werden, damit der Bürgermeister den Anstich vornehmen konnte. Martha fragte sich, ob hier nicht ein wenig zu viel Aufwand für die gelehrten Gäste betrieben wurde. Andererseits war es ihr recht. Einen Zuverdienst konnte sie wirklich gut gebrauchen, gerade jetzt, wo …

»Kann i schun zum Einschenken anfangen, Mama?« Die Stimme ihrer Tochter riss Martha aus ihren Gedanken. Mit geröteten Wangen stand die Kleine da und versuchte gerade, einen mit Wein gefüllten Krug zu stemmen. »Na, wart no a bissl, bis die Gäschte kemmen.« Martha blickte liebevoll auf das Mädchen. Eine Schönheit war sie zwar nicht – die flachsblonden Haare hingen ihr strähnig auf die Schultern und die Krankenkassenbrille schmeichelte ihr auch nicht gerade. Dafür war die Gitsch* tüchtig. Erst zwölf Jahre alt und half bereits überall mit. Aus der würde was werden, da war sich Martha sicher.

*

Eine andere Mutter betrachtete ihre Tochter gerade weniger wohlwollend. Kateryna Maximowa saß im

* Südtirolerisch für Mädchen

Fonds des Wagens, der sie zum Schloss Tirol brachte. Neben ihr hatte sich die 13-jährige Sascha in den Sitz gelümmelt. Man sah ihr den Widerwillen deutlich an. So sehr Kateryna dazu tendierte, ihre Tochter zu verwöhnen und ihr ihren Willen zu lassen – hatte sie diesmal darauf bestanden, dass das Mädchen sie zur heutigen Soirée begleitete. Sie wollte sie nicht der Obhut von Victor und Juri überlassen, der beiden Bodyguards, die sie auf Wunsch ihres Managers und Vertrauten Tony Perathoner engagiert hatte.

Sie müsse der Tatsache, dass sie als Millionärin Personenschutz benötige, endlich ins Auge sehen, hatte Tony wiederholt gesagt. Bis sie ihm schließlich nachgegeben hatte. Daraufhin war er mit Victor und Juri, zwei ehemaligen Olympioniken aus der Ukraine, aufgetaucht, mit denen er bereits während seiner Zeit in Hollywood zusammengearbeitet hatte.

Sie seien absolut zuverlässig, zu ihnen habe er vollstes Vertrauen, hatte er gemeint, und Kateryna hatte ihn gewähren lassen. Sie war nach wie vor überzeugt, dass sie keine Leibwächter nötig hatte. Zumindest konnten sie ein Auge auf Sascha haben, die ein wahrer Wildfang war und sich ständig irgendwo herumtrieb.

Mittlerweile zweifelte Kateryna allerdings an der Fähigkeit der beiden Bodyguards. Sie hatten in erster Linie ihren Sport im Kopf und wollten unbedingt am Wildwasserwettbewerb teilnehmen, der nächstes Wochenende in Meran stattfand. Jede freie Minute nutzten sie, um zu trainieren. Und Sascha verschaffte ihnen genug Freizeit, indem sie die beiden ständig an der Nase herumführte, sie gegeneinander ausspielte und ihnen auf diese Art immer wieder entwischte.

Kateryna hatte das Treiben ihrer Tochter sehr wohl bemerkt. Sie scheute sich jedoch, Saschas Freiheitsdrang allzu sehr einzuschränken. Daher weigerte sie sich auch konsequent, eine Erzieherin für Sascha einzustellen, wie dies in ihren Kreisen üblich war. Immerhin hatte Kateryna die Lehramtsprüfung gemacht und ein paar Jahre unterrichtet. Sie wusste am besten, wie man mit jungen Menschen umging. Aus diesem Grund kam ihr eine Nanny nicht ins Haus, denn sie konnte es selbst nicht leiden, wenn man ihr Vorschriften machte, wie sie sich zu verhalten hatte. Wozu hatte sie denn das ganze Geld erworben, wenn sie es nicht genießen konnte und auf ihre Sicherheit bedacht sein musste?

Kateryna lehnte sich in den Sitzpolster zurück. Neben ihr sah Sascha missmutig aus dem Wagenfenster. Wenigstens mit ihrer Kleidung hätte sie sich ein wenig Mühe geben können. Wie sah ihre Tochter denn aus? Eine fadenscheinige und ausgebleichte Jeans, die ihr zu weit war, darüber ebenfalls ein viel zu weites T-Shirt in einer scheußlich grellen Farbe. Dazu der kurze, dunkelblonde Lockenschopf, über den sie eine Basecap gestülpt hatte.

Die Kleine legte es darauf an, wie ein Bub auszusehen. Dabei war sie so ein hübsches Kind, fast ein Teenager. Doch von Schminke, Stöckelschuhen und Jungen, wie das bei ihren Altersgenossinnen gang und gäbe war, wollte Sascha absolut nichts wissen. Das Einzige, was sie interessierte, war ihr Fahrrad. Ob zu Haus im südrussischen Sotschi, wo Kateryna, nachdem sie die Ukraine verlassen hatte, seit ein paar Jahren wohnte, oder hier in Meran: Ständig sauste sie mit dem Rad durch die Gegend. Was es ihr natürlich besonders leicht machte, Victor und Juri, die mit dem Auto unterwegs waren, abzuhängen.

Vielleicht sollte sie die beiden auch mit Fahrrädern ausrüsten. Das wäre gar keine so schlechte Idee. Sie könnten endlich besser auf Sascha aufpassen. Obwohl die beiden es sicher unter ihrer Würde betrachteten, von ihrem Mietwagen auf Fahrräder umzusteigen. Sie würde das mit Tony besprechen.

Kateryna nahm eine Bewegung wahr: Sascha geruhte endlich, den bisher starr zum Fenster gewandten Kopf in die Richtung ihrer Mutter zu drehen. »Wird Tony heute Abend auch da sein?«

Mein Gott, wenn das ihre einzige Sorge war. Wann würde Sascha ihre Aversion gegen den Mann an der Seite ihrer Mutter ablegen?

»Natürlich wird er da sein. Und wir drei werden einen sehr schönen Abend miteinander haben, mein Liebling.« Kateryna beugte sich zu ihrer Tochter hinüber und wollte den Arm um sie legen. Doch das Mädchen hatte sich wieder weggedreht und starrte aus dem Wagenfenster.

*

»Du willst nicht lieber den Shuttle nehmen?« Universitätsassistent Lenz Hofer war besorgt. Sein Chef, Professor Arthur Kammelbach hatte erklärt, den Weg von

Dorf nach Schloss Tirol zu Fuß gehen zu wollen. Doch Lenz wusste, dass der ältere Mann gesundheitliche Probleme hatte.

Wenn man fit war, war die Strecke kein Problem. Für jemanden mit einem schwachen Herzen, wie es bei Arthur laut Gerüchten unter den Kollegen der Fall war, konnte der Weg zur Strapaze werden – vor allem bei der Schwüle, die immer drückender wurde. Doch Arthur hatte darauf bestanden, zu Fuß zu gehen. »Mein Arzt hat mir Bewegung verordnet«, hatte er hinzugefügt.

Nun näherten sie sich dem Schloss. Arthur holte mit seinen langen Beinen zügig aus und legte ein beachtliches Tempo vor. Neben ihm ging Professor Maurice Jungmann. Der kleinere, aber sportlich durchtrainierte Kollege hielt mühelos Schritt. Knapp dahinter folgte Lenz.

Eine Dreierreihe wäre sich auf dem schmalen Weg, auf dem auch jetzt am Abend ein reger Besucherstrom in beide Richtungen herrschte, nicht ausgegangen, ohne ständig ausweichen zu müssen. Da hielt er sich lieber im Hintergrund.

Die beiden Wissenschaftler – der eine, Arthur, Experte auf dem Gebiet der mittelhochdeutschen Dichtung, der andere, Spezialist für Alte Musik an der Hochschule in Basel – leiteten gemeinsam das Symposium. Sie hatten sicher einiges zu besprechen, sollte doch morgen die Eröffnung des Kongresses und die Pressekonferenz stattfinden.

Im Gegensatz dazu hatte Lenz das Gröbste hinter sich. Seine Aufgabe war es gewesen, in Meran alles für den

Kongress vorzubereiten. Arthur hatte ihn dazu abkommandiert, weil der Professor der Meinung war, dass Lenz, ein gebürtiger Bozner, sich auch in Meran auskennen müsse. Was ja bis zu einem gewissen Grad auch der Fall war. Immerhin war es seine Idee gewesen, das Symposium, das ursprünglich auf Schloss Tirol hätte stattfinden sollen, in das Meraner Kurhaus zu verlegen.

Die Teilnehmer hatten sich derart zahlreich angemeldet, dass der Kongress auf der Burg nicht mehr möglich war. Allein 200 Leute täglich per Shuttle zwischen den Hotels in Dorf Tirol und dem Schloss hin und her zu karren, hätte die Logistik überfordert. Auf Lenz' Empfehlung hin wurde das Symposium in das Meraner Kurhaus, in dem längst keine Kuren, sondern Kongresse, Konzerte und andere Veranstaltungen stattfanden, verlegt. Lediglich die musikalische Auftaktveranstaltung sollte heute Abend auf dem Schloss, der ›Wiege des Landes Tirol‹, stattfinden.

Gedankenverloren betrachtete Lenz das beeindruckende Bauwerk. Von dort aus verwalteten die Grafen von Tirol einst ein Territorium, das vom Inntal über die Alpen bis zum Gardasee reichte. Auch die berühmt-berüchtigte Margarete Maultasch hatte dort regiert. Als ihr verhasster erster Gatte Johann Heinrich nach einem Jagdausflug heimkehren wollte, sperrte ihn Margarte kurzerhand aus und ließ ihn nicht mehr in die Burg. Bei dem Gedanken an die resolute Frau musste Lenz unwillkürlich an Jenny Sommer denken, die er im vorigen Jahr kennengelernt hatte.

»Hast du Frau Dr. Sommer schon getroffen? Sie ist heute angekommen.« Arthurs Frage riss Lenz aus seinen Gedanken. »Noch nicht. Werd' ich sie ja auf der Burg treffen«, beeilte er sich zu antworten.

Kaum hatte er den Satz zu Ende gesprochen, bemerkte er, dass Professor Jungmann sich zu ihm umgedreht hatte und ihn prüfend musterte. Hatte er wieder im Word-Rap gesprochen?

Lenz wusste um seine Angewohnheit, Subjekt und Prädikat zu vertauschen. Das war zu einer Zeit entstanden, in der er sich als Poet mit großer Zukunft gesehen hatte. Er hatte an Poetry Slams teilgenommen und seinen eigenen Vortragsstil entwickelt, indem er die deutsche Grammatik auf originelle Art abwandelte.

Die Marotte war ihm bis heute geblieben. Gegenüber Außenstehenden wie Professor Jungmann bemühte Lenz sich normalerweise um eine korrekte Ausdrucksweise. Jetzt war er offenbar wieder in das alte Muster gefallen.

Er musste sich zusammenreißen. Die Kongressteilnehmer würden es sicher als äußerst unangebracht empfinden, wenn der Assistent eines der beiden wissenschaftlichen Leiter kein korrektes Deutsch sprach.

Bevor Lenz Gelegenheit hatte, seinen guten Vorsatz in die Tat umzusetzen, betraten sie den Burghof. Viele der Kongressteilnehmer hatten sich schon eingefunden und labten sich am Aperitif, den bäuerlich gekleidete Frauen, Mädchen und Burschen aus großen Krügen in Steingutbecher schenkten.

Lenz sah Arthur mit ausgestreckten Armen auf eine Frau zugehen: Jenny Sommer. Da stand sie, genau so, wie er sie in Erinnerung hatte: klein, zierlich und ungemein energisch. Gerade mal einen Meter sechzig groß und 50 Kilo schwer drückte ihre ganze Haltung eine Kraft und Entschlossenheit aus, die er an sich selbst bisher vergeblich suchte.

Sie trug die kastanienbraunen Haare kürzer als beim letzten Mal, was ihr ein besonders jugendliches Aussehen verlieh. Wenn er es nicht besser gewusst hätte, er hätte sie für eine Studentin gehalten. Arthur hatte sie gerade am Arm genommen und führte sie zu ihnen.

»Maurice, ich möchte dich mit Frau Dr. Sommer bekannt machen, unsere PR-Expertin. Schade, dass du bei der Besprechung heute Nachmittag nicht dabei sein konntest. Ich bin sicher, ihr habt heute im Laufe des Abends Gelegenheit, euch vertraut zu machen.« Während die beiden einander die Hand schüttelten, wandte Arthur sich an Lenz: »Du und Jenny, ihr kennt euch ja bereits.«

Jenny wechselte ein paar Worte mit Professor Jungmann, bevor sie sich Lenz zuwandte.

»Hallo, wie geht es dir?« Die Floskel schien ihm betont förmlich. Auch der Blick, mit dem sie ihre Worte begleitete, war ganz und gar nicht freundschaftlich. Im Gegenteil, Lenz hatte den Eindruck, sie würde ihn am liebsten, wie weiland Margarete ihren Gatten, der Burg verwiesen.

Was war los? Hatte er sie beleidigt? Er wusste aus Erfahrung, dass sie leicht eingeschnappt war. Dabei hatte er nichts gesagt oder getan, das sie hätte verletzen können.

Vielleicht lag es daran, dass er bei der Besprechung am Nachmittag nicht dabei gewesen war. Sie hatten im

Zuge der Vorbereitung des Kongresses diverse Mails ausgetauscht und er hatte sein Kommen zu dem Meeting, bei dem letzte Details für die morgige Pressekonferenz geklärt werden sollten, angekündigt.

Ihm war jedoch etwas dazwischengekommen: Ein hochrangiger ausländischer Teilnehmer war nicht wie vereinbart vom Taxidienst am Flughafen in Bozen abgeholt worden. Lenz hatte sich darum gekümmert und die Besprechung vergessen. Schließlich ging ihn die Pressekonferenz ja auch nichts an. Er würde sowieso nicht am Podium sitzen. Er hatte eigentlich nur die Gelegenheit nutzen wollen, Jenny vor dem heutigen Abend wiederzusehen – was nicht geklappt hatte. Wahrscheinlich war sie deshalb sauer auf ihn. Er kannte sie gut genug, um zu wissen, dass sie ihm sein unentschuldigtes Fernbleiben übel nahm.

Gerade wollte er ihr die Sache erklären, da machte sie auf dem Absatz kehrt und erklomm die Stufen zum Eingang des Südpalas, jenem Trakt der Burg, in dem das Konzert stattfand. Im nächsten Moment war Professor Jungmann an ihrer Seite und bot ihr höflich den Arm, den sie entgegennahm. Lenz zuckte die Schultern. »Versteh einer die Frauen«, murmelte er vor sich hin und folgte der Menge, die in den Konzertsaal strömte.

ZWEI

Kreuz und quer hab' ich das Meer befahren,
in alle Himmelsrichtungen, auch wenn Stürme tobten.
Am Schwarzen Meer jedoch gab's nur eine Rettung:
Ein Fass, das ich umklammerte, als mein Schiff versank.
Mit ihm ging auch mein Kapital den Bach hinunter.
Ich und ein Russe überlebten.
Zusammen schwammen wir ans Ufer.

Nach Oswald von Wolkenstein ›Es fügt sich‹

In der Burgkapelle, die für die Dauer des Konzerts zum Aufenthaltsraum für die Ensemblemitglieder umfunktioniert worden war, legte Viola Vielle den Bogen neben sich auf die Kirchenbank. Liebevoll blickte sie auf das Instrument in ihrem Schoß, das weniger Versierte Geige oder Violine bezeichnet hätten. In Wahrheit handelte es sich jedoch um eine Vielle, etwas länglicher als eine Geige und das mittelalterliche Pendant zu dem Streichinstrument, wie man es heute kannte.

Vielle. Viola ließ sich den Begriff auf der Zunge zergehen. Was für ein glücklicher Zufall, dass der Name mit ihrem eigenen übereinstimmte. Zugegeben, ein wenig hatte sie nachgeholfen. Künstlernamen waren schließlich erlaubt.

Sie war eine Künstlerin, und was für eine! Bereits im

Kindesalter war sie durch ihre außerordentliche Musikalität aufgefallen und hatte Flöten- und Klavierunterricht bekommen. Trotzdem wäre sie lieber Balletttänzerin geworden. Violas großzügige Eltern hatten sie in dieser Hinsicht gefördert und mit ihren langen schlanken Gliedern war sie geradezu prädestiniert für eine Tanzkarriere. Das dachten auch ihre Trainer – bis sie eine Schwäche an Viola, die damals Margrit Peterle hieß, entdeckten: Sie konnte das Tempo nicht halten. Ein fatales Manko für eine Tänzerin. Wie sehr sich auch ihre Trainer bemühten, sie in ein Ensemble einzubinden, stets tanzte sie aus der Reihe. Irgendwann gab man ihr eine Chance als Solistin, in der Hoffnung, dass hier ihre Temposchwäche weniger auffallen würde. Doch die Elevenvorstellung wurde zum Desaster. Selbst der unmusikalischste Besucher bemerkte, dass Margrit dem Orchester hinterherhinkte. Der Applaus war entsprechend spärlich ausgefallen. Zudem hatte Margrit die Häme in den Gesichtern der ehrgeizigen Mütter ihrer Kolleginnen genau gesehen. Man gönnte ihr den Misserfolg von ganzem Herzen. Sie hängte ihre Ballettschuhe an den Nagel und nahm Geigenunterricht. Wenn sie ihren Körper nicht beherrschen konnte, sollte ihr dies zumindest mit einem weiteren Instrument gelingen.

Tatsächlich machte sie schnell Fortschritte. Mit dem Bogen wusste sie umzugehen, bald entlockte sie dem Instrument die wundervollsten Töne.

Ihre Probleme mit dem Tempo hatte sie allerdings nicht ganz beheben können. Doch sie hatte so hart an sich gearbeitet, dass diese Schwäche fast nicht mehr auffiel. An der Hochschule für Alte Musik in Basel überzeugte sie mit ihrer Virtuosität. Bald wurde sie Mitglied eines Studentenensembles, das sich der Wiederaufführung von Liedern Oswalds von Wolkenstein verschrieben hatte. Seine Liedtexte waren in zwei Handschriften, die er selbst in Auftrag gegeben hatte, überliefert. Dazu Melodien von solcher Fülle und Vielfalt, dass man sich Jahre damit beschäftigen und immer neue Interpretationsvarianten entdecken konnte.

Mit dem Eintritt in das Ensemble war der Zeitpunkt gekommen, die biedere Margrit Peterle abzustreifen und sich den Künstlernamen Viola Vielle zuzulegen. Fortan trommelten, sangen und fiedelten sich die fünf Studenten in die Herzen ihrer Zuhörer. Tobias Winkler, der Rührigste unter ihnen, übernahm die Aufgabe, die Gruppe auf professionelle Beine zu stellen. Anstatt des bisherigen Namens ›Basler Oldies‹, der an einem feuchtfröhlichen Abend in einer Studentenkneipe entstanden war, nannten sie sich fortan ›Freudenklänge‹. Tobias war es auch, der Sponsoren auftrieb, die ihnen die Produktion ihrer ersten CD ermöglichten, und der für sie die Verträge aushandelte.

Bald waren die einstigen Newcomer weit über die Schweizer Grenzen hinaus eines der gefragtesten Ensembles für Alte Musik. Selbst im Fernsehen waren sie bereits mehrfach zu sehen gewesen. Viola Vielle dachte mit Genugtuung an die Ballettmütter von früher zurück. Was für Gesichter die wohl machten, wenn sie Viola im Fernsehen sahen? Erfreut waren sie sicher nicht, denn keine ihrer ehemaligen Kolleginnen war auch nur annähernd so erfolgreich wie sie.

Mit 28 Jahren hatte Viola in ihrer Musikkarriere viel erreicht. Von ihr aus hätte es so erfolgreich weitergehen können. Wenn da nicht plötzlich ihre kleine Schwäche wieder aufgetaucht wäre. In den vergangenen Wochen hatte es deswegen in der Gruppe Feindseligkeiten gegeben.

Viola wusste sehr wohl, dass es ihr Fehler war, wenn sie mit ihrem Einsatz zu spät kam. Doch das hätte sie nie zugegeben. Sie beschuldigte die anderen, zu früh dran zu sein, und forderte sie auf, sich gefälligst ihrem Tempo anzupassen.

Tobias hatte bisher verhindert, dass der Streit offen ausgebrochen war. Doch sie hatte bemerkt, dass er der Einzige war, der zu ihr hielt. Das Verhalten der anderen drei wurde zunehmend dreister. Besonders Clara van Alt, die Mezzosopranistin, machte ihr mit giftigen Bemerkungen das Leben schwer. Viola vermutete, sie sei vor allem neidisch auf ihr gutes Aussehen. Kein Wunder, während Viola immer schlanker wurde, legte die andere an Umfang zu.

Viola betrachtete die Kollegin, die sich gerade ihr Seidenkleid über der üppigen Taille zurechtzupfte. Plötzlich beugte sie sich zu Viola. So leise, dass Tobias es nicht hören konnte, zischte ihr die Sängerin ins Ohr: »Das ist heute das letzte Mal, dass ich mich nach dir richte. In Zukunft hältst du das Tempo – oder du kannst deine Geige ein für alle Mal einpacken.« Damit erhob sich Clara, machte einen letzten vergeblichen Versuch, ihr Kleid über dem Bauch glatt zu streichen, und folgte Tobias. Der hatte gerade das Zeichen zum Auftritt gegeben. Viola nahm ihre Vielle und folgte den anderen durch die Kapellentür. Sie würden sie kennenlernen. Wenn es sein musste, konnte sie auch andere Saiten aufziehen.

*

Ein hoher, scharfer Ton ließ Jenny zusammenzucken. Gleich darauf vernahm sie ein Schnarren, das ihr Gänsehaut verursachte. Die Musiker hatten ihre Plätze auf der Bühne eingenommen und stimmten ihre Instrumente. Sie fragte sich, warum es nicht möglich war, dies vor dem Auftritt zu erledigen? Wahrscheinlich gehörte es zur Show. Das Publikum sollte ruhig sehen und vor allem hören, wie sich die Musiker Dompteuren gleich über ihre scheinbar wild gewordenen Instrumente hermachten, bis diese schließlich gezähmt waren und die lieblichsten Klänge verströmten.

Jenny sah sich im Raum um. Von ihrem Sitz im Seitenflügel des Rittersaales war die Sicht auf die Bühne wegen eines Stützpfeilers etwas beeinträchtigt. Dafür hatte sie die Sitzreihen im Mittelteil des Saales umso besser im Blickfeld. Ganz vorn in der ersten Reihe saßen Arthur Kammelbach und Maurice Jungmann. Die Professoren hätten, obwohl beide zwischen Mitte und Ende 50 und damit an Jahren fast gleich, nicht unterschiedlicher sein können. Arthur, groß und stattlich, sah man sein Alter allein aufgrund der stahlgrauen Haare, die er sich gerade wieder mit der für ihn typischen Geste in die Stirn strich, an. Wie immer war er trotz des heutigen festlichen Anlasses mit seinem rot-weiß karierten Hemd und dem etwas speckigen Ledersakko nachlässig gekleidet.

Daneben Maurice Jungmann: Kleiner als Arthur, dafür schlank, drahtig und gut trainiert. Jenny hatte, nachdem er sich beim Hineingehen sein Sakko aus feinem Tuch ausgezogen und um die Schultern gelegt hatte, die Muskeln unter dem zweifellos maßgeschneiderten blassrosa Hemd hervortreten sehen. Um den Hals trug er eine fliederfarbene Seidenkrawatte, aus der Brusttasche seines Jacketts lugte ein Stecktuch im passenden Farbton.

Der Mann legte Wert auf sein Äußeres und sah blendend aus. Braungebrannte, markante Gesichtszüge und dunkelblonde, mit hellen Glanzlichtern gesprenkelte Haare, die er etwas länger hinter das Ohr gekämmt trug, unterstrichen seine gepflegte und zugleich jugendliche Erscheinung. Mit übereinandergeschlagenen Beinen und geschlossenen Augen saß er da und wiegte den Kopf wie selbstvergessen zu den Klängen der Musik, die nun in voller Pracht den Raum erfüllte.

»Ist Platz?« Ein hochaufgeschossenes Mädchen mit einer Basecap auf dem Kopf stand vor Jenny und deutete auf den freien Sitz neben ihr. Mit einem knappen Nicken beantwortete sie die Frage. Der Teenager setzte sich. War das nicht die Tochter von Kateryna Maximowa, alte Bekannte von Arthur und großzügige Sponsorin des Symposiums? Heute Nachmittag hatte sie mit der Ukrainerin und Arthur die morgige Pressekonferenz besprochen. Das Kind war wie aus dem Nichts aufgetaucht. ›Meine Tochter Sascha‹, hatte die Mutter sie vorgestellt. Jenny ließ ihren Blick schweifen, um nach Kateryna Ausschau zu halten. In der Mitte der ersten Reihe entdeckte sie die auffallende Erscheinung der Ukrainerin neben einer streng aussehenden Dame im biederen Kostüm. Das musste die Vizequästorin sein, die oberste Polizeibeamtin der Region. Arthur hatte deren Kommen zum heutigen Konzert angekündigt.

Jenny unterdrückte ein Grinsen. Das war typisch für die Gegend. Wenn in Wien ein hoher Polizeibeamter in offizieller Mission an einer Veranstaltung teilnahm, tat er das, um zu ermitteln. Hier dagegen spielte der Vizequästor oder in dem Fall die Vizequästorin auch eine gesellschaftliche Rolle. Nur so war deren heutiges Erscheinen erklärbar. Oder hegte sie etwa einen Verdacht gegen einen der hier Anwesenden?

Plötzlich war Jenny nicht mehr zum Lachen zumute. Sie erinnerte sich an ihren letzten Aufenthalt in Südtirol, wo sie auf Einladung von Arthur an einer Forschungsreise auf die Burg Runkelstein bei Bozen teilgenommen hatte. Damals hatte sie aufgrund der Ereignisse unliebsame Bekanntschaft mit der Polizei gemacht. Das wollte sie nicht noch einmal erleben. Die Erinnerungen genügten ihr.

»Sie hören ein Liebeslied, das Oswald für seine Frau Margareta geschrieben hat. Anschließend verabschieden wir uns mit seiner großen Lebensbeichte ›Es fügt sich‹ in die Pause.« Der Leiter des Ensembles hatte wieder eine seiner kurzen Erläuterungen eingestreut, mit denen er durch das Programm führte. Die stämmige Sängerin gesellte sich zu ihm, gemeinsam stimmten sie das Duett an. Ob das diese Viola war, die bei der Probe mit dem

Tempo gekämpft hatte? Jenny blätterte im Programmheft, konnte jedoch die winzige Schrift nicht entziffern. Bei den Lichtverhältnissen ließen ihre Kontaktlinsen sie im Stich. Diskret zückte sie ihre Lesebrille, die sie für solche Notfälle dabeihatte, und setzte sie auf. Da stand es ja: Viola Vielle, Instrument: Vielle. Aha, das war die große schlanke Geigerin mit der langen blonden Mähne. Eine aparte Person, das musste Jenny zugeben. Wenn sie auch mit ihrem länglichen Gesicht, der kurzen, nach oben gereckten Nase und der etwas vorstehenden Oberlippe ein wenig an ein Pferd erinnerte.

Der Name musste ein Künstlername sein. Er war geschickt gewählt, wenn auch vielleicht etwas zu dick aufgetragen. Die anderen Ensemblemitglieder schienen Viola in nichts nachzustehen. Clara van Alt, Mezzosopran. Das war die rundliche Sängerin. Der Nachname jedenfalls klang sehr gekünstelt. Und woher kam das van? War sie Holländerin? Eher erinnerte sie Jenny an eine behäbige Schweizer Milchkuh. Allerdings konnte sie auch als dralle holländische Käsefrau durchgehen.

Tobias Winkler, der Chef des Ensembles, hatte einen normalen Namen. Drehleier, Gesang und Laute stand bei ihm auf dem Programmzettel. Urs Maier, Flöte und Percussion. Auch dieser Name klang recht bodenständig. Aber was war das? Jean Cornemuse, Sackpfeife. Der Nachname war eindeutig eine Erfindung, handelte es sich dabei um die französische Bezeichnung für Dudelsack. Und dass der Vorname echt war, bezweifelte Jenny ebenfalls. Wahrscheinlich hieß der Dudelsackspieler in Wirklichkeit Johann Müller.

Ob Maurice in Wahrheit Moritz hieß? Jenny traute dem Professor, der so großen Bedacht auf sein Image legte, zu, dass er bei seinem französischen Vornamen ein wenig nachgeholfen hatte. Andererseits, die Schweiz war drei-, sogar viersprachig. Da konnte eine solche Kombination durchaus in der Geburtsurkunde stehen.

Jenny konzentrierte sich wieder auf den musikalischen Vortrag. Mittlerweile war das Ensemble bei Oswalds Lebensbeichte angelangt. Wenn man dem glauben konnte, was der große Dichtersänger da berichtete, musste er ein richtiger Haudegen gewesen sein. Mit zehn Jahren hatte er das Elternhaus verlassen, wurde Koch und Pferdeknecht, bevor er in Kreuz- und Feldzügen das Kriegshandwerk erlernte. Zehn Sprachen hatte er angeblich gesprochen und zahlreiche Instrumente gespielt. Die Königin von Aragon war so angetan von ihm, dass sie ihm ›Ringlein in den Bart flocht‹.

Doch auch die edle Dame konnte den unsteten Ritter nicht zum Bleiben verführen. Um zu Geld zu kommen – Oswald war meist knapp bei Kasse –, schiffte er sich als Kaufmann ein. In Trapezunt – einem ehemaligen Kaiserreich, das heute zum kleinasiatischen Teil der Türkei gehört – bestieg er wieder eine Brigantine, um übers Schwarze Meer in die Handelsmetropole Kaffa auf der Krim zu gelangen. Wein sollte gegen Pelze getauscht und diese auf dem Rückweg in bare Münze verwandelt werden. Doch ein Seesturm machte Oswald einen Strich durch die Rechnung: Das Segelschiff war mit Maus und Mann versunken. Nur Oswald und ein Russe hatten sich retten können. Auf einem Weinfass treibend waren sie ans Ufer gelangt.

Das klang für Jenny sehr abenteuerlich. Ob sich das wirklich so zugetragen hatte? Jenny hegte ihre Zweifel. Hatte der Dichter da vielleicht etwa Seemannsgarn gesponnen? Nein, ihr fiel ein, dass es handfeste Beweise für die wundersame Rettung auf dem Weinfass gab – beinahe jedenfalls. Denn Oswald hatte nach seiner Rückkehr von dieser Fahrt ein Votivbild malen lassen, das ihn auf einem Fass schwimmend zeigte. Lange Zeit hing es im Brixner Dom, bevor es einem Brand zum Opfer fiel. Ein Nachfahre Oswalds hatte es jedoch gesehen und eine genaue Beschreibung hinterlassen. Wenn der Sänger sogar Geld in die Hand genommen hatte, um das Bild zum Dank für seine Rettung malen zu lassen und der Kirche zu stiften, musste an der Geschichte etwas Wahres dran sein.

Ganz in Gedanken nahm Jenny eine Bewegung neben sich wahr. Sascha kritzelte eifrig auf einem Schreibblock. Jenny beugte sich ein wenig näher, um besser sehen zu können. Das war kein Gekritzel. Das war eine vollständige Zeichnung, perfekt ausgeführt. Sie zeigte einen Mann mit wallender Haarpracht, so wie Oswald sie auf dem Porträt einer seiner Liederhandschriften trug. Ein Auge war geschlossen, auch das ein typisches Merkmal des Sängers. Das Ungewöhnliche an der Zeichnung war das Fass. Der Mann, den Sascha gezeichnet hatte, umklammerte ganz eindeutig ein Fass, das an der Wasseroberfläche trieb.

Jenny starrte das Bild mit offenem Mund an. Hatte die Kleine allein aufgrund der Verszeilen, in denen vom Schiffbruch die Rede war, diese Zeichnung angefertigt? Wenn das der Fall war, musste sie eine ordentliche Portion Talent und vor allem eine große Vorstellungskraft besitzen. Jenny schien das höchst unwahrscheinlich. Aber woher sonst sollte sie das Motiv kennen? Jenny wusste von Arthur, dass Saschas Mutter vor ihrem Aufstieg zur schwerreichen Geschäftsfrau ein Germanistikstudium absolviert hatte. So hatten sie und der Professor einander kennengelernt. Hatte Kateryna ihrer Tochter von Oswalds Abenteuern erzählt?

Jenny nahm sich vor, Sascha in der Pause danach zu fragen. In dem Augenblick wandte sich das Mädchen ihr zu. Verschwörerisch legte es den ausgestreckten Zeigefinger auf ihre Lippen. Jenny verstand. Sie würde nichts verraten. Schließlich war es kein Vergehen, während eines Konzerts zu zeichnen. Sie wunderte sich ohnehin darüber, was eine 13-Jährige an mittelalterlicher Musik fand. Sollte die nicht eher eine Boyband anhimmeln?

Als Jenny wieder auf den Platz neben sich sah, war er leer. Sascha schien wie vom Erdboden verschluckt. Im selben Moment setzte Applaus ein. Der erste Teil des Konzerts war zu Ende. In Gedanken ganz bei Saschas rätselhaftem Verhalten ließ Jenny sich vom Sog der Zuschauer ins Freie ziehen.

*

Acht Augenpaare blickten starr in die Kamera. »Lächeln, bitte. Danke, mir ham's.« Der Fotograf schaute auf die Digitalanzeige seines Fotoapparates, ballte die Hand zur Faust und streckte den Daumen nach oben. Alles o. k. Die Gruppe löste sich sichtlich erleichtert auf.

Beppo Pircher, Reporter der lokalen Tageszeitung ›Der Meraner‹, sah auf sein Display. Im Geiste ging er die Namen der abgelichteten Personen durch und notierte sie auf einem Zettel. In der Mitte stand – groß, wasserstoffblond und mit tollen Kurven ausgestattet – Kateryna Maximowa. Sie lächelte verführerisch und war zweifellos die Fotogenste von allen. Den Arm hatte sie um ein Mädchen gelegt, ihre Tochter Sascha. Deren missmutiger Gesichtsausdruck legte den Verdacht nahe, dass ihr die Sache gar nicht behagte. Und was für ein scheußliches T-Shirt sie trug. Wenigstens ihr Basecap hatte sie auf die dringende Bitte ihrer Mutter hin abgenommen. Rechts neben Kateryna hatte sich Vizequästorin Franca Bertagnoll zu ihren vollen ein Meter fünfundsechzig aufgerichtet und blickte grimmig in die Kamera. Daneben Maurice Jungmann. Beppo fiel auf, dass der Mann nur wenige Zentimeter mehr maß als die Vizequästorin. Doch seine schlanke, gepflegte Erscheinung machte den für einen Mann eher kleinen Wuchs wett. Links neben Kateryna waren Tony Perathoner – ihr Manager und Begleiter, wie sie ihn vorgestellt hatte – und Arthur Kammelbach zu sehen. Der Professor überragte die anderen um mehr als eine Haupteslänge. Neben ihm stand Martha Tappeiner, die Buschenschank-Wirtin, die in ihrer groben Kutte verloren wirkte. Beppo hatte sie und ihre Tochter Kristl gebeten, sich zwecks Lokalkolorits zu der Gruppe zu gesellen. Schade bloß, dass die Kleine so gar nichts gleichsah. Da nutzte auch die Tracht nichts, in die man sie gesteckt hatte.

Wahrscheinlich würde er das Bild ohnehin nicht ins Blatt bringen. Denn der Platz, der ihm für den Bericht über die Soirée zur Verfügung stand, war knapp bemessen. Ein Foto der Musiker musste auf jeden Fall dabei sein. Ein zweites würde er vermutlich nicht unterbringen. Sein Chefredakteur bestand jedoch auf möglichst vielen unterschiedlichen Motiven. Ein gestelltes Gruppenfoto mit den wichtigsten Gästen konnte nicht schaden. Benno wusste nie, was sein Chef aussuchen würde, deshalb schoss er lieber mehr.

Vielleicht schafften es seine Aufnahmen auf die Website der Zeitung.

Es wäre jedenfalls schade um die schönen Motive. Er hatte das Ensemble fotografiert, die lokale Prominenz und sogar das von Martha Tappeiner und ihren Helferinnen liebevoll aufgebaute Buffet. Zarte, in Blätterteig gehüllte Schweinelendchen hatte es gegeben, Reis aus den Alpen, der appetitlich in kleinen Schälchen serviert wurde, und zum Schluss die Schwarzplentene, eine Buchweizentorte, in kleine handliche Würfel geschnitten und mit einem Klecks Schlagobers verziert.

Es waren gute Bilder geworden. Die Internetnutzer liebten es, wenn schon nicht vor Ort anwesend, so wenigsten virtuell dabei zu sein. Und wann hatte man Gelegenheit, eine russische Millionärin aus nächster Nähe zu sehen? Da spielte es auch keine Rolle, dass sie eigentlich aus der Ukraine kam. Zumal sie mittlerweile ohnehin in Russland lebte, wie er aus seinen Recherchen wusste.

Was wohl die erfolgreiche Geschäftsfrau dazu bewogen hatte, das Symposium über Oswald von Wolkenstein zu sponsern? In der Presseerklärung hatte es geheißen, dass sie ein Germanistikstudium absolviert und im Zuge dessen Arthur Kammelbach kennengelernt habe. Aus Respekt vor seiner wissenschaftlichen Arbeit habe sie sich dazu entschlossen, das Symposium mit einer großzügigen Summe zu unterstützen. Darüber hinaus würde sie beim Wettbewerb unter den Musikensembles, der den krönenden Abschluss des Kongresses bildete, Jurorin sein.

Das klang ja alles durchaus plausibel. Doch als alter Hase im Geschäft – immerhin war er seit fast 20 Jahren Journalist – wusste er, dass meist mehr dahintersteckte. Germanistikstudium hin oder her – Kateryna musste eine hartgesottene Geschäftsfrau sein, sonst hätte sie es nicht so weit gebracht. Und Geschäftsleute taten in der Regel nie etwas aus reinem Altruismus. Immer hatten sie Hintergedanken. Nun, er würde ihr morgen bei der Pressekonferenz auf den Zahn fühlen.

Beppo schaltete die Kamera aus und verstaute sie in seiner Fototasche. Für heute war sein Job erledigt. Die zweite Hälfte des Konzerts würde für ihn nichts Neues bringen. Da konnte er sich ebenso gut gleich auf die Socken machen.

»Haben Sie alles im Kasten?« Vor Beppo stand eine Frau. Der Rock ihres Sommerkleides umspielte sexy

Beine. Er schätzte sie auf Anfang 40 oder etwas darüber. Er hätte nicht sagen können, was das Besondere an ihr war, aber eines stand fest: Sie hatte das gewisse Etwas.

»Jenny Sommer, ich bin für die PR des Symposiums verantwortlich.« Mit diesen Worten streckte sie ihm die Hand entgegen.

»Angenehm, Beppo Pircher vom Meraner.« Er schüttelte ihr die Hand.

»Kann ich Ihnen vielleicht behilflich sein?«

Beppo überlegte. Sollte er sich auf ein Gespräch mit der Frau einlassen und sie über Kateryna Maximowas Motive für ihr Engagement befragen? Er entschied sich dagegen. Von der PR-Beauftragten würde er nur die offizielle Version zu hören bekommen.

»Danke, ich bin versorgt.« Am besten, er beendete das Gespräch.

»Wir sehen uns morgen auf der Pressekonferenz. Sie haben sich ja angemeldet.« Natürlich, das wusste sie. Das gehörte zu ihrem Job.

»Also dann …« Sie machte Anstalten, sich zu verabschieden. Erst jetzt bemerkte er, dass sie in ihrem dünnen Kleid fror. Es war ja auch ein Wahnsinn, um die Jahreszeit so leicht bekleidet herumzulaufen. Sicher, tagsüber war es Ende Mai oft schwül. Die Abende und Nächte wurden auf 600 Meter über dem Meeresspiegel hingegen empfindlich kühl. Vielleicht sollte er die Gelegenheit beim Schopf packen und ihr anbieten, mit ihm zurückzufahren. Das bedeutete, dass er das Ende des Konzertes abwarten musste. Er würde es in Kauf nehmen.

»Wie kommen Sie nach dem Konzert zurück ins Hotel?«

Sie überlegte kurz, bevor sie antwortete. »Her bin ich zu Fuß gegangen. Für den Rückweg werde ich sehen, dass ich Platz in einem der Shuttlebusse finde.« Sie kreuzte die Arme vor der Brust und rieb sich die nackten Schultern, auf denen sich Gänsehaut ausbreitete. »Oder haben Sie vielleicht eine bessere Idee?«

»Sie sollten jedenfalls nicht allein gehen. Erst neulich ist hier …«

Bevor er zu Ende sprechen konnte, trat ein Mann zu ihnen. Er war etwa Ende 20, groß und schlaksig. Beppo hatte den Eindruck, der Mann würde ihn durch die dicken Gläser seiner Hornbrille mustern. Er zog seine Jacke aus und legte sie der Frau um die Schultern. »Brauchen Sie sich keine Sorgen machen. Begleit ich die Frau Doktor zurück ins Hotel.«

Aha, sie war vergeben. Zumindest gab es da jemanden, der die Beschützerrolle für sich beanspruchte. Es musste ein Südtiroler sein, wie Beppo an dem leicht kehligen Akzent erkannte.

»Gute Nacht, Herr Pircher. Wir sehen uns morgen im Kurhaus.« Wieder streckte sie ihm die Hand entgegen. Ihr Begleiter nickte knapp, bevor beide zurück zum Konzertsaal gingen.

Beppo sah dem Paar nach. Der Burghof hatte sich geleert. Hier gab es für ihn nichts mehr zu tun. Er schulterte seine Fototasche und ging zum Wagen, den er – dank der Sondergenehmigung für ihn als Reporter – am Parkplatz vor dem Burgtor abgestellt hatte. Das war ein

Vorteil seines Berufs. Man konnte ihm schließlich nicht zumuten, dass er seine Fotoausrüstung den ganzen Weg zu Fuß hierher schleppte.

Bei seinem Wagen angelangt warf Beppo einen Blick zum Himmel. Die Nacht war sternenklar. Plötzlich durchbrach eine Stimme die Stille. »Gibt es etwas Neues?« Beppo zuckte zusammen. Er hatte niemanden kommen hören.

»Nein, bisher nicht. Ich meld mich.«

Er wartete keine Antwort ab. Rasch stieg er in das Auto und ließ den Motor an.

DIENSTAG

DREI

»Wenn Sie vor dem Hotel geradeaus gehen, kommen Sie zur Hauptstraße. Da gehen Sie rüber und die Serpentinen hinunter zur Promenade.« Jenny rief sich die Wegbeschreibung der Rezeptionistin in Erinnerung. Die Villa Tirolia, in der Jenny, Arthur, Lenz und zahlreiche weitere Teilnehmer des Symposiums untergebracht waren, lag verkehrsgünstig in unmittelbarer Nähe der St. Georgen-Straße.

Dort konnte man den Bus ins Zentrum von Meran nehmen, wo sich das Kurhaus befand, zu dem Jenny unterwegs war. Sie zog allerdings den Fußweg entlang der Passer vor. Die empfindlich kühle Nacht war einem strahlend schönen Tag gewichen.

Ehe Jenny am Fuß des Serpentinenweges angelangt war, vernahm sie ein Tosen, das immer lauter wurde, je näher sie der Promenade kam. Zwischen den Bäumen sah sie Gischtkronen hervorblitzen, die Schneeschmelze in den Bergen hatte den Fluss in ein Wildwasser verwandelt.

Zielstrebig marschierte Jenny die schattige Sommerpromenade am linken Flussufer entlang und ließ in Gedanken den gestrigen Abend Revue passieren. Er war nicht in ihrem Sinn verlaufen. Sie hatte gehofft, in der Pause des Konzertes ein paar Worte mit Lenz Hofer wechseln zu können. Immerhin musste es eine Erklärung dafür geben, dass er nicht, wie ausgemacht, an der Besprechung am Nachmittag teilgenommen hatte. Sie hatte den Assistenten in der Pause des Konzerts erspäht und ihn zur Rede stellen wollen. Er war allerdings ins Gespräch vertieft. Viola Vielle, die Geigerin, befand sich an seiner Seite. Was machte die hier draußen?, hatte Jenny sich gefragt. Sollte Viola die Pause nicht besser dazu nutzen, an ihrem Tempo zu arbeiten, zu meditieren oder was auch immer Musiker taten, wenn sie sich auf ihren Auftritt vorbereiteten?

Sie schien dies offenkundig nicht nötig zu haben. Das Becken vorgeschoben und lässig einen Arm in die schmale Hüfte gestemmt stand sie neben Lenz. Immer wieder warf sie den Kopf zurück und bleckte die Zähne zu einem wiehernden Lachen.

Jenny beschloss, die beiden zu ignorieren. So weit würde es nicht kommen, dass Lenz den Eindruck gewinnen könnte, sie laufe ihm nach. Stattdessen begann sie ein Gespräch mit dem Fotografen. Er sah gar nicht übel aus. Breitschultrig und gut gebaut. Seine Haut war sonnengebräunt, die kurzgeschnittenen dunklen Haare waren von silbrigen Fäden durchzogen. Sie schätzte ihn auf Anfang 40.

Sie hatte gerade ein wenig mit ihm zu flirten begonnen, als Lenz aufgetaucht war. Geradezu ritterlich hatte er ihr seine Jacke um die bloßen Schultern gelegt und sie von dem Mann weggelotst.

Während der zweiten Hälfte des Konzerts saß Jenny neben Lenz. Ein wenig müde war sie, einmal wäre sie sogar beinahe eingenickt. Lenz hatte sie durch einen sanften Stupser davor bewahrt, mit dem Kopf auf seine Schulter zu sinken. Danach war es ihr gelungen, den Klängen in aufrechter Sitzhaltung zu lauschen. Sie freute sich auf den Rückweg mit ihm. Wenn er Lust hatte, könnten sie zu Fuß nach Dorf Tirol gehen. Der Schlossweg würde mit Fackeln beleuchtet sein, die eigens für diesen Anlass am Geländer angebracht worden waren. Vom Dorf konnten sie ein Taxi nehmen. Kalt war ihr nicht mehr, sie hatte ja Lenz' Jacke.

Kaum, dass sie die Burg verlassen hatten, war Kateryna Maximowa auf sie zugekommen. Sie würde gerne ihr Statement für die Pressekonferenz durchgehen. Ob Jenny – seit heute Nachmittag nannten sie sich beim Vornamen – ihr den Gefallen tun und in ihrem Wagen mit zurückfahren könne?

Natürlich konnte Jenny, etwas anderes blieb ihr gar nicht übrig. Immerhin hatte sie den Auftrag, der mit einem anständigen Honorar dotiert war, allein Katerynas großzügiger Unterstützung für das Symposium zu verdanken. Vom knapp bemessenen Budget der Universität hätte Arthur es sich nicht leisten können, eine PR-Beraterin zu engagieren. Darüber hinaus hatte Kateryna sich äußerst umgänglich gezeigt. Obwohl Jenny nicht daran zweifelte, dass die schwerreiche Geschäftsfrau über eigene Berater verfügte, hatte diese ihr den Eindruck vermittelt, ihre Expertise zu schätzen. Wenn sie Wert auf ihren Rat legte, sollte sie ihn auch bekommen.

Jenny war zu der Ukrainerin und ihrer Tochter Sascha in den Wagen gestiegen. Sollte nicht auch Katerynas gutaussehender Manager hier sein? Jenny hatte die beiden in der Pause beobachtet, sie hatten sehr vertraut gewirkt.

Ehe sie sich nach dem Mann erkundigen konnte, setzte Kateryna zu einer Erklärung an: »Tony geht zu Fuß. Wir Frauen sind unter uns.« Verschwörerisch zwinkerte sie Jenny zu. In dem Moment öffnete Sascha die Wagentür. »Muss Klo. Fahren mit Victor und Juri.« Wie auf Kommando waren zwei breitschultrige Kerle mit kurzgeschorenem Haar neben dem Wagen aufgetaucht. Kateryna sagte ein paar Worte – in Ukrainisch, wie Jenny annahm. Sie fragte sich, ob die beiden Athleten der richtige Umgang für ein heranwachsendes Mädchen waren. Doch das war nicht ihre Angelegenheit.

Der Wagen hatte sich in Bewegung gesetzt. Kateryna ließ ihre Handtasche aus Krokoleder aufschnappen und beugte sich vor. Dabei fiel Jenny ein Medaillon auf, das am Dekolleté der Frau baumelte. Der Anhänger war eine ausgesprochen schöne Arbeit: Aus Gold gefertigt und mit Intarsien verziert wirkte der Schmuck edel und schlicht. Es musste sich um eine Antiquität handeln und passte gar nicht zu Katerynas sonst eher protzigem Stil.

»Ein sehr schönes Medaillon, das Sie da tragen.«

Kateryna schien sich darüber zu freuen. Wie andächtig legte sie die Hand auf das Schmuckstück und lächelte. »Ich habe es von meiner Urgroßmutter.« Einen Moment verweilte sie mit ihrer Hand auf der Halskette. Dann fasste sie in ihre Handtasche und entnahm ihr ein paar computerbeschriebene Seiten, die mit handschriftlichen Vermerken übersät waren.

Bevor Jenny sich in die Unterlagen vertiefte, warf sie rasch einen Blick durch die Heckscheibe. Lenz stand vor dem Burgtor. Neben ihm erkannte sie Viola, die seinen Arm ergriff.

Jenny war bei der Postbrücke angelangt. Wie die zahlreichen prachtvollen Villen der Stadt erinnerte auch dieses Jugendstilbauwerk an Merans glanzvolle Zeiten, die mit dem Ersten Weltkrieg ein jähes Ende gefunden hatten. Auf der gegenüberliegenden Seite der Passer befand sich das Kurhaus, ein Relikt aus der Vorkriegszeit. Damen mit ausladenden Hüten und Herren im Gehrock waren die Promenaden entlanggeschritten und auf den Spuren der österreichischen Kaiserin Elisabeth gewandelt, die in der Stadt an der Passer zur Kur gewesen war. Sissi-Weg, Sissi-Denkmal und der Kaiserin-Elisabeth-Park erinnerten an den royalen Gast.

Mit einer energischen Handbewegung verscheuchte Jenny die Melancholie, die beim Gedanken an Merans vergangene Epoche von ihr Besitz ergriffen hatte. Um die Kurstadt musste man sich keine Sorgen machen. Meran war wiederholt in einen Dornröschenschlaf verfallen und daraus bisher jedes Mal in neuer Blüte hervorgegangen.

Beim Überqueren der Postbrücke fielen Jenny zwei Kanufahrer auf, die im Fluss mit der Strömung kämpften. Wild schwangen ihre Paddel in den Fluten, immer wieder drohten die winzigen Boote zu kentern. Mit deren Insassen würde sie um keinen Preis tauschen wollen. Wasser war absolut nicht ihr Element. Jenny wandte sich von den beiden Gestalten in ihren bunten Neoprenanzügen ab und setzte ihren Weg fort.

*

In dem nach dem Architekten des Meraner Kurhauses benannten Ohmann-Saal saß Maurice Jungmann und rückte den Knoten seiner Krawatte zurecht. Heute hatte er sich für ein kräftiges Magentarot entschieden, das dem taubenblauen Zweireiher eine geradezu verwegene Note gab. Ihm gegenüber saß Beppo Pircher.

Der Reporter hatte den Professor gestern Abend um ein Exklusivinterview gebeten. Maurice hatte ihn zunächst auf die Pressekonferenz verwiesen. Doch der Journalist blieb hartnäckig. Er wollte mit ihm über sein neues Buch reden, das demnächst erscheinen sollte. Schließlich hatte Maurice dem Drängen des Mannes nachgegeben und ihn für heute Morgen ins Kurhaus gebeten. Anschließend würde der Professor gemeinsam mit Arthur und Kateryna die Pressekonferenz zum Auftakt des Symposiums bestreiten.

»Ihr vorheriges Buch war nicht mehr so erfolgreich. Wie erklären Sie sich diesen Flop?«

Maurice musterte den Mann, der ihm gerade die Frage gestellte hatte. Bisher war alles reibungslos verlaufen. Er hatte von seiner Kindheit in den Schweizer Bergen berichtet, seiner Liebe zur mittelalterlichen Liedkunst, die dazu geführt hatte, dass er an der Hochschule für Alte Musik in Basel studiert und dort Karriere gemacht hatte und zu einem erfolgreichen Autor geworden war.

»Mir ging es immer um das breite Publikum. Ich wollte die Massen begeistern, den Männern und Frauen auf der Straße vor Augen führen, wie großartig die mittelalterliche Musik und Dichtung sind«, hatte er Beppo Pircher routiniert erklärt.

Der Journalist machte sich eifrig Notizen und fragte: »Warum haben Sie Bücher geschrieben und nicht selbst musiziert?«

Maurice kannte diesen Einwand, darauf war er vorbereitet. »Ich bin kein Interpret, sondern will selbst etwas erschaffen. Daher habe ich Bücher geschrieben, Science-Fiction-Romane, wenn Sie so wollen, die auf einem wahren Kern beruhen und zugleich der Fantasie freien Raum lassen. Damit kann der Leser sich in die mittelalterlichen Dichter hineinversetzen, sich vorstellen, wie sie gelebt und ihre Werke geschrieben haben. Wie man am Verkaufserfolg sieht, ist es genau das, was die Leser wollen.«

Beppo Pircher hatte an seinem Stift gekaut und ihm die Frage nach seinem letzten Buch gestellt. Maurice konnte es dem Journalisten nicht einmal verübeln: Im Vergleich mit seinen Vorgängern, die allesamt die Bestsellerlisten erobert hatten, war das Buch tatsächlich kein Erfolg gewesen. Im Spiegel, der sich an der gegenüberliegenden Wand befand, prüfte er den Sitz seiner Krawatte, danach antwortete er: »Was heißt Flop? Mir geht es darum, möglichst viele Menschen für die mittelalterliche Dichtkunst zu begeistern. Das ist mir gelungen, da kommt es auf die Verkaufszahlen eines einzelnen Buches nicht an. Im Übrigen«, er nahm einen Schluck von seinem Macchiato, bevor er weitersprach, »im Übrigen versichere ich Ihnen, dass mein nächstes Buch über Oswald von Wolkenstein wieder ein Verkaufsschlager wird.«

»Was macht Sie so sicher?«

Maurice überlegte. Sollte er dem Journalisten die Neuigkeit mitteilen? Rasch traf er eine Entscheidung und fuhr fort. »Ich bin auf etwas gestoßen, das bisher nicht bekannt ist. Es ist eine Sensation für die Wissenschaft. Und meinen Lesern verspreche ich ein Buch, das alle bisherigen in den Schatten stellt.« Ein weiteres Mal führte er seine Kaffeetasse an die Lippen. Hatte er zu viel verraten? Er hatte die Sache eigentlich nicht publik machen wollen. Andererseits, was konnte es schaden, wenn er diesem eifrigen Reporter ein wenig Stoff zum Schreiben lieferte?

Beppo Pircher stellte die nächste Frage: »Das Buch war für das Frühjahr angekündigt, doch die Veröffentlichung wurde auf unbestimmte Zeit verschoben. In der Kollegenschaft bezweifelt man, dass das Buch überhaupt publiziert wird. Was sagen Sie dazu?«

Maurice warf einen Blick auf seine exquisite Schweizer Armbanduhr. »Es gibt immer Neider, die Gerüchte in die Welt setzen«, antwortete er. »Tatsache ist, dass das Erscheinen des Buches auf meinen Wunsch hinausgezögert wurde. Ein paar Details müssen überprüft werden. Gehen Sie davon aus, dass der Verlag bald einen neuen Termin bekannt geben wird.«

Maurice war aufgestanden, auch der Reporter erhob sich: »Eine letzte Frage: Werden Sie die Neuigkeit auf der heutigen Pressekonferenz ankündigen?«

Diesmal antwortete Maurice, ohne zu zögern. »Nein, die Pressekonferenz ist ausschließlich dem Symposium gewidmet. Das, was ich Ihnen gerade erzählt habe, ist exklusiv. Mehr will ich im Moment nicht preisgeben.«

Er schüttelte dem Journalisten die Hand und geleitete ihn zur Tür. Ehe er diese öffnen konnte, wurde sie aufgerissen. Dr. Sommer stürmte ins Zimmer. Beinahe wäre sie ihm in die Arme gelaufen, konnte jedoch gerade rechtzeitig abbremsen. »Maurice, entschuldigen Sie die Störung. Ich muss Sie dringend sprechen.«

Maurice wandte sich ein letztes Mal an den Reporter: »Wir sehen uns bei der Pressekonferenz«, sagte er zu dem Mann. Gleich darauf bat er Jennifer – er bevorzugte den vollen Vornamen – in den Ohmann-Saal und schloss die Tür.

*

Sascha Maximowa schaltet einen Gang zurück. Das letzte Steilstück lag vor ihr. Mit Bravour bewältigte sie die Herausforderung. Der Gipfel war erreicht und es ging wieder bergab. Sie beschleunigte, gleich darauf betätigte sie die Bremsen: Die nächste Kurve kam näher, da durfte man nichts riskieren. Problemlos gelangte sie bis zur Ebene, hier konnte sie Gas geben.

Geschafft, Sascha hatte ihr Ziel erreicht. Auf der Digitalanzeige las sie die Zeitangabe: 25:20. Damit hatte sie ihren persönlichen Rekord auf dieser Strecke um fast eine Minute unterboten. Zufrieden schaltete sie ihre Spielkonsole aus.

Das Computerprogramm diente Sascha dazu, sich auf die Rennen im freien Gelände vorzubereiten. Denn eines wusste sie mit Sicherheit: Sie wollte Mountainbike-Rennen fahren. Da konnten ihre Mutter und ihre Lehrer getrost von Zeichentalent faseln – für sie war das Gekritzel nur ein Zeitvertreib. Ihre wahre Berufung fand sie im Sattel eines Fahrrades.

Sie lümmelte sich in eines der Fauteuils in ihrer Junior-Suite im Grand Hotel. Was für eine Verschwendung. Ebenso gut hätte sie in der Suite ihrer Mutter unterkommen können, da war genug Platz. Kateryna hatte auf einem eigenen Zimmer für ihre Tochter bestanden. »Du bist fast erwachsen. Da sollst du auch eine Suite für dich allein haben«, hatte sie versucht zu schmeicheln.

Sascha wusste sofort, woher der Wind wehte: Kateryna wollte eine sturmfreie Bude, damit sie sich mit ihrem Liebhaber vergnügen konnte, diesem Tony.

Pffft. Durch die geschlossenen Lippen stieß Sascha verächtlich Luft aus. Sie hielt nichts vom neuen Partner ihrer Mutter. Wehmütig dachte sie an ihre Kindheit auf der Krim und ihren Vater zurück. Sie waren eine glückliche Familie gewesen.

Doch dann hatte Kateryna begonnen, ihrem Mann Vorwürfe zu machen. Sie behauptete, er habe seinen Reichtum mit illegalen Methoden erworben und ließ sich scheiden.

Aber Sascha wusste es besser: Ihr Vater würde nie etwas Unrechtes tun. Sie hatte gehofft, mit ihrer Mutter in seiner Nähe bleiben und ihn oft sehen zu können. Kateryna hatte anders entschieden. Sie zog mit Sascha nach

Sotschi und baute sich eigene Geschäfte auf. Ihr Vater habe eine andere Frau, hatte sie ihrer Tochter erzählt.

Sascha ließ sich davon nicht beeindrucken. Sie war überzeugt, dass ihre Eltern zusammengehörten, und hatte die Hoffnung nicht aufgegeben, dass alles wieder in Ordnung kommen würde. Bis dieser Tony aufgetaucht war. Im Kaukasusgebirge wurde ein Abenteuerfilm gedreht. Nach Abschluss der Dreharbeiten war die Filmcrew in Sotschi empfangen worden. Auf Bitten des Bürgermeisters, der sich von dem Film große Werbung für die Region erhoffte, hatte ihre Mutter die Crew zu einer Party in ihre Villa eingeladen.

Saschas Schulfreundinnen hatten sie wahnsinnig beneidet, dass sie mit den Filmleuten zusammen feiern durfte. Sascha machte sich wenig aus solchen Anlässen, war aber doch neugierig auf die Party. Kaum, dass sie den Empfangssaal betrat, winkte ihre Mutter sie zu sich. »Sascha, das ist Tony, der Produzent des Films«, stellte Kateryna den Mann vor, der dicht bei ihr stand. Sascha war es gleich verdächtig vorgekommen, wie die beiden sich ansahen und ahnte, was auf sie zukommen würde. An den Tagen nach der Party war dieser Tony immer öfter bei ihnen aufgetaucht. Schließlich war die Crew abgereist. Er war geblieben. »Tony ist mein neuer Manager«, hatte ihre Mutter verkündet. »Er hilft mir in meinen Firmen, damit ich mehr Zeit für dich habe«, hatte die Erklärung dafür gelautet, dass sie diesen Tony von nun an nahezu jeden Tag zu Gesicht bekommen würde.

Sascha ließ sich nicht täuschen. Die beiden hatten etwas miteinander, das war unübersehbar. Ihre Mutter bemühte sich mittlerweile nicht mehr, es vor ihr zu verbergen. Im Gegenteil, erst neulich hatte sie ihr wieder vorgeschwärmt, welch große Stütze Tony für ihre Geschäfte sei, und dass er bald zur Familie gehören werde.

Sascha sah auf ihre Swatch. Es wurde Zeit, dass Victor und Juri auftauchten. Kateryna hatte darauf bestanden, dass sie sich Fahrräder besorgten und Sascha bei ihren Radtouren begleiteten. Ihr sollte es recht sein, sie würde die beiden sowieso abhängen. Und sie würde niemals zulassen, dass ihre Mutter Tony heiratete. Er hatte es doch nur auf ihr Geld abgesehen. Daran bestand kein Zweifel. Sie hatte ihn genau beobachtet und brauchte lediglich ein Paar hieb- und stichfeste Beweise, um ihrer Mutter die Augen zu öffnen.

Das Haustelefon klingelte. Die Bodyguards waren eingetroffen. Sascha schnappte sich ihre Basecap, verließ das Zimmer und rannte die mit dicken Teppichen belegten Stufen hinunter in die Lobby. Sie würde ihre Aufpasser auf Touren bringen. Mal sehen, wie rasch es ihr diesmal gelang, die beiden loszuwerden.

*

An der Passerpromenade schlenderte Lenz Hofer zum Kurhaus. Heute hatte er ausgeschlafen. Die vergangenen Tage waren stressig für ihn gewesen. Mit Beginn des Symposiums war für ihn das Gröbste vorerst vorbei. Die letzten Vorbereitungen für den Musikwettbewerb zum Abschluss der Konferenz würden ihn früh genug in Anspruch nehmen, da hatte er sich eine Verschnaufpause verdient.

Schade, dass Jenny gerade so eingespannt war. Endlich hätte er Zeit für sie gehabt. Er hätte sie gerne bei ihrer ersten Begegnung im Vorjahr näher kennengelernt. Aufgrund der Ereignisse war es nicht dazu gekommen. Diesmal wollte er das Versäumte nachholen.

Ob sie ihn gestern mit Viola am Burgtor gesehen hatte? Wenn ja, würde er etwas auszubügeln haben. Er wusste, dass sie leicht eifersüchtig wurde. Dabei hatte sie keinen Grund dazu. Viola interessierte ihn nicht.

Er erinnerte sich an die unschöne Szene, die sich nach Jennys Abfahrt abgespielt hatte. Tobias war auf sie zugekommen und hatte Viola darauf aufmerksam gemacht, dass er ihre Geige nicht finden könne. Zunächst glaubte sie ihm nicht.

»Ich habe dir doch gesagt, sie liegt in der Kapelle«, herrschte sie ihn an. »Nimm sie im Wagen mit. Ich gehe mit Lenz zu Fuß ins Dorf.« Viola hakte sich bei Lenz unter. »Komm, lass uns gehen.«

Doch Tobias trat ihnen in den Weg. »Viola, die Geige ist nicht in der Kapelle.«

Sie warf den Kopf zurück und lachte laut auf. »Sicher ist sie dort. Geh und schau nach.«

Lenz wurde die Sache peinlich. Wie kam Tobias dazu, sich wie ein Laufbursche herumkommandieren zu lassen?

Lenz befreite sich von Viola, die sich fest an seinen Arm gehängt hatte. »Schau du lieber selbst nach«, riet er ihr.

Sie zog eine Schnute, besann sich jedoch. »Du wartest hier auf mich«, willigte sie ein und eilte in die Burg.

Plötzlich vernahm er Tobias. »Sie können gehen. Viola fährt mit uns im Wagen«, sagte er bestimmt.

Lenz hatte sich der Menge angeschlossen, die sich auf dem mit Fackeln gesäumten Weg in Richtung Dorf bewegt hatte. Er hatte Ausschau nach Arthur gehalten, hatte ihn jedoch nirgends entdecken können. Der Professor hatte wohl einen der Shuttlebusse genommen.

Ganz in Gedanken an den gestrigen Abend betrat Lenz das Kurhaus. Kaum hatte er das prächtige Eingangsfoyer betreten, kam Jenny auf ihn zugeeilt.

»Lenz, Gott sei Dank. Wir müssen uns beeilen. Die Pressekonferenz beginnt gleich.«

Er verstand nicht. Was hatte das mit ihm zu tun? Gut, wenn Jenny es wollte, konnte er sich gerne ins Publikum setzen und zuhören. Der pünktliche Beginn der Veranstaltung hing nicht von seiner Anwesenheit ab.

Wie um ihm das Gegenteil zu beweisen, hielt Jenny ihm ihr Handy unter die Nase und deutete auf die SMS auf dem Display. Lenz rückte seine Brille zurecht und begann zu lesen: ›Musste dringend weg. Lenz soll mich bei der Pressekonferenz vertreten, bitte briefen. Toi, toi, toi, Arthur.‹

Lenz nahm die Brille ab und rieb sich die Augen. Das konnte nicht wahr sein. Er musste träumen. Gleich würde der Wecker läuten und der Spuk war vorbei. Nein, Maurice Jungmann kam auf ihn zu.

»Herr Hofer, Sie haben die Nachricht von Professor

Kammelbach gelesen. Jennifer geht mit Ihnen Ihr Statement durch. Wir sehen uns im Konferenzsaal.«

Lenz konnte kaum glauben, was er gerade gehört hatte. Benommen folgte er Jenny, die ihn an der Hand fasste und mit sich zog.

VIER

»Verschwunden … Wie verschwunden?« Clara van Alt sah Tobias Winkler zweifelnd an. Der Chef des Ensembles ›Freudenklänge‹ saß mit seiner Truppe im Pavillon des Fleurs, dem kleinen Trakt des Meraner Kurhauses, der den Musikern für die Dauer des Symposiums für Proben zu Verfügung stand. Doch am heutigen Vormittag blieben die Instrumente stumm.

Tobias blickte in die Gesichter seiner Kollegen. Die Nachricht schien sie betroffen zu machen – mit Ausnahme von Viola. Die tat, als ginge sie das alles nichts an. Angelegentlich zwirbelte sie eine Strähne ihrer langen Haare zwischen den Fingern und beäugte das Ergebnis ihres Tuns.

Dabei hätte sie am meisten Grund, besorgt zu sein. Denn ihre Geige war nicht wieder aufgetaucht. Das schien ihr aber – im Gegensatz zu den anderen Mitgliedern des Ensembles – egal zu sein.

Tobias zuckte mit den Schultern. So sehr er sich auch Mühe gab, er wurde nicht schlau aus ihr. Dabei hatte ihre Bekanntschaft so vielversprechend begonnen. Doch nach einer kurzen Affäre hatte Viola ihn fallen lassen und sich dem Nächsten zugewandt. Seither wechselte sie ihre Liebhaber ständig, mit keinem blieb sie lange zusammen.

Dennoch gab er die Hoffnung nicht auf, Viola zurückgewinnen zu können. Er liebte sie, daran konnte auch ihr Verhalten nichts ändern. Warum das so war, das wusste er selbst nicht genau.

Seine Gefühle für sie waren auch der Grund, warum er sich weiterhin für ihren Verbleib im Ensemble einsetzte, obwohl ihre Leistungen stetig abnahmen – von ihrem unmöglichen Benehmen einmal ganz abgesehen. Tobias entging nicht die Missgunst der anderen. Er würde nicht mehr lange zu ihr halten können, ohne es sich mit seinen Kollegen endgültig zu verscherzen. Das war Tobias klar. Wenn Viola so weitermachte, mussten sie sich bald nach Ersatz umsehen.

Als hätte sie seinen Gedanken gelesen, ergriff Clara van Alt das Wort. »Vielleicht können wir ja einen Ersatz beschaffen«, sagte sie und sah dabei Viola an. Die hörte augenblicklich auf, mit ihren Haaren zu spielen, und sprang hoch. »Du …« Clara machte eine abwehrende Handbewegung. »Für die Geige, meine ich.« Viola setzte sich wieder, funkelte die Kollegin jedoch wütend an.

Tobias antwortete: »Das ist eine Möglichkeit, die wir in Betracht ziehen müssen. Ihr wisst aber so gut wie ich, dass das bei alten Instrumenten schwierig ist. Schließlich können wir nicht einfach in den nächsten Laden gehen und eine Vielle verlangen.«

»Bei meiner Sackpfeife ginge das auf keinen Fall. Ich habe die Cornemuse eigens bei einem Meister in Frankreich anfertigen lassen.« Jean ließ keine Gelegenheit aus, darauf hinzuweisen, wie exquisit sein Instrument war.

»Ich habe meine Vielle auch nicht gerade auf dem Schrottplatz aufgelesen.«

Das war wieder Viola. Wenn sie nur endlich den Mund hielte. Merkte sie nicht, wie sehr sie die anderen gegen sich aufbrachte?

Tobias hatte gehofft, durch die Zusammenkunft die verzwickte Angelegenheit klären zu können. Am kommenden Freitag fand der Wettbewerb statt. Heute war Dienstag, ihnen blieben nur vier Tage. Wenn die Geige wirklich weg war, würden sie bis dahin kein adäquates Ersatzinstrument auftreiben.

Wer konnte ein Interesse daran haben, die Vielle zu stehlen? Es handelte sich zweifellos um ein wertvolles Instrument. Allerdings befanden sie sich auf einem wissenschaftlichen Kongress, die Teilnehmer besaßen allesamt einen untadeligen Ruf.

Möglich wäre, dass die Vielle vom Personal der Burg oder des Caterings gestohlen worden war. Tobias bezweifelte das. Eher hatte er einen der anderen Teilnehmer des Wettbewerbs im Verdacht, das Instrument entwendet zu haben, um einen Konkurrenten auszuschalten.

Im Grunde glaubte er jedoch nicht daran. Zwei andere Möglichkeiten schienen ihm wahrscheinlicher: Entweder steckten Urs, Jean oder Clara dahinter – gut möglich, dass die drei sich zusammengetan hatten, um Viola einen bösen Streich zu spielen. Oder sie hatte die Geige selbst verschwinden lassen.

Wieder gewann er den Eindruck, Clara van Alt könne seine Gedanken lesen. »Vielleicht hat Viola selbst die Geige verlegt. Wir sollten auf jeden Fall …«

Weiter kam die Mezzosopranistin nicht. Viola sprang auf und machte Anstalten, sich auf Clara zu stürzen.

»Du gemeiner Trampel«, schrie sie. »Dir werde ich gleich in deinen fetten Hintern treten.« Bevor sie ihre Drohung wahrmachen konnte, wurde sie von Urs und Jean zurückgehalten. Mit aller Kraft versuchte sie, sich aus der Umklammerung zu befreien. Dabei stieß sie wilde Verwünschungen aus.

Tobias hatte genug. »Es reicht. Viola, beruhige dich. Wir machen eine Anzeige bei der Polizei.«

*

Auf einer der Bänke an der Passerpromenade saß Jenny Sommer und starrte wütend auf die Passanten. Sie war, kaum dass die letzten Journalisten die Pressekonferenz verlassen hatten, aus dem Kurhaus ins Freie gestürzt. So etwas hatte sie noch nie erlebt. Wie konnte Arthur sie so kurzfristig im Stich lassen? Wenn er wenigstens gestern etwas gesagt hätte?

Wieder las sie seine SMS. Laut den Mitteilungsdetails hatte er sie heute um 6.30 Uhr abgeschickt. Zu der Zeit hatte Jenny auf ihrem Hotelbalkon Qi Gong gemacht. Die fließenden Bewegungen der chinesischen Meditationstechnik gehörten neuerdings zu ihrem morgendlichen Ritual. Sie erinnerte sich, dass ihr während der Übungen ein Radfahrer aufgefallen war, der zur Hauptstraße hinunterfuhr. War das Arthur gewesen? Jenny verwarf den Gedanken. Soweit sie wusste, bevorzugte der Professor eher weniger anstrengende Arten der Fortbewegung. Und selbst wenn er seine diesbezüglichen Gepflogenheiten geändert hatte – er hätte wohl kaum die Pressekonferenz wegen einer plötzlichen Laune zu einer Radtour sausen lassen.

Hätte sie ihr Handy bloß früher eingeschaltet. Sie hätte Arthur vielleicht erreicht, bevor er das Hotel verlassen hatte, und ihm zumindest eine Erklärung für sein merkwürdiges Verhalten abringen können. So war sie nichts ahnend ins Kurhaus spaziert, wo sie Arthurs Nachricht erhalten hatte. Dann musste alles ganz schnell gehen: Auf Anweisung von Maurice ging sie mit Lenz in Windeseile sein Statement durch. Kurz darauf begann die Pressekonferenz.

Maurice machte seine Sache souverän, das musste sie ihm lassen. Auch Kateryna schlug sich prächtig, sie hielt sich an Jennys Briefing. Selbst die Frage Beppo Pirchers, der wissen wollte, was der Grund für ihr Engagement bei dem Symposium sei, parierte sie gekonnt: Es sei ein Ausdruck ihrer Wertschätzung für Professor Kammelbach, den sie während ihrer Studienzeit kennengelernt habe und mit dem sie bis heute in Kontakt stehe. »Darüber hinaus«, fügte sie hinzu, »war Meran im 19. Jahrhundert bei den russischen Gästen sehr beliebt. Ich bin zwar ukrainische Staatsbürgerin, aber Russland und der russisch-orthodoxen Gemeinschaft weiterhin eng verbunden. Es ist mir daher eine Freude, dieses Symposium hier in Meran zu unterstützen.«

Jenny hatte den Eindruck, dass Beppo Pircher nachhaken wollte. Bevor er dazukam, ergriff Lenz das Wort. Anstatt wie vorgesehen Arthurs Statement zu verlesen, berichtete er, was es bedeutete, einen solchen Kongress auf die Beine zu stellen. Das kam gut an, sodass keiner der anwesenden Journalisten Arthur, der als Redner in der Einladung angekündigt war, zu vermissen schien.

Was nichts daran änderte, dass Jenny sich Sorgen machte. Nach der Pressekonferenz hatte sie es ein paarmal auf seinem Handy probiert, jedoch nur die Mailbox erreicht.

Was konnte so dringend gewesen sein, dass der Professor nicht an der Pressekonferenz teilgenommen hatte? Sie erwog verschiedene Möglichkeiten, kam jedoch zu keinem schlüssigen Ergebnis.

Sie musste sich ohnehin beeilen. Kateryna hatte Maurice, Lenz und Jenny in das schicke Restaurant in Schloss Kallmünz im Zentrum von Meran zum Mittagessen eingeladen. »Ich will mich für die gute Zusammenarbeit bedanken«, hatte sie gesagt. Keine Frage, die Frau hatte Stil.

Jenny stand von der Bank auf. Plötzlich knickte sie mit dem linken Fuß um. Sowie sie sich bückte, sah sie, dass der Absatz abgebrochen war. Lose baumelte er an dem Schuh. Auch das noch. Heute war nicht ihr Tag. Sie konnte unmöglich hinkend und stolpernd an dem Mittagessen teilnehmen. Besser, sie nahm sich ein Taxi ins Hotel und wechselte die Schuhe. Wenn sie sich beeilte, käme sie gerade rechtzeitig zum Dessert.

Während sie zum Taxistand humpelte, fiel ihr ein, dass sie ihrer Gastgeberin Bescheid sagen sollte. Sie würde Lenz anrufen, der konnte sie entschuldigen.

Im Weitergehen sah sie ein Polizeiauto. Natürlich. Die Notrufnummer: 113. Die stand auf ihrem Stadtplan. Warum hatte sie nicht früher dran gedacht? Sie würde dort anrufen und den diensthabenden Beamten über Arthurs merkwürdiges Verschwinden informieren. Sollte man sie dort ruhig für übertrieben besorgt halten.

*

An ihrem Schreibtisch im Meraner Hauptkommissariat am Kornplatz saß Vizequästorin Franca Bertagnoll. Ihr gegenüber hatte Kommissar Aldo Klotz Platz genommen.

»Gibt es etwas Neues im Mordfall Mitterer?«, fragte sie.

Ihr Untergebener schüttelte den Kopf: »Keine Zeugen, keine Spuren, kein Motiv.«

Franca Bertagnoll zog die Brauen zusammen. Die Sache war höchst unangenehm. Ein bekannter Südtiroler Maler war in seinem Haus in der Nähe von Dorf Tirol erschlagen worden. Das gab Gerede – und vor allem Druck. Die Quästur saß ihr im Nacken und die Bürgermeister von Meran und Dorf Tirol ebenso. Mord war schlecht fürs Geschäft, besonders für den Fremdenverkehr.

»Die Obduktion, was hat die ergeben?«, fragte sie.

Klotz blätterte in seinen Papieren. »Der Mann ist mit einem länglichen Gegenstand erschlagen worden. Ein Schlag hat ihn von der Seite getroffen. Danach ging er zu Boden und hat sich ein Stück am Boden entlang geschleppt. Der zweite Schlag von oben auf die Schädeldecke war tödlich.«

Die Vizequästorin streckte die Hand nach dem Obduktionsbefund aus, den der Kommissar ihr reichte.

»Peter Mitterer war einen Meter neunzig groß. Wenn der Mörder ihm von oben auf den Kopf geschlagen hat, muss er ein Riese sein.«

»Nicht unbedingt. Bei dem länglichen Gegenstand handelt es sich um die Feldstaffelei, die das Opfer zum Malen in der freien Natur benutzt hat. Das Ding war zusammengeklappt und damit recht handlich. Der Mörder hat es sich geschnappt, damit ausgeholt und Mitterer von der Seite eins übergezogen. Beim zweiten Schlag muss er wehrlos am Boden gelegen sein. Es könnte auch ein kleinerer Mann gewesen sein.«

»Oder eine Frau«, gab Franca zu bedenken.

»Sie meinen die Haushälterin?«

»Sie hat ihn schließlich gefunden. Hatten die beiden ein Verhältnis?«

Aldo Klotz warf einen Blick auf seinen Bauch, der sich über dem Hosenbund wölbte, und murmelte: »Es gab da Gerüchte. Wenn Sie mich fragen: Da war nichts dran.«

»Warum nicht?«

»Haben Sie die Haushälterin einmal gesehen?«

Franca schüttelte den Kopf.

»Eben.«

»Was soll das heißen?«

»Naja, eine Schönheit ist sie nicht.«

Franca betrachtete den Untergebenen, der sichtlich in die Breite ging. Er selbst war kein Adonis, verlangte aber von den Frauen, dass sie wie Claudia Schiffer oder Naomi Campbell aussahen. Egal, der Mord hatte Vorrang. Ihr war etwas von einer Spielleidenschaft des Opfers zu Ohren gekommen. Danach fragte sie den Kommissar.

»Richtig«, antwortete der. »Er hat sich auf der Meraner Pferderennbahn herumgetrieben und hohe Summen verwettet. Vor zwei Jahren hätte er deshalb beinahe seinen Weinberg verkaufen müssen.«

»Ist das aktenkundig?«

Aldo Klotz kratzte sich an einer seiner schlecht rasierten Wangen und antwortete: »Nein. So etwas weiß man.«

Franca zog erneut die Brauen zusammen. Der Kommissar gehörte zu jenen ihrer Mitarbeiter, die sich nach wie vor nicht damit abgefunden hatten, eine Frau als Vorgesetzte zu haben. Wenn er Gelegenheit dazu hatte, machte er ihr das Leben schwer. Andererseits war er ein fähiger Ermittler. Seit vielen Jahren hier im Meraner Hauptkommissariat kannte er die Gegend und deren Bewohner. Sie selbst war erst vor ein paar Monaten hierher versetzt worden und auf sein ›Insiderwissen‹, wie sie es nannte, angewiesen.

»Und seither?«, fragte sie.

Der Kommissar lehnte sich zurück und verschränkte die Arme über dem Bauch. »Das ist das Seltsame. Irgendwie ist es Mitterer gelungen, die Schulden zu bezahlen. Den Weinberg hat er behalten und auf der Pferderennbahn hat man ihn auch nicht mehr gesehen.« Klotz beugte sich nach vorn und fügte hinzu: »Bis vor Kurzem jedenfalls. Vor ein paar Wochen soll er dort wieder aufgetaucht sein.«

Franca gab ihm den Obduktionsbericht zurück.

»Ich nehme an, Sie haben dort Erkundigungen eingeholt.«

In Klotz' Augen flackerte es, seine Mundwinkel zuckten. Machte er sich über sie lustig? »Das ist nicht so einfach. Die Direktion beruft sich auf den Datenschutz.«

»Ich bitte Sie. Die Stadt ist an der Pferderennbahn beteiligt, da wird sich doch etwas machen lassen.«

Klotz grinste breit. »Die Stadt hat ihre Anteile verkauft. Das gehört jetzt alles einem ausländischen Investor.«

Richtig, das hatte Franca ganz vergessen. Der Deal war erst kürzlich über die Bühne gegangen. Da musste sie sich wohl persönlich mit dem Präsidenten in Verbindung setzen. Sie konnte nur hoffen, dass er sich kooperativ zeigte. Es würde die Sache jedenfalls vereinfachen.

Franca stand auf, auch der Kommissar erhob sich. Bevor sie ihn verabschiedete, fragte sie: »Und unsere Germanisten. Ist mit denen alles in Ordnung?« So ein internationaler Kongress bedeutete immer eine Herausforderung für die Sicherheitskräfte. Besser, sie blieb am Ball.

Wieder kratzte Klotz sich die Wange. »Heute ist eine Anzeige eingegangen. Einer Musikerin wurde die …«, er unterbrach sich und schaute in seine Papiere, »Vielle gestohlen.«

»Die was?«

»Die Vielle, das ist eine Geige aus dem Mittelalter.«

»Das Instrument stammt aus dem Mittelalter? Es muss ja ein Vermögen wert sein.«

War Klotz von allen guten Geistern verlassen? Warum hatte er ihr das nicht eher gesagt?

»So wild ist es auch wieder nicht. Das Ensemble verwendet Instrumente, die im Mittelalter populär waren. Sind natürlich nur nachgebaut.«

Franca überlegte. Auch wenn es sich um eine Rekonstruktion handelte, musste das Instrument eine Stange Geld gekostet haben. Auf dem Schwarzmarkt ließe sich da sicher eine schöne Summe einstreifen.

»Wo soll denn der Diebstahl stattgefunden haben?«

Klotz nestelte an seinem Hemdzipfel herum, der ihm aus dem Hosenbund gerutscht war. »Gestern nach dem Konzert auf Schloss Tirol ist das Instrument verschwunden.«

Franca erinnerte sich an das Konzert. Man erwartete von ihr, dass sie am Gesellschaftsleben der Region teilnahm und sich bei verschiedenen Anlässen zeigte. Es wäre höchst peinlich, wenn ausgerechnet bei einer solchen Veranstaltung eine Straftat passierte. Sie musste der Sache nachgehen.

»Wer hat die Anzeige entgegengenommen?«, fragte sie Klotz.

»Das war der Comploi.«

Immerhin, der junge Inspektor Marco Comploi war ein heller Kopf. Und Fingerspitzengefühl hatte der Mann auch – was man von Klotz nicht gerade behaupten konnte.

»Und, was sagt er?«

Aldo Klotz kratzte sich diesmal am Kopf. »Das ist eine komische Sache.«

Was sollte das nun wieder heißen? Durch ein Nicken ermunterte sie den Kommissar weiterzusprechen.

»Der Comploi hat mit der Geigerin und dem Chef des Ensembles gesprochen. Sie war in der Gruppe nicht besonders beliebt. Der Chef meint, die Kollegen hätten ihr einen Streich gespielt.«

»Und der Inspektor? Was sagt der dazu?

Klotz sah wieder auf seinen Bauch. Franca verlor langsam die Geduld. Konnte der Mann ihr nicht antworten, ohne sich vorher zu begaffen oder zu begrapschen?

»Er meint, die Frau neige dazu, sich in den Mittelpunkt zu stellen. Er hält es für möglich, dass sie selbst die Geige hat verschwinden lassen.«

Franca dachte über Complois Vermutung nach. Wenn sein Verdacht zutraf, musste es sich bei der Geigerin um eine ziemlich überspannte Person handeln.

Klotz redete weiter: »Da ist noch etwas. Ist gerade erst hereingekommen.«

Franca nahm wieder Platz und bedeutete dem Kommissar, sich ebenfalls zu setzen.

»Eine Frau hat sich beim Notruf gemeldet und behauptet, einer der Professoren des Symposiums sei spurlos verschwunden.«

Franca fuhr von ihrem Sessel hoch, doch Aldo Klotz winkte ab.

»Kein Grund zur Panik. Der Mann, um den es geht, hat heute Morgen eine SMS hinterlassen, dass er wegen einer dringenden Angelegenheit wegmusste. Die Frau, die bei uns angerufen hat, glaubt das nicht.«

Franca entspannte sich. Es konnte vorkommen, dass ein erwachsener Mann seiner eigenen Wege ging. Und es gab Frauen, die das nicht wahrhaben wollten. Deshalb konnte sie nicht gleich eine Fahndung einleiten. Trotzdem interessierte es sie, um welchen der Professoren es sich handelte.

Der Kommissar blätterte in seinen Unterlagen, bevor er antwortete: »Arthur Kammelbach.«

Professor Kammelbach. Mit ihm und seinem Kollegen Maurice Jungmann hatte sie gestern für ein Foto posiert. Franca überlegte. Sie fand es ungewöhnlich, dass einer der beiden wissenschaftlichen Leiter das Symposium so plötzlich verlassen haben sollte. Da er jedoch eine Nachricht hinterlassen hatte, bestand für sie vorläufig kein Grund zum Einschreiten.

Die Vizequästorin erhob sich von ihrem Schreibtischsessel. »Fahren Sie auf die Burg und versuchen Sie, ob Sie etwas über die Geige in Erfahrung bringen können. Vielleicht hat jemand vom Personal etwas beobachtet. Ich kümmere mich um die Pferderennbahn.«

FÜNF

Jenny betrachtete die junge Frau, die im Dirndl hinter der Rezeption stand. Heute Morgen war sie Jenny hilfsbereit begegnet. Inzwischen schien sie weniger Geduld zu haben. »Horchen Sie, mir ham um die 80 Gäschte im Haus. Da kann ich mir nicht jeden merken, der da vorbeigeht.« Sie schob die Puffärmel ihrer weißen Rüschenbluse, die sie unter dem buntbestickten Mieder trug, nach oben und stemmte die Hände in die dralle Taille. »Tut mir leid, ich kann Ihnen nicht weiterhelfen.«

Für die Rezeptionistin war das Gespräch damit beendet. Doch so schnell gab Jenny sich nicht geschlagen. Wenn Arthur heute früh das Hotel verlassen hatte, musste ihn jemand gesehen haben. Vielleicht hatte er ja eine Bemerkung darüber gemacht, wohin er unterwegs war. Das wäre ein Anhaltspunkt.

»Professor Kammelbach hat das Haus gegen 6.30 Uhr verlassen. Um die Zeit werden hier die Gäste wohl nicht in Scharen aus und ein gegangen sein.« Jenny war bewusst zu einem sarkastischen Tonfall übergegangen. Sollte ihr Gegenüber nur sehen, dass sie nicht mit sich spaßen ließ. Allerdings schien sich die Rezeptionistin erst recht über sie zu amüsieren, denn sie lachte laut heraus. »Um die Zeit war ich nicht da. Mein Dienst beginnt erst um acht Uhr.«

Das war die Höhe. Da hatte Jenny ihre Zeit mit dieser unhöflichen Person verschwendet. »Und wer, bitte schön, war da?«

Der Frau war das Lachen vergangen. Pikiert antwortete sie: »Natürlich der Nachtportier.«

Jenny war schleierhaft, was daran natürlich war. Schließlich konnte keiner von ihr verlangen, dass sie die Dienstzeiten des Hotelpersonals kannte. Um es sich mit der Angestellten nicht ganz zu verscherzen, bat sie höflich: »Ich würde den Nachtportier gerne sprechen. Ab wann ist er wieder im Dienst?«

Die Frau im Tiroler Dirndl brach erneut in Lachen aus. »Do miassn S' warten«, verfiel sie ins Südtirolerische. »Der isch in Spital, sei Frau hat krod a Kind kriagt. Vor näkschter Woche kimmt der nimmer.«

Jenny sank der Mut. Sie wollte zum Lift gehen, da kam ihr eine Idee. Sie wandte sich erneut an die Rezeptionistin und bat um Papier und Kuvert. Nachdem sie ein paar Zeilen geschrieben und das Kuvert zugeklebt hatte, reichte sie es der Rezeptionistin. »Können Sie die Nachricht bitte in das Postfach von Professor Kammelbach geben?« Die Frau bejahte, tippte etwas in ihren Computer ein und steckte das Kuvert in das Fach Nummer 14. Jenny ging – so würdevoll es ihr mit ihrem lädierten Absatz möglich war – zum Lift.

In ihrem Zimmer im zweiten Stock wechselte sie die Schuhe. Anstatt der hochhackigen Peeptoes, die sie heute bei der Pressekonferenz getragen hatte, entschied sie sich für Ballerinas. Zu dem eleganten Kostüm, das sie trug, hätten hohe Absätze besser gepasst. Mit den flachen Schuhen konnte ihr dagegen das Missgeschick von vorhin nicht mehr passieren.

Sie trat hinaus auf die Terrasse. Der Tag hatte sonnig begonnen und war nun warm geworden, sodass sie die Kostümjacke nicht würde benötigen. Besser, sie entledigte sich gleich des überflüssigen Kleidungsstücks.

Jenny ging in ihr Zimmer zurück und betrachtete sich im Spiegel. Sie war mit ihrem Outfit zufrieden. Die ärmellose weiße Bluse und der knielange Rock in zartem Pastellrosa harmonierten perfekt mit den flachen Schuhen, die ebenfalls in einem hellen Ton gehalten waren.

Vom nahen St.-Georgs-Kirchlein hörte Jenny die Turmuhr zweimal schlagen. Es war halb eins. Wenn sie sich beeilte, kam sie rechtzeitig zur Hauptspeise. Sie würde mit Kateryna und Lenz die Pressekonferenz Revue passieren lassen. In der Regel schätzten ihre Kunden eine solche Nachbesprechung. Manöverkritik nannte man das.

Ob auch Maurice Wert auf ihre Meinung legte? Sie wusste nicht, wie sie ihn einschätzen sollte. Auf der einen Seite behandelte er sie korrekt und zuvorkommend. Auf der anderen Seite hatte sie den Eindruck, er ließe sich nicht gern in die Karten sehen – zumindest, was sein Auftreten in der Öffentlichkeit betraf. Er war gestern nicht zu der Besprechung für die Pressekonferenz gekommen. Heute hatte er Beppo Pircher, dem Reporter des Meraner, ein Interview gegeben. Da hätte er sie vorher informieren müssen. Sie war schließlich die PR-Verantwortliche des Symposiums. Da konnte nicht jeder einfach über ihren Kopf hinweg Interviews geben. Bei der ganzen Aufregung über Arthurs Fernbleiben hatte sie allerdings keine Gelegenheit gehabt, Maurice darauf anzusprechen.

Arthur! Den hätte sie beinahe vergessen. Sie hatte keine neue Nachricht von ihm. Was hatte ihn so plötzlich fortgeführt? Er hätte wenigstens schreiben können, wohin er unterwegs war. Ausgecheckt hatte er offenbar nicht, sonst hätte die Rezeptionistin das Kuvert nicht in sein Postfach gelegt. Demnach hatte er sein Zimmer behalten. Vielleicht war er inzwischen zurückgekehrt, während sie hier saß und grübelte. Nein, das war nicht möglich. Er hätte ihre Nachricht erhalten und sich gemeldet. Denkbar wäre jedoch auch, dass er früher zurückgekommen war, sein Handy ausgestellt hatte und sich wegen der Strapazen seines Aufbruchs ausschlief. Die unaufmerksame Angestellte hatte ihn natürlich nicht kommen sehen. Wo käme sie denn da hin …

Jenny näherte sich der Tür von Zimmer 14. Sie hätte nicht sagen können, was sie hierhergeführt hatte. Sie war von ihrem Zimmer im zweiten Stock die Treppe heruntergegangen. In der ersten Etage blieb sie stehen und schaute den Gang entlang. Eines der Zimmer musste das von Arthur sein. Ob sie einfach anklopfen sollte?

Sie stand unmittelbar davor, als ihr der Reinigungswagen auffiel. Er war mit frischen Handtüchern und Schmutzwäsche beladen. Die Tür zur Nummer 14 stand offen.

*

»Wie stehen die Aktien?« Tony Perathoner hielt sich das Smartphone ans Ohr und lauschte seinem Gesprächspartner. Was er hörte, gefiel ihm gar nicht. Ohne sich zu verabschieden, beendete er das Gespräch. Er verstaute das Gerät in seinem Rucksack und schulterte ihn.

Bevor er weiterfuhr, blickte er auf die Strecke zurück, die er mit dem Fahrrad zurückgelegt hatte. Tief unter ihm bahnte sich die Passer ihren Weg durch die enge Gilfklamm. Ein Stück weiter flussabwärts hatte er den Steinernen Steg überquert. Die Brücke verband die schattige Sommerpromenade mit der sonnenbeschienen Winterpromenade und war Fußgängern und Radfahrern vorbehalten. Von dort war er den Serpentinenweg hinaufgeradelt und befand sich nun oberhalb des mächtigen Zenobergfelsens, der neben dem Fluss aufragte.

Tony hatte keine Mühe gehabt, die Route, die vielen Radfahrern schwer zu schaffen machte, zu bewältigen. In seiner Jugend war er Extremkletterer gewesen. Nach wie vor körperlich topfit bewältigte er den Höhenunterschied geschmeidig und souverän wie eine Gams.

Trotzdem fühlte er plötzlich, wie ihm der Schweiß ausbrach. Das Telefonat war nicht nach seiner Vorstellung verlaufen und eine andere Sache ging ihm an die Substanz: das Verhalten von Katerynas Tochter Sascha. Allein wie sie mit Victor und Juri umsprang. Er hatte auf Bitten Katerynas den beiden Bodyguards Fahrräder besorgt, damit sie das Mädchen besser im Auge behalten konnten. Ihm wäre es viel lieber gewesen, sie hätte der Kleinen erst gar nicht erlaubt, hier mit dem Rad durch die Gegend zu fahren. Die Tochter einer Millionärin war damit leichte Beute und als Entführungsopfer geradezu prädestiniert.

Doch Kateryna hatte von einem Fahrradverbot für Sascha nichts wissen wollen. Sie weigerte sich schlichtweg, auf Tony zu hören. Ihre Tochter solle in Freiheit aufwachsen, Punktum.

Entgegen besseren Wissens hatte Tony Saschas Leibwächter mit Fahrrädern ausgestattet. Er wusste, dass die beiden in dieser Disziplin die reinsten Tölpel waren. Sie bevorzugten es, Kanu zu fahren, und trainierten in jeder freien Minute, um am kommenden Wochenende beim Wildwasserrennen in der Gilfklamm anzutreten. Auf Fahrrädern war ihre Geschicklichkeit äußerst begrenzt. Sascha würde Victor und Juri im Nu abgehängt haben, das war ihm klar.

Tony schwang sich wieder auf sein Mountainbike und radelte weiter. Der letzte Streckenabschnitt seiner Tour führte schnurgerade und stetig bergan nach Dorf Tirol. Wieder schweiften seine Gedanken zu Sascha. Sie war ihm zunächst reserviert begegnet. Seit er Kateryna einen Heiratsantrag gemacht hatte, ließ das Mädchen keine Gelegenheit aus, ihm das Leben schwer zu machen – besser gesagt, ihrer Mutter. Ihn ignorierte Sascha so gut es ging. Kateryna dagegen hatte sie gedroht, zu ihrem Vater zu gehen, falls sie Tonys Antrag annehmen sollte. Dass ihr Vater eine neue Frau an seiner Seite hatte, schien Sascha nicht zu stören. Ihr ging es nur darum, die Heirat ihrer Mutter zu verhindern.

Eines wusste er mit Sicherheit: Kateryna würde nie zulassen, dass Sascha zu ihrem Vater zog. Sie würde lieber auf ihn verzichten. Das hatte sie ihm in letzter Zeit häufiger klargemacht.

Sascha hier, Sascha da. So ging es die ganze Zeit. Auch heute hatte er wieder das Nachsehen gehabt. Nach der Pressekonferenz und dem Mittagessen hatte er sich auf ein Schäferstündchen mit Kateryna gefreut. So war es abgemacht gewesen. Doch sie hatte ihn versetzt. Sie wolle mit Sascha shoppen gehen.

Shoppen mit Sascha, dass er nicht lachte. Das Einzige, wofür das Mädchen sich interessierte, war ihr Rad – und wie sie es anstellte, einen Keil zwischen Kateryna und ihn zu treiben.

Inzwischen bezweifelte Tony, dass es eine gute Idee gewesen war, seine Produktionsfirma in Hollywood aufzugeben. Er hatte seine Anteile an seinen Partner verkauft und das Geld angelegt. Der Zusammenbruch der Finanzmärkte hatte seine Reserven schmelzen lassen. Und in Hollywood war er weg vom Fenster. Da müsste er von vorn anfangen. Was ihm heute mit 38 wesentlich schwerer fiele als vor zehn Jahren beim Start seiner Karriere im Filmgeschäft.

Nüchtern betrachtet musste er sich eingestehen, dass er vollkommen von Kateryna abhängig war. Und das gefiel ihm gar nicht. Hinzu kam, dass eine andere Sache schiefgegangen war. Sein Kontaktmann vor Ort hatte versprochen, sich darum zu kümmern. Doch gerade eben hatte er ihn erneut vertröstet.

Links und rechts der Hauptstraße wurden die ersten Hotels sichtbar. Bald hatte Tony den Ortskern erreicht. Von da war es mit dem Fahrrad ein Katzensprung zur Burg. Im Gegensatz zu einem Auto brauchte er für das Fahrrad keine Sondergenehmigung, um zum Schloss zu fahren.

An der Aussichtsterrasse zu Beginn des Schlossweges brachte Tony sein Gefährt zum Stehen. Das Panorama war hier sehenswert. Vor ihm lag auf einem Moränenfelsen die Burg, dahinter ragten die Mutspitze und weitere Gipfel der Texelgruppe in den Himmel. Links unter ihm breitete sich das Meraner Becken aus, umrahmt von Berghängen.

Tony holte die Kamera aus seinem Rucksack und machte ein paar Aufnahmen. Vielleicht würde er ja doch wieder ins Filmgeschäft einsteigen. Es konnte nicht schaden, wenn er ein paar Motive im Auge behielt. Für einen Bergfilm – seine Spezialität – schien ihm die Gegend hier gut geeignet. Nicht jeder Film musste in den Dolomiten spielen, Südtirol hatte eine Menge schöner Plätze zu bieten.

Nachdem er die Bilder geschossen hatte, verstaute er die Kamera wieder im Rucksack. Tony schwang sich auf den Sattel und rollte den abschüssigen Weg hinunter.

*

Lenz Hofer stand an der Passerpromenade und betrachtete die Fassaden des Meraner Kurhauses. Die verschiedenartigen Trakte des langgestreckten, weißgetünchten

Baus bildeten die architektonischen Meilensteine von Merans Aufstieg zur Kurstadt.

Der ›Kleine Kursaal‹, der heutige ›Pavillon des Fleurs‹ war in den Siebzigerjahren des 19. Jahrhunderts errichtet worden. Lenz glaubte, gelesen zu haben, dass bei der feierlichen Eröffnung 102 Gasflammen gebrannt hatten. Elektrisches Licht gab es nicht. Trotz dieses Mankos gelang es den Betreibern, für die Zerstreuung der Kurgäste zu sorgen. Lesesalon, Billardtische und Raucherzimmer waren nur einige der Vergnügungsangebote, die zur Verfügung standen. Bald wurden die Therapieräume ausgelagert, Unterhaltung pur – vom Konzert bis zum Schönheitswettbewerb – war an der Tagesordnung. Kurze Zeit später wurde Merans erstes Kurhaus zu klein. Der Wiener Architekt Friedrich Ohmann bekam den Auftrag, ein neues zu errichten. Der ›Große Kursaal‹ entstand.

Lenz warf seinen Blick auf die für den Jugendstil typischen Blattgoldverzierungen und richtete seine Augen auf das Vordach der Rotunde, wo Mädchen aus Gips einander die Hände zum Reigen reichten. Es war keine Selbstverständlichkeit, dass sich die Meraner und die Touristen an diesem Anblick erfreuen konnten. Kaum war der Große Kursaal eingeweiht worden, legten sich die Schatten des Ersten Weltkrieges über die Stadt. Die Kurgäste blieben aus, das prunkvolle Interieur des Prachtbaus musste einer Kriegsküche weichen.

Nichtsdestotrotz hatte das Meraner Kurhaus die wechselhaften Zeiten überdauert. Heute erstrahlte es in neuem Glanz und bildete wie zu Beginn den festlichen Rahmen für Konzerte, Bälle und andere Unterhaltungen. Kongresse, Tagungen und Konferenzen waren hinzugekommen.

Wie das Kurhaus erfreute sich das Café, das sich zwischen großem und kleinem Kursaal an der Promenade befand, regen Besucherstroms. Dorthin machte Lenz sich auf den Weg und erklomm die wenigen Stufen, die auf die Terrasse des Cafés führten. An einem der Tische unter der Markise saß Jenny Sommer und blätterte in der Speisekarte.

Lenz trat an ihren Tisch und nahm ihr gegenüber Platz.

»Hallo, Lenz, schön, dass du Zeit hast«, begrüßte sie ihn.

Lenz betrachtete die Frau, die ihm zulächelte. Er war gespannt, was sie ihm zu berichten hatte. Zum Mittagessen im Kallmünz war sie nicht erschienen. Jenny hatte ihn angerufen und gefragt, ob sie sich treffen könnten. Sie hätte etwas Wichtiges mit ihm zu besprechen. Er hatte das Café vorgeschlagen.

Sie kam sofort zur Sache. »Ich war in Arthurs Zimmer.«

Wie bitte? Sie war in Arthurs Zimmer gewesen. War sie etwa über den Balkon hineingeklettert? Er erinnerte sich daran, wie sie im Vorjahr in Bozen die Zimmer der Delegation durchsucht hatte und dabei fast erwischt worden wäre.

Nur durch einen waghalsigen Sprung auf einen Baum hatte sie sich vor der Entdeckung retten können. Er hatte

Jenny quer über einen Ast hängend gefunden und sie aus ihrer misslichen Lage befreit.

Bei der Erinnerung daran musste er unwillkürlich geschmunzelt haben, denn Jenny fuhr hoch: »Du brauchst dich gar nicht über mich lustig machen. Ich bin durch die Tür hinein- und auch wieder hinausgegangen.«

Das war immerhin etwas. Fragte sich nur, wie sie das bewerkstelligt hatte.

»Diesmal war es ganz einfach«, sagte Jenny. »Die Tür stand offen und die Zimmerfrau war gerade im Bad. Da bin ich einfach hineinspaziert.«

»Wenn sie dich erwischt hätte, was hättest du ihr erzählt?«

Die Kellnerin kam und brachte die Bestellung.

»Sie hat mich ja erwischt. Ich habe ihr meinen Badge, der mich als Kongressteilnehmerin ausweist, gezeigt und gesagt, dass ich für einen Gast etwas holen müsse.«

»Das hat sie dir geglaubt?« Lenz bezweifelte, dass Jenny so glimpflich davongekommen war.

»Na ja, ein wenig misstrauisch war die Frau. Da habe ich einfach behauptet, dass ich Arthurs Freundin sei und mir Sorgen mache, weil er letzte Nacht nicht wie ausgemacht zu mir ins Zimmer gekommen ist.« Jenny nahm einen Schluck von ihrer Limonade, bevor sie fortfuhr: »Weißt du, was die Zimmerfrau mir geantwortet hat?«

»Dass du dich verkrümeln sollst?«

Jenny verschluckte sich beinahe – allerdings nicht vor Verlegenheit, sondern vor Lachen. »Da kennst du die Frauen schlecht. Sie hat erst etwas verlegen getan und rumgestottert, bevor sie mir gesagt hat, dass ich ihr leidtue. Und ich solle mich lieber nach einem anderen umschauen.«

Lenz verstand gar nichts mehr.

Jenny beugte sich über den Tisch und setzte mit leiserer Stimme fort: »Sie hat mir gesagt, ich solle mir einen anderen suchen, denn der, um den es hier gehe, sei es nicht wert, dass ich mir seinetwegen den Kopf zerbreche.«

»Sagst du mir auch, warum nicht?«

Jenny senkte die Stimme zu einem Flüstern. »Weil er die Nacht mit einer anderen Frau verbracht hat.«

»Arthur hat gestern Nacht mit einer Frau geschlafen?« Lenz hatte so laut gesprochen, dass die Gäste an den Nebentischen die Köpfe reckten.

»Psst.« Jenny legte den Zeigefinger auf ihre Lippen. »Schrei nicht so. Die Zimmerfrau hat mir verraten, dass Arthur die Nacht nicht in seinem Bett verbracht hat. Es war unberührt. Deshalb glaubt sie, er habe bei einer anderen Frau geschlafen. Das hat er natürlich nicht.«

»Hat er nicht?«

»Nein, hat er nicht.« Jenny schien sich ihrer Sache sicher zu sein, denn ihr Tonfall duldete keinen Widerspruch. Lenz konnte sich nicht erklären, woher sie die Gewissheit nahm. Arthur war zwar seines Wissens kein Hallodri, aber schließlich auch nur ein Mann … Viel wichtiger schien ihm jedoch die Frage, was Jenny überhaupt im Zimmer des Professors zu suchen gehabt hatte.

Jenny kramte in ihrer Handtasche und entnahm ihr einen Karton. Den knallte sie auf den Tisch. »Das hier habe ich bei Arthur gefunden.«

Lenz betrachtete die orange-weiße Packung mit der Aufschrift ›Rezept- und apothekenpflichtig‹. Das war eindeutig ein Medikament. Was hatte das nun wieder zu bedeuten?

Ehe er seine Frage stellen konnte, erläuterte Jenny: »Arthur ist etwas zugestoßen. Wahrscheinlich wurde er entführt.«

Lenz hielt im Kauen inne. Waren Jenny die Nerven durchgegangen? Mit so etwas scherzte man nicht. »Wie kommst du darauf?«, fragte er sie.

Jenny öffnete die Medikamentenschachtel und entnahm ihr den Beipackzettel. »Zur Behandlung von Atemnot. Dreimal täglich eine Tablette mit Wasser einnehmen. Dosierung genau einhalten«, las sie vor. Sie drehte das Blatt auf den Kopf und hielt es Lenz hin. »Bitte schön. Überzeug dich selbst. Hätte Arthur Meran freiwillig verlassen, er hätte sein Medikament mitgenommen.«

Lenz studierte den Text: »Hat er vielleicht vergessen, das Medikament mitzunehmen. Wird er sich vielleicht unterwegs ein neues besorgen. Ist er vielleicht ohnehin bis heute Abend zurück.«

Jenny schüttelte den Kopf. Sie wirkte sehr besorgt. »Nein, Lenz, das glaube ich nicht. Bedenke, was die Zimmerfrau mir gesagt hat: Arthur hat die Nacht nicht in seinem Zimmer verbracht. In der Früh hat er mir eine SMS geschrieben, dass er wegmüsse. Da passt etwas nicht zusammen.«

Lenz lehnte sich in seinem Sessel zurück und blickte in die Ferne. »Wenn du glaubst, dass Arthur etwas passiert ist, musst du zur Polizei gehen.«

Ehe Jenny antworten konnte, trat eine hochgewachsene Frau zu ihnen an den Tisch. »Lenz, ich suche dich die ganze Zeit. Stell dir vor, meine Vielle wurde gestohlen.«

Viola blickte auf ihn herab. Lenz wusste bereits, dass die Geige verschwunden war. So etwas sprach sich schnell herum. Was konnte er da tun?

»Ich muss dich unbedingt unter vier Augen sprechen«, fuhr Viola fort und warf dabei einen Seitenblick auf Jenny, die sich kerzengerade in ihrem Sessel aufrichtete. »Ich habe gerade eine Besprechung mit Herrn Hofer, das sehen Sie doch.«

Lenz beeilte sich, Jenny zuzustimmen. »Richtig. Ich meld mich bei dir, wenn wir fertig sind.«

Viola spitzte die Lippen und legte ihre Hand auf Lenz' Schulter. »Ich nehm dich beim Wort. Nicht, dass du mich wieder im Stich lässt wie gestern Abend.« Ohne Jenny eines Blickes zu würdigen verließ sie die Terrasse.

Lenz sah zu Jenny. Violas vertrauliche Geste war ihm peinlich. Er hoffte bloß, dass Jenny daraus keine falschen Schlüsse zog.

Sie schien jedoch fest entschlossen, mit der Beweisaufnahme fortzufahren.

»Die habe ich ebenfalls bei Arthur gefunden.« Mit diesen Worten knallte sie eine Zeitung auf den Tisch.

Lenz sah sich das Exemplar an. Es handelte sich um eine Ausgabe des ›Meraner‹. Das Datum lautete auf 30. Mai. »Die Zeitung von gestern?«

Jenny schlug das Blatt auf.

SECHS

Beppo Pircher legte letzte Hand an seinen Bericht über die Pressekonferenz. Die Rezension des gestrigen Konzerts hatte er bereits geschrieben. Auch das Interview mit Maurice Jungmann war im Kasten. Es fehlten die passenden Überschriften. Die machte er immer zuletzt.

Er überflog die Rezension. Im Laufe der Jahre, die er für den ›Meraner‹ arbeitete, war er so vielseitig geworden, dass er praktisch in jedem Ressort eingesetzt werden konnte. Mit 19 Jahren war er aus Gröden, wo er eine Fotografenlehre absolviert hatte, nach Meran gekommen. Das Zeitungsmachen interessierte ihn, daher hatte er sich auf eine Stellenanzeige hin als Fotoreporter beim ›Meraner‹ beworben. Der Chefredakteur gab dem eifrigen jungen Mann eine Chance, erkannte bald dessen Schreibtalent und machte es sich zunutze. Beide Fähigkeiten waren für eine Lokalzeitung mit begrenzten Ressourcen von unschätzbarem Wert. Daher hatte Beppo den Auftrag erhalten, das ›Gesamtpaket Oswald von Wolkenstein zu covern‹, wie es sein Chefredakteur, der gerne den Slang großer Blattmacher kopierte, ausgedrückt hatte.

Für Beppo bedeutete das: Großeinsatz. Nach dem gestrigen Eröffnungskonzert auf der Burg würde er über die Auftritte weiterer Ensembles, die heute und in den nächsten Tagen an verschiedenen Spielstätten in Meran stattfanden, berichten. Die Pressekonferenz von heute Vormittag und der abschließende Musikwettbewerb am Freitagabend gehörten ebenfalls mit zum ›Paket‹. Das Interview, das Beppo mit Maurice Jungmann geführt hatte, war eine Draufgabe gewesen, die der Chefredakteur goutierte. »Ein bekannter Autor. Da werden wir vielleicht sogar in der überregionalen Presse zitiert«, hatte er gemeint.

Beppo kümmerten solche Überlegungen, bei denen es um das Prestige ging, nicht. Er bevorzugte es, den Dingen auf den Grund zu gehen und darüber zu berichten. Das war seine Leidenschaft und beim ›Meraner‹ konnte er ihr nahezu uneingeschränkt nachgehen. Längst war man auch beim Tagblatt der Südtiroler auf ihn aufmerksam geworden und hatte ihm ein Angebot gemacht, doch Beppo hatte abgewunken. Dort hätte man ihm die Fesseln des Redaktionsalltages angelegt und ihn auf ein Ressort beschränkt. Beim ›Meraner‹ hatte er dagegen jede Freiheit.

Beinahe jedenfalls. Auch hier galt es, den Redaktionsschluss einzuhalten – und der rückte momentan immer näher.

›Freudenklänge in wilder Aufholjagd‹, hämmerte er in die Tasten. Ihm konnte man nichts vormachen. Er hatte die Probleme, mit denen die Musiker gestern gekämpft hatten, bemerkt. Besonders die Geige – beziehungsweise die Vielle, wie er fachkundig in der Besprechung geschrieben hatte – hatte nicht das richtige Tempo gefunden. Einmal schien sie den anderen Instrumenten hinterherzuhinken. Dann wieder eilte sie mit einer Geschwindigkeit voraus, der die anderen nur mit Mühe folgen konnten.

Beppo hatte sich darüber gewundert, galten doch die ›Freudenklänge‹ als Favorit für den Wettbewerb. Das sollte ihn nicht daran hindern, in der Zeitung seine Meinung kundzutun. Es war schließlich sein Job. Wenn sie ihre Schwierigkeiten nicht in den Griff bekamen, hatten sie ohnehin keine Chance, den Wettbewerb zu gewinnen.

»Beppo, bischt scho fertig?« Konrad Mair, der Chef vom Dienst, hatte gerade seinen Kopf in Beppos winziges Büro gesteckt.

»Gib mir fünf Minuten«, antwortete er. Rasch tippte er: ›Geldregen von der Schwarzmeerküste: Kateryna Maximowa, die gute Fee des Oswald-Symposiums‹.

Die Headline für das Interview kam als Nächstes dran. ›Maurice Jungmanns nächstes Werk – eine Sensation?‹, titelte Beppo.

Geschafft! Er warf einen letzten Blick auf das Layout. Wider Erwarten hatte ihm der Chefredakteur eine ganze Seite freigehalten. Sogar das Gruppenbild, das Beppo gestern beim Konzert geschossen hatte, fand Platz. Der Chef vom Dienst würde die Seite abschließend prüfen, danach ging sie in Druck.

Beppo stieß sich mit dem Drehsessel von seinem Schreibtisch ab, streckte sich und gähnte. Er sprang auf, schnappte Handy und Fotokamera und verließ die Redaktion.

*

Die Landesfürstliche Burg, die sich unweit der Meraner Altstadt in der Galileistraße befand, machte so gar nicht den Eindruck einer hochherrschaftlichen Residenz. Hinter Efeu und Bäumen versteckt wirkte sie eher wie ein romantisches Schlösschen. Das war sie in Wirklichkeit auch. Der Tiroler Landesfürst Sigmund hatte sie um 1460 als Lustschloss erbauen lassen und darin – so die Legende – einige seiner angeblich 50 illegitimen Kinder gezeugt.

Jenny, die mit Lenz auf einer Bank vor dem Gebäude saß, ahnte nichts von diesen Ausschweifungen. Ihre ganze Aufmerksamkeit war der Zeitung gewidmet, die aufgeschlagen zwischen ihnen lag. Es handelte sich um die – nunmehr vollständige – Ausgabe des ›Meraner‹ vom Vortag.

»Das muss der Artikel sein.« Mit dem Zeigefinger wies sie auf den Bericht, der ganz oben auf der Seite stand. Um zu vergleichen, nahm sie das Exemplar aus ihrer Handtasche, das sie Lenz vorhin im Café gezeigt hatte.

Die Zeitung war ihr heute Mittag in die Hände gefallen, nachdem sie Arthurs Zimmer verlassen hatte. Im Gang hatte sie beobachtet, wie die Zimmerfrau die Zeitung auf den Reinigungswagen gelegt hatte. Sie hatte nicht lange gezögert und sich das Exemplar geschnappt – warum, hätte sie in dem Moment nicht zu sagen vermocht.

Bald fand sie einen Anhaltspunkt: Auf Seite 3 fehlte ein Artikel. Oder war es die darauffolgende Seite 4?

Nein, das konnte nicht sein. Darauf war eine ganzseitige Werbung, da hätte es keinen Sinn ergeben, nur einen Teil der Seite herauszureißen – zumal die Kontaktdaten mit Telefonnummer und Webadresse vorhanden waren.

Jenny betrachtete die Seite 3 genauer. Die obere Hälfte war herausgerissen. Auf dem verbliebenen Teil der Seite fand sie einen Bericht über ein Verkehrschaos auf der MeBo, der Schnellstraße zwischen Meran und Bozen. Daneben stand ein Artikel über zwei Meranerinnen, die sich wegen eines Mannes in die Haare gekriegt und einander eine handfeste Schlägerei geliefert hatten.

Das war eindeutig die Chronik-Seite. Welches lokale Ereignis könnte Arthur so interessiert haben, dass er sich die Mühe gemacht hatte, den Abschnitt herauszutrennen?

Ein Bericht über das Symposium konnte es nicht sein. Dank ihrer Medienbeobachtung, von der sie sämtliche Artikel elektronisch und tagesaktuell geliefert bekam, wusste Jenny, dass gestern nichts erschienen war.

Es musste sich also um etwas anderes handeln, das Arthur derart gefesselt hatte – fragte sich nur, was. So sehr Jenny sich auch den Kopf zerbrach, sie kam zu keinem Ergebnis. Daher beschloss sie, Lenz ins Vertrauen zu ziehen. Da er für die Organisation des Kongresses zuständig und Tage vor Jenny angereist war, wusste er vielleicht Bescheid. Doch auch Lenz konnte sich zunächst keinen Reim darauf machen.

»Gehen wir in die Galileistraße«, hatte er vorgeschlagen. »Gibt es dort sicher ein Exemplar von der gestrigen Ausgabe.«

Jenny verstand zunächst nicht. War da eine Altpapiersammelstelle? In der Galileistraße befinde sich das Büro des ›Meraner‹, hatte Lenz erklärt. Wenn, würden sie dort die gestrige Ausgabe bekommen.

Auf ihrem Weg dorthin hatten sie die Meraner Lauben passiert. Jenny hatte einen sehnsüchtigen Blick zu der Einkaufsstraße mit den mittelalterlichen Arkadengängen geworfen. Lenz war jedoch so rasch weitergeeilt, dass ihr keine Zeit zu verweilen geblieben war.

Die freundliche Sekretärin des ›Meraner‹ hatte ihnen ohne Umstände ein Exemplar ausgehändigt, das sie und Lenz nun studierten.

›Südtiroler Heimatmaler tot aufgefunden‹, lautete die Schlagzeile des fehlenden Artikels. Daneben befand sich ein Porträtfoto eines etwa 50-jährigen Mannes. Sein Gesicht wirkte verlebt, unter den Augen hatte er Tränensäcke. Auf dem Kopf trug er einen Strohhut, darunter kringelten sich schulterlange Locken.

»Einen schrecklichen Fund machte gestern die Haushälterin des bekannten Südtiroler Heimatmalers Peter Mitterer aus St. Michaela in Dorf Tirol.« Lenz hatte laut zu lesen begonnen. »Den Mitterer haben sie umgebracht«, murmelte er.

»Hast du ihn gekannt?«

»Nicht persönlich, aber ich habe schon von ihm gehört.« Lenz las laut weiter: »Die Frau kam wie jeden Morgen zum Aufwarten in das Haus des Mannes. Eine

Blutspur ließ sie Schlimmes ahnen. Schließlich fand sie Mitterer an der Schwelle zu seinem Atelier tot auf.«

Lenz machte eine Pause.

»Was hatte Arthur mit dem ermordeten Maler zu tun?«, fragte Jenny.

Lenz zuckte die Schultern: »Hab ich keine Ahnung. Vielleicht kannte er ihn.«

Jenny las weiter, doch auch die nächsten Zeilen gaben keinen Aufschluss. Laut Haushälterin sei nichts gestohlen worden, hieß es. Der ›Meraner‹ hatte ein paar Zeilen über Leben und Werk des Künstlers hinzugefügt und die Trauer des gesamten Verlages bekundet.

»Glaubst du immer noch, dass Arthur aus freien Stücken abgetaucht ist?«

Lenz nahm seine Brille ab, betrachtete sie und setze sie wieder auf. »Hast du mit der Polizei gesprochen?«

Jenny zögerte. Sollte sie ihm von ihrem Anruf berichten? »Ich habe heute mit dem Notruf telefoniert«, sagte sie schließlich. »Aber …«

»Was haben sie gesagt?«

»Ich hatte nicht den Eindruck, dass die Polizei der Sache große Bedeutung bemisst.«

Lenz nahm wieder seine Brille ab und betrachtete die Gläser. »Sollten wir mit der Haushälterin reden.« Unvermittelt stand er auf und überquerte die Straße.

Jenny zögerte. Sie konnte sich nicht vorstellen, wie sie die Haushälterin finden sollten. Wusste Lenz mehr, als sie ahnte?

*

Kateryna Maximowa rekelte sich im luxuriösen Doppelbett ihrer Panoramasuite, die sie im Grand Hotel Meran bezogen hatte.

Nachdem die Shoppingtour mit Sascha nur von kurzer Dauer gewesen war – das Mädchen hatte sich einmal mehr von seiner mürrischen Seite gezeigt und es kaum erwarten können, wieder auf sein Rad zu klettern –, hatte sich Kateryna eine Massage im Spa des Grand Hotels gegönnt. Danach hatte sie sich in ihre Suite zurückgezogen, um ein wenig zu ruhen. Sie musste wohl eingenickt sein und geträumt haben.

Während sie den Kristallluster an der mit edlem Stuck verzierten Decke betrachtete, rief sie sich die Szenen in Erinnerung. Tony war gekommen, hatte sie geküsst und sie waren in eine feurige Umarmung gesunken, die alles rundherum vergessen machte.

Kateryna seufzte. Wie bedauerlich, dass sie ihn zugunsten von Sascha versetzt hatte. Es wäre nicht beim Traum geblieben.

Hätte das Botox es nicht verhindert, auf Katerynas Stirn wäre eine Falte erschienen. So blieb es nur bei trüben Gedanken, die äußerlich nicht sichtbar wurden. Ihre Tochter entwickelte sich mehr und mehr zum Problemfall. Sie hatte gehofft, dass diese Reise nach Meran – in eine neue Umgebung – sie, Tony und Sascha einander näherbringen würde. Doch das Gegenteil war der Fall. Sascha gebärdete sich uneinsichtiger denn je, daran hatte der Ortswechsel nicht das Geringste ändern können.

»Wenn du Tony heiratest, gehe ich zurück zu Papa.« Erst gestern hatte ihr die Kleine wieder gedroht.

Kateryna lächelte. »Kleine« war gut. Ihre Tochter war fast so groß wie sie. Bald würde sie ihrer Mutter über den Kopf wachsen. Das mussten die Gene ihres Exmannes sein. Der war über 1,90. Mit ihren immerhin 1,70 war sie sich dagegen stets klein vorgekommen. Nun hatte er eine Frau, die ihm ebenbürtig war. Zumindest was die Größe anbelangte …

Beim Gedanken an das langbeinige Model, das Sergej sich angelacht hatte, während er mit ihr verheiratet war, verzog Kateryna die Mundwinkel. Es war bitter gewesen, herauszufinden, dass er sie betrog. Das war Vergangenheit. Sie weinte ihm keine Träne mehr nach.

Nach der Scheidung war sie von Feodossja auf der Krim, wo sie geboren worden war und mit Sergej gelebt hatte, nach Sotschi übersiedelt. Das bedeutete zwar, ihre Heimat zu verlassen. Immerhin war sie am Schwarzen Meer geblieben, das ihr so vertraut war.

Im Gegensatz zu den ukrainischen Oligarchen, die aus Angst vor den viel mächtigeren russischen Magnaten eine Annäherung an den Nachbarstaat scheuten, hatte Kateryna keine Berührungsängste. Die Stadt am Fuße des Kaukasus war für Kateryna genau das richtige Umfeld, um die Abfindung, die sie bei ihrer Scheidung erhalten hatte, gewinnbringend zu investieren. Sie, die ehemalige Deutschprofessorin, hatte während ihrer Ehe dazugelernt. Sie wusste genug über internationale Finanzmärkte und nationale Gepflogenheiten, um mit dem Kapital, das ihr zur Verfügung stand, Zinsen zu erwirtschaften. Und wenn sie sich auch beharrlich weigerte, dieselben fragwürdigen Methoden anzuwenden, die sie bei ihrem Exmann kritisiert hatte, so war es ihr mit Geschick, Charme und der nötigen Durchsetzungskraft dennoch gelungen, sich ein eigenes Vermögen aufzubauen.

Ob sie alles verkaufen und sich in Meran niederlassen sollte? Kateryna hätte gute Lust dazu gehabt. Hier in der Gegend gab es Wein, Bier und Äpfel – das klang doch gleich viel besser als Stahl, Gas und Beton.

Sie wusste allerdings, dass sie behutsam vorgehen musste. Nur allzu schnell war vom »Ausverkauf der Heimat« die Rede, wenn ausländische Investoren auf den Plan traten.

»Sie müssen vorsichtig sein. Lassen Sie es step by step angehen«, hatten ihre Berater ihr erklärt.

Nun, der erste Schritt war gemacht. Sie sponserte das Symposium über Oswald von Wolkenstein großzügig. Das würde ihr die Sympathie der lokalen Meinungsbildner einbringen. Zudem hatte sie einen Trumpf im Ärmel.

Kateryna schreckte hoch. Im Nebenzimmer hatte sie ein Geräusch gehört. War Sascha zurückgekommen?

Nackt, wie sie war, glitt Kateryna aus dem Bett und warf sich den flauschigen Bademantel über, der auf dem Polstersessel lag. Vor dem großen, goldgerahmten Spiegel bemerkte sie, dass der Gürtel geöffnet war und das Kleidungsstück auseinanderklaffte. Sie hielt inne, um sich zu betrachten. Selbst mit 46 war sie eine schöne Frau: Üppiger Busen, schlanke Taille, wohlgerundete Hüften und Schenkel. Im Gesicht hatten Chirurgenhände bereits ein wenig nachgeholfen. Doch im Vergleich zu den durch Schönheitsoperationen entstellten Gesichtern so mancher ihrer Geschlechtsgenossinnen wirkte bei ihr alles natürlich.

Kein Zweifel, sie konnte sich sehen lassen. Das fand auch Tony. Sie merkte genau, wie stolz er war, wenn er sie ausführte und alle Blicke auf sie gerichtet waren. Zusammen ergaben sie ein äußerst attraktives Paar. Sie, die blonde, kurvenreiche Frau, und er, der gutaussehende, sportlich durchtrainierte Mann. Was machte es da aus, dass er ein paar Jahre jünger war? Acht Jahre, um genau zu sein. Dafür hatten sie beinahe die gleiche Größe. Tony überragte sie nur um wenige Zentimeter. So glich sich alles wieder aus.

Kateryna lächelte sich im Spiegel zu. Nebenan hörte sie wieder ein Poltern. Rasch verknotete sie den Gürtel und öffnete die Verbindungstür. Saschas Juniorsuite lag direkt neben ihren Räumlichkeiten. Wenn nicht gerade Tony bei ihr war, blieb die Türe unversperrt.

Kateryna betrat das Zimmer ihrer Tochter. Es war leer. Ein Blick auf die Balkontür verriet ihr die Ursache des Geräusches: Die Flügel waren angelehnt und schlugen gegeneinander.

Nachdem sie die Balkontür geschlossen hatte, kehrte Kateryna in ihre eigene Suite zurück. Wenn sie schon aufgestanden war, konnte sie auch damit beginnen, sich für den Abend zurechtzumachen. Sie und Tony würden in einem Schlossrestaurant in Merans Nobelviertel Obermais speisen. Das war das Mindeste, das sie ihm für den versäumten Nachmittag bieten konnte. Bis zu Beginn der Verabredung war zwar genug Zeit. Da sie nichts weiter zu tun hatte, konnte sie genauso gut mit den Vorbereitungen anfangen.

Kateryna nahm vor ihrer Schminkkommode Platz. Ihr fiel auf, dass etwas fehlte: das Medaillon ihrer Urgroßmutter. Sie war sich sicher, es gestern nach dem Konzert auf die weißlackierte Platte des Tischchens gelegt zu haben. Heute Morgen hatte sie sich für ein anderes Schmuckstück entschieden. Das Medaillon hätte also da sein müssen, wo sie es gestern Abend deponiert hatte. Ob die Zimmerfrau es weggeräumt hatte? Vielleicht war es ja beim Saubermachen zu Boden gefallen?

Kateryna ging in die Knie. Auf allen vieren suchte sie das edle Holzparkett ab. Doch weder dort noch auf dem zweifellos echten Perserteppich wurde sie fündig. Wo konnte der Schmuck nur hingekommen sein?

Sie erhob sich wieder und sah sich in ihrer Suite um. Das Medaillon musste hier irgendwo sein – oder es war gestohlen worden. Sie würde die Hotelleitung benachrichtigen. Was, wenn sie sich irrte?

Kateryna hasste es, unnötiges Aufhebens zu machen. Lieber wollte sie weiter nach der Halskette suchen.

SIEBEN

»Da drüben, das ist St. Michaela.« Lenz zeigte auf einen Hang gegenüber der Weggabelung, an der er und Jenny standen. Sie befanden sich unterhalb von Schloss Tirol. Links hinauf führte der steile Pfad zur Westseite der Burg – von Dorf Tirol aus gesehen die Rückfront des Gebäudes. Rechts ging es laut Wegweiser nach St. Michaela, einer kleinen Ortschaft am Fuße der Hochmuts.

Obwohl der Name der Haushälterin, die die Leiche gefunden hatte, in dem Zeitungsartikel nicht genannt wurde und Lenz keine Ahnung hatte, wie die Frau hieß, war er überzeugt, sie ausfindig machen zu können. »Wird sie wohl in St. Michaela wohnen – und das ist ein Kaff. Da gibt es nur ein paar Häuser. Fragen wir uns einfach durch«, hatte er gemeint.

Jenny war skeptisch geblieben. Er erwartete hoffentlich nicht, dass sie wie die Hausierer von Tür zu Tür gingen. Dazu hatte Jenny nun wirklich keine Lust. Außerdem mussten sie erst einmal nach St. Michaela gelangen – und Jenny hatte keine Ahnung, wie man dorthin kam.

»Ist gleich da vorn die Station vom Sessellift. Fährt der auf den Segenbühel. Dort gibt es einen Gästebus nach Dorf Tirol, von dort gehen wir zu Fuß.«

Jenny hatte gestöhnt. Und die Idee mit dem Sessellift gefiel ihr gar nicht. Lenz müsste sich daran erinnern, dass sie Höhenangst hatte. Das schien auch der Fall zu sein, denn er machte einen Rückzieher: »Ist vielleicht doch keine gute Idee. Können wir auch den Bus nach Gratsch nehmen. Das liegt auf der anderen Seite vom Schloss. Von dort geht es zu Fuß hinauf.«

Jenny fasste sich ein Herz. »Ist o. k. Wir nehmen den Sessellift.«

Sie bereute die Fahrt nicht. Drei, vier Meter über dem Boden zu schweben, machte ihr nichts aus. Die Panikattacken kamen offenbar nur, wenn sie sich in luftigeren Höhen befand. Das hatte sie bei ihrer ersten Begegnung mit Lenz erkennen müssen. Sie hatten die Seilbahn auf den Bozener Hausberg, den Ritten, genommen. Die ganze Fahrt über hatte sie vor lauter Angst krampfhaft auf den Boden gestarrt und die Landschaft ringsherum keines Blickes gewürdigt.

Doch mit dem Sessellift war es etwas ganz anderes. Entspannt ließ sie sich über die Weinhänge hinweg nach oben tragen. Einen Blick zurück nach Meran riskierte sie allerdings nicht, denn die Angst hätte vielleicht wieder von ihr Besitz ergriffen.

An der Bergstation angekommen hatten sie den Gästebus genommen, der die Touristen von den über den Segenbühel verstreuten Hotels ins Zentrum von Dorf Tirol brachte. Das letzte Stück des Weges hatten sie per pedes bewältigt.

Jenny betrachtete die gegenüberliegenden Wein- und Obsthänge, an die sich die Bauernhäuser schmiegten. Sie waren weiß gekalkt und hatten steile Schrägdächer, Blumenkistchen zierten die Holzbalkone. Im Vordergrund, direkt an der schmalen Straße, die an der steil zum Tal abfallenden Hangseite durch ein Geländer geschützt war, befand sich eine kleine Kirche. Nichts trübte die scheinbar friedliche Idylle.

»In einem dieser Häuser ist der Mord geschehen«, sagte Jenny.

Lenz nickte. »Suchen wir die Haushälterin.«

Der schmale Asphaltweg führte zunächst bergab, weiter ging es hügelaufwärts. Auf der Anhöhe angekommen bemerkte Jenny, welch ausgezeichneten Blick sie von hier auf Schloss Tirol hatte.

Jenny betrachtete das Ensemble. Links ragte der Bergfried auf, in der Mitte lag der niedrigere Wirtschaftstrakt, rechts daneben der Südpalas. Die Burg selbst wirkte aus dieser Perspektive zwar nicht so eindrucksvoll wie von Dorf Tirol aus. Dafür bildete das dunkle, verwitterte Gemäuer einen reizvollen Kontrast zum hellen Felsgestein, das dahinter aufragte.

Jenny fiel ein, dass sie ihre Digicam bei sich trug. Sie hatte sich das kleine, handliche Ding angeschafft, um für den Fall, dass ein Pressefotograf kurzfristig ausfiel, gerüstet zu sein. Auch heute Morgen bei der Pressekonferenz hatte sie die Kamera dabeigehabt. Benötigt hatte Jenny sie nicht, dafür konnte sie sie jetzt zum Einsatz bringen.

»Lenz, warte bitte. Ich mache ein paar Fotos«, rief sie ihrem Begleiter zu. Sie nahm den Apparat aus ihrer Handtasche, stellte auf Auotmatic und schoss ein paar Aufnahmen. Ein Blick auf das Display zeigte ihr, dass ein scheunenartiges Gebäude unterhalb der Burg das Panorama empfindlich beeinträchtigte. Ihr wurde klar, warum sie das Schloss auf Prospekten und Ansichtskarten nie von dieser Seite zu sehen bekam.

»Du hast genug Fotos?«, fragte Lenz. Jenny bejahte. Es hatte keinen Sinn, weitere Aufnahmen zu machen. Die Scheune war im Weg.

»Wollt's ihr ein Stück mitfahren?« Ein Kombi war neben Jenny und Lenz stehen geblieben. Durch das geöffnete Wagenfenster sah der Fahrer zu ihnen hoch. Beppo Pircher, der Reporter.

Was machte der hier?

Jenny beschloss, ihn nach der Haushälterin zu fragen. Gut möglich, dass der ortskundige Journalist wusste, wie die Frau hieß und wo sie zu finden war.

»Hallo, Herr Pircher«, begrüßte sie ihn.

»Ich bin der Beppo«, sagte er und streckte ihr die Hand entgegen.

»Jenny«, sagte sie. Gleich darauf nahm sie die Zeitung aus ihrer Handtasche und zeigte Beppo den Artikel. »Weißt du, wo wir die Haushälterin finden?«

Beppo überflog die Zeilen, dann sah er zu Jenny hoch. Wenn ihn die Frage verwunderte, ließ er sich jedenfalls nichts anmerken. »Das ist die Martha, die Wirtin vom Buschenschank. Du hast sie gestern auf der Burg gesehen. Sie war für das Buffet zuständig. Vom Buschenschank alleine kann sie nicht leben«, erklärte Beppo. »Beim Mitterer hat sie sich was dazuverdient. Er hat ihr auch den Auftrag auf dem Schloss verschafft.«

»Hat der Ermordete sie gut bezahlt?«, fragte Jenny.

»So genau weiß ich das nicht«, antwortete Beppo. »Die Martha ist Witwe, da kriegt sie wohl eine kleine Rente für sich und die Gitsch.«

Jenny sah ihn verständnislos an. Was war eine Gitsch?

»Er meint, ein Mädchen. Eine Tochter.« Lenz. Den hätte sie beinahe vergessen, so vertieft war sie in das Gespräch mit Beppo.

»Steigt's ein. Ich bin g'rad zur Martha unterwegs.«

Fragend sah Jenny zu Lenz. In dem Moment läutete sein Handy. »Komm ich so rasch es geht zurück«, hörte sie ihn sagen.

»Ich muss ins Kurhaus«, wandte er sich ihr zu.

Jenny wollte protestieren, doch Lenz kam ihr zuvor.

»Fahr du mit Beppo zum Buschenschank. Wir sehen uns später.«

Kaum hatte er ihr zugenickt, ging er mit langen Schritten in die Richtung zurück, aus der sie gekommen waren. Jenny starrte ihm hinterher. Wie konnte er sie einfach ohne eine Erklärung hier zurücklassen?

Beinahe wäre sie ihm hinterhergelaufen, um ihn nach dem Grund für seine Planänderung zu fragen. Doch sie unterdrückte den Impuls und wandte sich dem Reporter zu. Er stand an der Beifahrerseite seines Wagens und hielt mit einladender Geste die Autotür auf.

*

Von seinem Posten, den er nahe der Burg bezogen hatte, beobachtete Tony Perathoner die Frau, die gerade in das Auto stieg. Er hatte sie gleich wiedererkannt. Das war Jenny Sommer. Kateryna hielt große Stücke auf sie. Er selbst hatte bisher keine Gelegenheit gehabt, sie näher kennenzulernen. Der Mann war Beppo Pircher, der Reporter. Was machten die beiden hier?

Tony schaltete seine Kamera ein und brachte sie in Position. Von seinem Standort aus hatte er ungehinderte Sicht auf die Ortschaft, die sich auf dem gegenüberliegenden Hang befand. Auf dem Display konnte er den Wagen verfolgen, der vor einem Haus hielt. Die beiden Insassen stiegen aus und gingen darauf zu.

Tony zoomte die Einstellung näher heran. ›Marthas Buschenschank‹ las er auf dem Schild, das über dem Eingang zu einer Pergola befestigt war. Eine Frau in einem schlichten schwarzen Kleid kam heraus, darüber trug sie eine bunte Kittelschürze. Nachdem sie die Gäste begrüßt hatte, führte sie sie zu einem der Tische. Er stand ganz vorn an der der Straße zugewandten Seite. Bis auf ein wenig Weinlaub, das vom Holzdach hing, trübte nichts die Sicht.

»Perfekt«, murmelte Tony und zoomte näher heran. Die Wirtin brachte einen Krug und schenkte ein. Gleich darauf kam ein Mädchen, das einen riesigen Teller vor sich her trug, der mit Speck, Wurst und Käse beladen war. Die Kleine kannte er doch! Natürlich, das war das Mädchen mit der unvorteilhaften Brille, das er gestern auf der Burg gesehen hatte. Und die Frau mit der Kittelschürze war ihre Mutter. Die beiden hatten gestern mit ihm und Kateryna für das Pressebild posiert.

Tony verfolgte das Geschehen weiter. Die Kleine hatte die Jausenplatte auf den Tisch gestellt und war wieder verschwunden. Jetzt kam die Wirtin mit einem Brotkorb. Beppo Pircher bedeutete ihr, sich dazuzusetzen. Die Frau sah sich um. Es waren sonst keine Gäste da. Sie nahm Platz. Der Reporter sprach sie an. Augenblicklich begann die Frau, heftig den Kopf zu schütteln.

Jenny Sommer hielt der Frau etwas hin, das wie eine Zeitung aussah. Wieder schüttelte die Wirtin den Kopf. Die Hände hatte sie wie zum Gebet vor der Brust gefaltet. Sie hatte sich gerade erhoben, da kam das Mädchen wieder zurück. In den Händen hielt es ein Blatt Papier, das es auf den Tisch legte. Sofort streckte die Wirtin die Hand aus. Doch Jenny Sommer war schneller. Sie nahm das Blatt an sich und betrachtete es. Dann blickte sie auf und sagte etwas zu der Frau, die ein Taschentuch aus ihrem Schürzensack nestelte und es sich vor die Augen hielt. Im nächsten Moment legte die Kleine die Arme um die Taille ihrer Mutter und schmiegte den Kopf an deren Brust. Gemeinsam gingen Mutter und Tochter ins Haus. Die beiden Gäste standen auf und folgten der Frau und dem Mädchen.

Tony schaltete die Kamera aus und verstaute sie im Rucksack. Mehr würde er nicht mehr zu sehen bekommen. Er konnte auch so seine Schlüsse daraus ziehen.

*

»Gibt es dafür Zeugen?« Lenz betrachtete Inspektor Marco Comploi, der ihm gerade die Frage gestellt hatte. Sie befanden sich im Ohmann-Saal des Kurhauses, den Maurice Jungmann heute Morgen für das Interview mit

Beppo Pircher genutzt hatte. Mittlerweile diente der Raum mit seinem hellen Parkettboden und den eleganten weißen Flügeltüren als Vernehmungszimmer. Maurice Jungmann hatte Lenz zurückbeordert, da die Polizei ihn wegen der verschwundenen Vielle zu vernehmen wünschte. Lenz war den Weg nach Dorf Tirol gejoggt und von dort mit dem Taxi ins Kurhaus gefahren.

»Genau genommen nicht«, beantwortete Lenz die Frage.

»Wie darf ich das verstehen?«

Lenz riss sich zusammen. Er durfte die Geduld des jungen Inspektors, der bisher sehr höflich gewesen war, nicht überstrapazieren. »Entschuldigen Sie. Am besten, ich fange von vorn an.« Comploi nickte ihm zu. »Ich bin mit Frau Dr. Sommer aus der Burg herausgekommen. Wir wollten zusammen nach Dorf Tirol zurückgehen. Der Weg war mit Fackeln beleuchtet.«

»Um wie viel Uhr war das?« Der Inspektor wollte es offenbar ganz genau wissen.

»Wir sind gleich nach Ende des Konzertes nach draußen gegangen. Das muss kurz vor elf gewesen sein.«

Comploi blätterte in einem kleinen Heft – dem Fahrplan von Meran und Umgebung. »Um die Zeit fahren keine Busse mehr. Wie wollten Sie denn von Dorf Tirol nach Meran kommen?«

Lenz fragte sich, worauf der Polizist hinauswollte. Es war doch seine Sache, wie er nach Meran zurückkam.

Complo holte zu einer Erklärung aus: »Herr Hofer, es ist eine Gei…« Er unterbrach sich, schaute auf seine Notizen und nahm den Faden wieder auf. »Es ist eine

Vielle gestohlen worden, ein wertvolles altes Instrument.«

»Die Geige war doch kein Original«, erwiderte Lenz.

Comploi beugte sich über den Konferenztisch: »Sie kennen sich mit alten Instrumenten aus?«

Lenz lüftete seine Brille und nahm sie ab. Langsam wurde er nervös. »Mein ich, lassen die Musiker die Instrumente in Werkstätten nachbauen. Gibt es dafür Spezialisten.« Mein Gott, er war unwillkürlich wieder in seinen Word-Rap verfallen. Hoffentlich glaubte der Inspektor nicht, er wolle sich über ihn lustig machen. Rasch fügte er hinzu: »Die Vielle war im Mittelalter populär. Ich weiß nicht, ob Originale aus der Zeit erhalten sind. Wenn, wohl nur in einem Museum.« Lenz dachte nach und ergänzte: »So wie die Malerei aus der Zeit. Die findet man ja auch nur mehr in den Museen.«

»Oder in Kirchen«, sagte der Inspektor.

Da musste Lenz ihm recht geben. Aber was hatte Violas Geige mit einer Kirche zu tun – es sei denn, Comploi spielte auf die Kapelle an, in der die Musiker ihre Instrumente abgestellt hatten? Lenz wurde nicht schlau aus dem Ermittlungsbeamten. Der stellte die nächste Frage: »Dann sind sie mit Frau …« Er schaute wieder auf seine Notizen. »… mit der Dotoressa Sommer nach Tirolo gegangen.«

Nach Tirolo? Wieso nach Tirolo? Lenz besann sich, es fiel ihm wieder ein. Auf Italienisch hieß Dorf Tirol nur Tirolo. So war das also gemeint. Er verneinte: »Jenny, ich meine, Frau Sommer, ist mit Kateryna Maximowa, unserer Sponsorin, im Taxi zurückgefahren.«

»Hatten Sie Streit?«

Lenz hatte das Gefühl, der Beamte wolle ihn in die Enge treiben. Er beschloss den Spieß umzudrehen. »Wer, Jenny und ich?«

Comploi nickte und Lenz fuhr fort: »Frau Maximowa wollte mit Frau Sommer etwas besprechen und hat sie gebeten, bei ihr einzusteigen.«

»Sie wurden nicht eingeladen?«

»Wie gesagt, es handelte sich um eine dienstliche Besprechung.« Lenz zuckte mit den Schultern. Sollte ihn der Beamte doch gern haben.

»Sie sind unmittelbar darauf gegangen?«

Lenz wollte bejahen, da fiel ihm Viola ein. »Nicht sofort. Viola Vielle ist in dem Moment herausgekommen und wollte mit mir ins Dorf gehen.«

In Complois Augen blitzte etwas auf. »Sie hatten also doch weibliche Begleitung?«

Lenz, der sich bis dahin in seinen Sessel zurückgelehnt hatte, setzte sich kerzengerade auf. Irgendwie wurde es ungemütlich. »Nein. Wir wollten losgehen. In dem Moment ist Tobias Winkler herausgekommen und hat Viola mitgeteilt, dass er ihre Geige nicht finden kann.«

»Und weiter?«

»Sie ist mit ihm wieder in die Burg zurückgegangen.«

Comploi blätterte in seinem Notizblock. »Frau Vielle gibt etwas anderes an. Sie sagt, Sie hätten mit Herrn Winkler gesprochen.«

Lenz rief sich die Szene ins Gedächtnis. »Ja, wir haben ein paar Worte gewechselt. Anschließend ist er ihr gefolgt und ich bin gegangen.«

»Und dafür gibt es keine Zeugen?« Comploi ließ nicht locker.

Lenz setzte seine Brille wieder auf, die er bisher in der Hand gehalten hatte. »Keine Zeugen«, bestätigte er.

Comploi legte den Notizblock auf den Tisch. Lenz glaubte, die Befragung sei beendet. Der Inspektor fuhr jedoch fort: »Ist Ihnen vielleicht sonst etwas aufgefallen?«

Lenz überlegte: Jenny war zu Kateryna in den Wagen gestiegen. Viola hatte sich bei ihm eingehängt. Tobias war zu ihnen getreten. Nein, Lenz besann sich. Der Wagen war schon unterwegs. Tobias war erst danach aufgetaucht. Lenz hatte Jenny aus dem Rückfenster blicken sehen. Vorher war etwas gewesen. Es fiel ihm wieder ein.

»Bevor das Taxi von Kateryna Maximowa abgefahren ist, ist jemand ausgestiegen.«

»Frau Sommer?«

»Nein. Es war Sascha, Katerynas Tochter.«

ACHT

Auf stürmischer See
zerschellte mein Schiff.
Doch ich ergriff
ein Fass mit gutem Malvasier.
Das brachte mich ans Ufer.
Überlebt hätt' ich sonst nie.

Nach Oswald von Wolkenstein ›Wieviel ich sing' und dichte‹

Jenny blickte durch die Windschutzscheibe und beobachtete die Scheibenwischer, die sich mit einem leisen Quietschen hin und her bewegten. Der Regen war ganz plötzlich gekommen. Den ganzen Tag über hatte die Sonne geschienen. Doch kaum, dass sie aus Marthas Haus getreten waren, hatten dunkle Wolken die Berggipfel eingehüllt. Gleich darauf fielen die ersten Tropfen. Rasch waren sie und Beppo ins Auto gestiegen.

Anstatt von St. Michaela nach Dorf Tirol zurückzufahren, hatte Beppo die Straße nach Gratsch genommen. »Von dort kommen wir über eine Nebenstraße ins Zentrum. Das geht am Schnellsten«, hatte Beppo ihr erklärt und auf die Digitalanzeige des Armaturenbrettes gewiesen: 17:00 Uhr. Beginn der Rushhour.

Jenny war einverstanden gewesen. Ihr war alles recht, was sie so rasch wie möglich wieder nach Meran zurückbrachte. Sie musste unbedingt mit Lenz reden. Oder vielleicht doch besser gleich mit der Polizei …

So rasch würde sie keine Gelegenheit haben. Sie standen im Stau. Gleich nach ihrer Abfahrt hatte Beppos Chef angerufen: Auf der Goethe-Strasse, einer der Hauptverkehrsadern im Westen der Stadt, hatte es einen Unfall gegeben. »Ich muss da auf einen Sprung vorbei. Vielleicht schaffe ich es, einen Bericht in die morgige Ausgabe zu bringen«, hatte Beppo gesagt und war, anstatt Richtung Redaktion abzubiegen, zur Unfallstelle gefahren.

Die hatten sie bisher nicht erreicht. Eine Fahrtrichtung war gesperrt, entsprechend zähflüssig bewegte sich der Verkehr.

»Die Martha tut mir leid«, sagte Beppo.

Jenny antwortete nicht. Sie fragte sich, ob die Verzweiflung der Frau echt gewesen war oder sie ihnen nur etwas vorgespielt hatte.

»Das mit dem Bild ist eine wilde G'schicht«, fuhr Beppo fort.

Jenny betrachtete ihn von der Seite. Heute trug er ein sonnengelbes Poloshirt. Kräftige Farben standen ihm gut.

Er musste bemerkt haben, dass sie ihn musterte. Denn er drehte sich zu ihr und lächelte sie an.

Schöne Zähne, dachte Jenny, während die Kolonne sich in Bewegung setzte. Sie fuhren ein paar Meter weiter und kamen wieder zum Stillstand.

»Was sagt die Frau Doktor? Ist es denkbar, dass der Mitterer ein Gemälde von Oswald von Wolkenstein in seinem Atelier hatte?«

Jenny durchforstete ihr Gedächtnis nach den Informationen, die sie sich während der Vorbereitungen für die Pressekonferenz angeeignet hatte. »Oswald war zwischen 1403 und 1404 nachweislich nicht in Tirol gewesen. Damals könnte er Schiffbruch erlitten haben«, sagte sie schließlich.

Beppo runzelte die Stirn. »Du meinst, das Motiv, das ihn auf einem Fass im Meer zeigt?«

»Genau darum geht es. Oswald hat in zwei von seinen Liedern über den Schiffbruch und über seine Rettung auf einem Fass berichtet. Einmal spricht er ganz konkret von einem Fass Malvasier.«

Beppo grinste. »Nicht von einem Burggräfler?« Er spielte auf die Bezeichnung an, unter der der Wein aus der Region vermarktet wurde.

Jenny lächelte. »Den gab's damals nicht. Aber«, sie wurde wieder ernst, »das Bild, das Oswald auf dem Fass zeigt, hat tatsächlich existiert. Dafür gibt es einen Zeugen.«

»Wen, die Martha?«

Jenny musste grinsen. Beppo schien da etwas durcheinanderzubringen. Das war kein Wunder, wenn sie daran dachte, wie kompliziert die Sache war.

»Es geht wieder weiter«, unterbrach Beppo ihre Gedanken. »Da vorn ist die Unfallstelle. Ich fahr an die Seite und schau mir das an. Kann ich dich so lange im Wagen lassen?«

Jenny versicherte ihm, dass das in Ordnung sei. Sie hatte ohnehin keine Wahl. Draußen nieselte es unaufhörlich.

Nachdem Beppo seine Kamera umgehängt hatte und ausgestiegen war, rief sie sich die Ereignisse in St. Michaela in Erinnerung: Zunächst hatte sie Beppo von Arthurs merkwürdigem Verschwinden und ihrer Vermutung, dass es einen Zusammenhang mit dem Mord an dem Maler gäbe, erzählt. Beppos journalistischer Spürsinn war sofort geweckt gewesen. Auch er habe vorgehabt, der Haushälterin des Opfers ein paar Fragen zu stellen.

Während Martha ihnen die Marend* auftischte, fragte er sie, ob sie Arthur, mit dem sie auf der Burg für das Foto posiert hatte, zuvor bei Peter Mitterer gesehen habe. Martha verneinte.

Jenny zeigte ihr den Artikel über den Mord und beharrte darauf, dass es einen Zusammenhang mit Arthurs Verschwinden geben müsse. Ob Martha sich vielleicht an irgendetwas erinnern könne? Doch die Frau schüttelte nur den Kopf und wirkte immer unglücklicher.

Plötzlich tauchte die Kleine mit einer Zeichnung auf. Mit einem Blick erfasste Jenny, was auf dem Blatt zu sehen war: Es zeigte Oswald auf dem Fass. Ehe sie das Mädchen fragen konnte, wie sie dazu komme, dieses Motiv zu malen, sprang die Mutter auf und lief mit Kristl ins Haus. Beppo und Jenny folgten ihnen. Kaum betraten sie die Stube, in der Martha und Kristl Zuflucht gesucht hatten, brach es aus der Frau heraus: Seit Jahren führte sie Peter Mitterer den Haushalt. Damit besserte sie sich die geringfügige Pension, die sie seit dem Tod

* Südtiroler Ausdruck für Jause

ihres Mannes erhielt, auf. Der Verdienst im Buschenschank war saisonabhängig und nur ein kleines Zubrot. Sie hatte im Haus des Malers freie Hand gehabt, nur ein Raum war tabu: das Atelier. Er hatte ihr streng verboten, es zu betreten. Dort aufzuräumen, sei seine Sache. Martha hatte sich nichts dabei gedacht. Ihr schien es normal, dass ein Künstler eigen war. Irgendwann hatte sie doch das Atelier betreten. Sie hatte einen Schlüssel zu Mitterers Haus und war in seiner Abwesenheit zugange. Eines Tages fand sie die Tür zum Atelier unversperrt und konnte der Versuchung, es zu betreten, nicht widerstehen.

Zunächst war ihr nichts Ungewöhnliches aufgefallen. An den Wänden standen Bilder mit Landschaftsmotiven – so wie sie sie von vielen Werken des Malers kannte. Allerdings fiel ihr ein Bild auf, das sich von den anderen unterschied: Es war kleiner und anstatt auf Leinwand auf Holz gemalt. Das Auffallendste war das Motiv: Es zeigte keine Landschaft, nicht einmal ein Gebäude, sondern einen Mann. Er befand sich offenbar auf dem Meer, die Arme und Beine hatte er um ein Fass geklammert. Das Gesicht war dem Betrachter zugewandt, sodass man es deutlich sehen konnte.

»Ein Auge war geschlossen. Daran erinnere ich mich genau«, beendete Martha ihre Erzählung. Gebannt hatte Jenny zugehört. Bestand die Möglichkeit, dass dieses Bild, das angeblich bei einem Brand zerstört worden war, in Wirklichkeit noch existierte? Wenn das der Fall war, dann wäre bewiesen, dass es sich bei den Zeilen in Oswalds Liedern nicht – wie bisher angenommen –

um dichterische Fiktion, sondern um ein tatsächliches Erlebnis handelte. Eine Lücke in der Biografie des Dichters wäre damit geschlossen.

Erneut betrachtete Jenny Kristls Zeichnung. Sie hatte dieses Motiv erst gestern gesehen. Sascha hatte es während des Konzerts auf ein Blatt Papier gekritzelt. Wie kam es, dass zwei Mädchen, die einander nicht kannten, dasselbe Bild zeichneten? Jenny wollte Kristl danach fragen und hielt ihr das Blatt hin. Doch Martha vereitelte ihr Vorhaben.

»Du sollsch des net molen. Wie oft soll i dir des no sogn.«, wies sie ihre Tochter zurecht.

»Wieso net?«

Martha schüttelte den Kopf und wandte sich an Jenny und Beppo. »Es isch ein Gfrett* mit der Gitsch. Dabei bin i selber schuld«, bekannte sie. »I hett' sie gor net mitnemmen solln.«

Schließlich erfuhren Jenny und Beppo, was sie während Marthas Erzählung zu ahnen begonnen hatten: Beim Betreten des Ateliers war das Mädchen dabei gewesen. Fasziniert von dem Bild, das sie gesehen hatte, zeichnete sie das Motiv seither immer wieder – stets bestrebt, ihr jeweils vorangegangenes Werk zu verbessern. Das Verbot ihrer Mutter ignorierte sie. Martha hatte das Kind gewähren lassen. Bis sie vor zwei Tagen den Maler tot in seinem Atelier gefunden hatte.

»Des Bild war nimmer da. Wenn die Polizei jetzt die Zeichnung sigt, isch alles aus«, lamentierte Martha. »Noar moant sie, i hon des Bild g'schtoln.«

---

* Südtirolerisch für Plage

Martha verfiel immer mehr in ihren Dialekt und Jenny hatte Mühe, ihr zu folgen. Beppo schaltete sich ein. »Warum haben Sie das nicht der Polizei gesagt?«

Martha schnäuzte sich. »Offiziell hon i do gar nix von dem Bild g'wisst. I hon mir gedenkt: Sag'sch lieber nix. Sunsch moanen sie no, i hon ihn aufn G'wissen.«

Sie hatten sich verabschiedet. Es hätte nichts gebracht, weiter in die Frau zu dringen.

Jenny richtete sich in ihrem Autositz auf. Beppo war noch nicht zurückgekommen. Es überraschte sie, dass Martha zu ihnen beiden mehr Vertrauen gehabt hatte als zur Polizei. Die würde den Fall mit Sicherheit in einem neuen Licht sehen, wenn sie wüsste, dass ein Bild fehlte.

Und was für ein Bild! Oswald von Wolkenstein hatte es für seine Rettung aus Seenot gestiftet. Jenny hatte gelesen, die Forschung nahm an, dass es sich um ein Fresko handelte, das sich an der Wand der Kapelle des Brixner Domes befunden hatte – doch mit Sicherheit wusste das niemand. Ebenso gut hätte es sich um ein Gemälde handeln können, das – wie zu jener Zeit üblich – auf Holz gemalt worden war.

Wenn es sich bei dem Bild, das Martha im Atelier des Malers gesehen hatte, tatsächlich um das Oswald-Bild handelte, konnte das nur bedeuten, dass es vor dem Brand aus dem Brixner Dom entfernt worden war.

Jenny wusste, dass es möglich war, dass Gemälde über Jahrhunderte unbeachtet aufbewahrt wurden, bevor sie plötzlich entdeckt wurden. Erst neulich hatte sie in einem Zeitungsbericht von einem wertvollen Bild gelesen, das auf einem Dachboden gefunden worden war, wo es von mehreren Generationen unbemerkt gelegen hatte. Beim Verkauf war eine hohe Summe erzielt worden. Es war denkbar, dass jemand, um in den Besitz des Oswald-Bildes zu gelangen, einen Mord beging. Doch wenn Martha und ihre Tochter es nicht waren, musste noch jemand anders von der Existenz des Gemäldes gewusst haben.

Die Wagentüre wurde aufgerissen. »Alles erledigt. Da hat's ordentlich getuscht. Zwei Pkw sind ineinander gekracht.« Beppo startete den Motor.

»Eines hätt' ich gerne gewusst«, sagte er unvermittelt. »Wo hat Oswald den Schiffbruch erlitten?«

»Am Schwarzen Meer.«

*

Sascha Maximowa lehnte sich gegen die Lenkstange ihres Fahrrads und schaute hinunter auf die Meraner Altstadt. Heute hatte sie es zum ersten Mal bis hierherauf geschafft. ›Tappeinerweg‹ war auf dem Schild gestanden, das sie zuvor passiert hatte. Sie glaubte sich sogar daran zu erinnern, dass sie etwas darüber gelesen hatte. Die Promenade führte etwa 100 Meter oberhalb von Meran entlang und war von dem Kurarzt Dr. Franz Tappeiner erbaut worden. Deshalb hatte man den Weg nach ihm benannt. Das war Sascha im Prinzip egal. Ihr war nur wichtig, immer zu wissen, wo sie sich befand. Denn sie konnte es sich nicht erlauben, ein Risiko einzugehen, indem sie sich zu weit von ihrem Hotel fortbewegte und somit nicht zeitgerecht zurückkam. Ihre Mutter hätte sich Sorgen um sie gemacht und ihr am Ende verboten, mit dem Rad in der Gegend herumzufahren. Das wollte sie unter allen Umständen verhindern. Gerade, wo sie so kurz vor dem Ziel war.

»Passt auf, Jungs«, hatte sie heute zu Victor und Juri gesagt, nachdem es ihr gelungen war, der Shoppingtour mit Kateryna zu entkommen, »wir machen einen Deal.« Sie erläuterte den beiden Bodyguards ihren Plan: Sie würde mit ihrem Rad eine – wie sie betonte – richtige Tour machen. Victor und Juri könnten inzwischen für das Kanurennen trainieren, das am Samstag stattfand. Um Punkt 19 Uhr würden sie sich im Hotel treffen und den Anschein erwecken, sie hätten den Nachmittag miteinander verbracht.

Die beiden Männer hatten zunächst gezögert. »Was machen wir, wenn dir etwas passiert?«, hatte Victor gefragt. Und Juri hatte die Befürchtung geäußert, dass Tony dahinterkäme.

Sascha hatte die Bedenken der beiden zerstreut. »Wenn ich will, hänge ich euch sowieso ab. So schlecht, wie ihr Rad fahrt, kommt ihr mir ohnehin nicht hinterher. Besser, wir einigen uns von vornherein«, hatte sie ihnen erklärt. Die beiden hatten sich angesehen, bis Victor ihr die Hand hinstreckte. »Dobre, abgemacht. Um sieben Uhr beim Seiteneingang zum Hotel.«

Sascha blickte wieder auf Meran hinunter. Sie war mächtig stolz auf sich, dass sie die Distanz bewältigt hatte. Ursprünglich wäre sie gerne höher hinaufgefahren, doch der Regen war ihr dazwischengekommen. Zunächst hatte sie daran gedacht umzukehren, bis sie einen Geräteschuppen entdeckt und unter dessen Vordach Schutz gefunden hatte. Nachdem die Wolken sich verzogen hatten, war sie die Serpentinen hinaufgeradelt. Zwischendurch hatte sie das Rad schieben müssen, weil die Steigung zu steil gewesen war, und ein Stück hatte sie es eine Stiege hinaufgetragen. Jetzt war sie auf dem Höhenweg angekommen.

Sie hatte vor, zum Schloss Tirol zu fahren. Dort wartete jemand auf sie. Von ihrem Standort aus gesehen schien es zum Greifen nah. Nur durfte sie sich nicht täuschen lassen. Es lag ein ordentliches Stück Weg vor ihr.

Die Kirchturmuhr schlug sechs Uhr. Für eine Fahrt zur Burg war es zu spät, wenn sie rechtzeitig zu ihrem Treffen mit Victor und Juri zurück sein wollte. Sie beschloss, ihre andere Verabredung zu vertrösten. Das, was sie vorhatte, konnte bis morgen warten.

*

Beppo Pircher hatte seinen Wagen in der Parkgarage hinter der Landesfürstlichen Burg abgestellt und ging mit weit ausholenden Schritten in die Redaktion des ›Meraner‹. Es hatte aufgehört zu regnen, der Himmel war wieder klar. Jenny hatte sich schon verabschiedet. Sie wollte zu Fuß zum Hotel gehen. Er war ihr dankbar dafür, denn er war in Eile. Sein Chef hatte ihm für seinen Bericht einen Platz auf Seite eins freigehalten. Die anderen Seiten waren längst im Druck. Mit dem

Bogen für die ›Einser‹ wartete sein Chef immer bis zum Schluss, um im Fall des Falles eine aktuelle Meldung ins Blatt zu bringen. So war es auch heute.

Beppo betrat das Bürogebäude, in dem sich die Redaktion befand.

»Griass di, Beppo, ich hab alles hergerichtet. Brauchst nur deinen Bericht ins Layout hineinschreiben. Du kannst die Seite gleich an die Druckerei schicken.« Konrad Mair, der Chef vom Dienst, trat ihm aus dem Lift entgegen.

»Willst du nicht drüberschauen?«

»Na, dafür isch koa Zeit mehr. Isch a net notwendig, wegen de paar Zeilen. An schian Abend.« Der Chef vom Dienst hob die Hand zum Gruß und verließ das Gebäude.

Beppo betrat den Lift und fuhr nach oben. Der PC in seinem Büro war an und die Datei mit der Seite eins geöffnet. Beppo klickte die Spalte an, die man für ihn freigehalten hatte.

›Nach Redaktionsschluss‹ schrieb er und hämmerte ein paar Zeilen in die Tastatur. Er las den Bericht durch und drückte auf ›Senden‹.

*

Tobias Winkler ging vom Pavillon des Fleurs hinüber zum Großen Kursaal. Er hatte ein wenig auf seiner Laute geübt und das Instrument in dem dafür zur Verfügung gestellten Raum untergebracht. Ob der Aufbewahrungsort sicher war oder nicht, war ihm egal. Er hatte andere Sorgen.

Wenn sich Violas Geige nicht rechtzeitig wiederfand, konnte sein Ensemble ohnehin nicht am Wettbewerb teilnehmen. Und wenn das Instrument doch auftauchte? Selbst dann nicht, wie Tobias sich eingestehen musste. Violas Spiel war inzwischen so katastrophal, dass jeder weitere Auftritt eine Blamage wäre.

Solange sie dem Tempo konstant hinterhergehinkt war, hatten sich die anderen Ensemblemitglieder darauf einstellen können. Darauf war kein Verlass mehr. Streckenweise eilte sie mit einer solchen Geschwindigkeit voraus, dass die anderen Mühe hatten, ihr zu folgen. Viola war vollkommen unberechenbar geworden.

Bis heute Morgen war es ihm noch nicht klar gewesen, mittlerweile wusste er, dass er sich nach einem Ersatz für sie würde umsehen müssen. Clara, Urs und Jean hatten ihm zu verstehen gegeben, dass sie so nicht weitermachen wollten. »Entweder wir oder Viola«, lautete das Ultimatum.

Tobias fuhr sich mit der Hand durch die Haartolle, die ihm in die Stirn gefallen waren. Er hatte keine Wahl. Wenn es sein musste, würde er kurzen Prozess machen. Es hatte keinen Sinn, die Sache hinauszuzögern. Er würde auf der Stelle mit Viola sprechen. Sie war zuvor in den Großen Kursaal hinübergegangen, wo das Symposium stattfand. Tobias hoffte, sie dort anzutreffen.

Im Kurhaus angelangt hatte er zunächst den Eindruck, dass das Gebäude leer sei. Die Vorträge waren für heute beendet, die Teilnehmer offenbar gegangen.

Tobias war wieder auf dem Weg nach draußen. Plötzlich hörte er Violas Stimme aus einem der Nebenräume.

»Heute Abend entkommst du mir nicht. Ich habe große Sehnsucht nach dir.«

Tobias wartete die Antwort nicht ab. Zu ahnen, dass Viola ihre Gunst freizügig verschenkte, war eine Sache – es mit eigenen Ohren anzuhören, eine andere. Jäh wandte er sich ab und rannte so rasch er konnte aus dem Gebäude.

NEUN

»Haben wir also einen Mord, ein verschwundenes Bild und eine gestohlene Geige«, sagte Lenz zu Jenny.

»Und Arthur, der sich nicht wieder gemeldet hat«, antwortete sie. »Ich bin sicher, dass sein Verschwinden etwas mit dem Maler zu tun hat.«

»Wohl auch mit dem Bild. Wenn es stimmt, dass es Oswald auf dem Fass zeigt …«

Jenny unterbrach Lenz. »Natürlich stimmt es. Ich habe es mit eigenen Augen gesehen.«

»Du hast das Bild gesehen? Ich dachte, es ist verschwunden.«

Jenny sah ihn an. »Lass die Scherze. Du weißt genau, was ich meine. Ich habe die Zeichnung gesehen, die Marthas Tochter angefertigt hat. Die wiederum …«

»… das Bild gesehen hat, das sich laut Angaben der Haushälterin beim Maler im Atelier befunden hat«, nahm Lenz den Faden auf. »Ehrlich gesagt«, fuhr er fort, »kann ich mir das nicht so recht vorstellen.«

»Was kannst du dir nicht vorstellen? Meinst du, ich bilde mir das alles nur ein? Kannst ja den Beppo fragen, wenn du mir nicht glaubst.«

Täuschte er sich oder war Jenny tatsächlich wieder eingeschnappt? Dazu bestand wirklich kein Anlass. Es war nur verständlich, dass er sich bemühte, der Sache auf den Grund zu gehen.

Sie hatten sich im Kurhaus getroffen und gingen entlang der Winterpromenade vorbei an zahlreichen Fußgängern und Radfahrern zurück in ihr Hotel. Er hatte ihr von seinem Gespräch mit Inspektor Comploi erzählt. Jenny hatte ihn von den Ereignissen in Marthas Buschenschank in Kenntnis gesetzt. Eigentlich hatte er vorgehabt, sie zum Aperitif in eines der Cafés einzuladen, die hier den Weg säumten. Doch ihre momentane Stimmungslage hatte ihn zögern lassen. Vielleicht tat ihr Bewegung besser. Die Ereignisse schienen sie aufzuwühlen. Deshalb beeilte er sich, ihr zu versichern, dass er keine Zweifel am Wahrheitsgehalt ihres Berichtes hatte.

»Mein' ich nur, das Bild wurde doch bei einem Brand im Brixner Dom zerstört. Wie kann es plötzlich beim Peter Mitterer auftauchen? Obwohl …« Er unterbrach sich, um die Gedankenfetzen, die wild in seinem Kopf herumwirbelten, einzusammeln und zu ordnen. »Könnte es sein«, setzte er fort, »dass der Mitterer das Bild einfach nach der Beschreibung gemalt hat?«

»Du meinst wie in Oswalds Liedern … Das glaube ich nicht, das sind doch nur ein paar Zeilen. Da steht doch kaum was drin.«

Lenz durchkramte sein Gedächtnis. »Mein' ich nicht bloß die Lieder. Es gibt auch einen Bericht von einem Verwandten Oswalds, ein Marx Sittich von Wolkenstein. Der hat das Bild gesehen und darüber berichtet. Er schreibt, dass Oswald drei Tage lang auf einem Fass Malvasier getrieben ist. Zurück in Tirol hat er im Dom eine Kapelle errichtet, das Bild malen und eine Messe lesen lassen.« Lenz unterbrach sich, weil Jenny stehengeblieben war. Warum schaute sie ihn so skeptisch an? Er ließ sich nicht beirren und erzählte weiter: »Könnt' ja der Mitterer die Chronik gelesen haben. Hat die ihn vielleicht zu dem Bild inspiriert.«

Jenny lehnte sich über das Geländer und schaute auf die Passer hinunter, so als könne sie irgendwo zwischen den Schaumkronen des Wassers die Lösung des Rätsels finden. Sie drehte sich zu Lenz um. »Möglich wär's, dass er das Bild einfach aus der Fantasie gemalt hat. Wie Oswald aussah und dass er nur ein Auge hatte, weiß man ja von dem Porträt, das erhalten ist. Ich halte es trotzdem für unwahrscheinlich.«

»Und warum?«

»Erstens war Mitterer Heimatmaler. Er hat vor allem Landschaften gemalt, hin und wieder waren auch Burgen und Bauernhäuser dabei, keine Menschen. Das weiß ich vom Beppo.«

Natürlich, vom Reporter, der kannte hier ja Gott und die Welt. »Und zweitens?«, fragte Lenz

»Zweitens war Peter Mitterer zwar ein anerkannter Künstler. Ein Bild von ihm wäre jedoch nie und nimmer einen Mord wert.«

*

Vor dem Spiegel seines Zimmers im Grand Hotel strich sich Tony Perathoner mit der Hand über das Haar. Er hatte es wie immer mit Gel geglättet und im Nacken zu einem Schwänzchen zusammengebunden. Das betonte zwar die lichter werdenden Schläfen, unterstrich jedoch sein exotisches, leicht verwegenes Äußeres und stand ihm gut.

Er war einfach nicht der klassische Managertyp mit streichholzkurzem Haar und strotzend vor Seriosität. Da konnte Kateryna getrost versuchen, ihn in diese Rolle hineinzuzwängen. Das war einfach nicht seine Kragenweite. Er gefiel sich auch nicht mehr in der Rolle, die sie ihm zugedacht hatte. Der Tatsache musste sie ins Auge sehen. Es gab nur zwei Möglichkeiten: Entweder sie nahm seinen Antrag an und sie heirateten in absehbarer Zeit. Oder er würde aus ihrem Leben verschwinden.

Tony rief sich die erste Begegnung mit Kateryna in Erinnerung. Es war bei einem Empfang im Festsaal ihrer Villa gewesen, die einem Palast glich. Die üppige slawische Schönheit seiner Gastgeberin hatte ihn vom ersten Moment an fasziniert. Zunächst hatte er geglaubt, auch bei ihr sei der Funke übergesprungen. Seiner Sache sicher hatte er sie gefragt, ob er sie am nächsten Abend zum Essen einladen dürfe. Sie ließ ihn abblitzen.

»Ich bin eine vielbeschäftigte Frau«, meinte sie und reichte ihm die Hand zum Abschied.

Tony versetzte es einen Stich. Er war es nicht gewohnt, abgewiesen zu werden. Bisher konnte er jede Frau haben, selbst bekannte Schauspielerinnen hatten sich mit ihm unter seinen Laken gewälzt. Im Grunde hatte ihn keine je wirklich interessiert. Zu leicht waren sie alle miteinander zu haben gewesen. Katerynas abweisende Haltung dagegen war für ihn eine ganz neue Erfahrung. Sein

Jagdinstinkt war geweckt. Doch anstatt sie zu umwerben, wählte er eine andere Taktik: Er machte sich rar. Fortan lehnte er jede Einladung zu den zahlreichen Partys und Empfängen, die in den folgenden Tagen für die Crew auf dem Programm standen, ab. Im Gegensatz zu Tony wurde Kateryna dort allerdings häufig gesichtet, wie er von seinen Kollegen erfuhr.

»Sie hat nach jemandem Ausschau gehalten«, berichtete ihm sein Kompagnon jedes Mal.

Tony nahm diese Nachricht zufrieden zur Kenntnis und glänzte weiterhin durch Abwesenheit. Bis sein Partner mit einer neuen Meldung kam: »Die Ukrainerin hat nach dir gefragt.«

Damit war Tony fast am Ziel seiner Wünsche angelangt, doch noch ließ er sich nicht zu einer leichtsinnigen Handlung hinreißen. Er hielt sich weiterhin ausschließlich am Set und in seinem Hotel auf, sodass Kateryna so gut wie keine Chance hatte, ihm zufällig zu begegnen. Am Morgen des letzten Drehtages tauchte schließlich ein Bote auf, der Tony eine handgeschriebene Einladung überbrachte. Die Botschaft war kurz und eindeutig:

›Ich würde mich sehr freuen, wenn Sie mir die Ehre erweisen, heute Abend in meinem Haus mit mir zu speisen.

Ihre Kateryna Maximowa.‹

Die Sache hätte nicht besser laufen können. Tony war am Ziel seiner Wünsche angelangt. So dachte er damals zumindest. Es war sein letzter Abend in Sotschi und er zweifelte nicht daran, dass er mit Kateryna einen One-Night-Stand genießen würde, der ihm ewig in Erinnerung blieb.

Die Nacht verlief genau so, wie er es sich erträumt hatte. Doch womit er nicht rechnete, war das Angebot, das Kateryna ihm am nächsten Morgen machte: »Ich werde langsam müde. Immer nur das Business. Ich will die Verantwortung nicht mehr allein tragen. Bleib hier bei mir. Werde mein Manager, mein Gefährte …«

Er hatte zugestimmt. Kateryna versüßte es ihm mit einem großzügigen Gehalt und uneingeschränktem Vertrauen. Doch er war nicht mehr sein eigener Herr. Das wurde ihm mittlerweile immer schmerzhafter bewusst und vergällte ihm die Tage. Nicht einmal körperliche Anstrengungen wie die heutige Radtour konnten seine Stimmung heben. Er kannte das Gefühl, nach einer langen, gefahrvollen Kletterpartie am Gipfel zu stehen. Das war eine Herausforderung nach seinem Geschmack.

Tony rückte sich die Fliege zurecht. Er würde Kateryna zeigen, wozu er fähig war. Wenn er nur endlich Nachricht von seinem Kontaktmann bekäme.

Wie auf Kommando begann sein Smartphone zu vibrieren. Er nahm ab und lauschte dem Anrufer. Seine Gesichtszüge entspannten sich. »O. k. Packen wir es an.« Er schob das Smartphone in die Jacke seines Dinnerjackets und verließ den Raum.

*

Jenny und Lenz hatten die Wandelhallen der Winterpromenade, in denen einst die Kurgäste auf und ab gingen und dabei Molke oder Trauben zu sich nahmen, hinter sich gelassen. Sie waren am Steinernen Steg angelangt. Jenny genoss diesen Spaziergang, der sie fast vergessen ließ, dass sie sich nach wie vor in den Alpen und nicht in mediterranen Gefilden befand.

»Hier beginnt die Gilfpromenade. Gehen wir weiter, zeig ich dir den zweitschönsten Ort von Meran.«

Jenny, die bisher fasziniert die Flusslandschaft betrachtet hatte, riss sich von dem Anblick los. Obwohl sie bereits einige Kilometer in den Beinen hatte, war sie längst nicht müde. Im Gegenteil, nach der langen Fahrt in Beppos Auto drängte es sie geradezu, sich zu bewegen. Vor allem weil sie bisher nicht dazu gekommen war, ihren beiden Lieblingssportarten, dem Laufen und Radfahren, nachzugehen. Wenn sie dazu an die ausgiebige Marend aus Südtiroler Speck, Kaminwurz'n und Bergkäse dachte, die sie bei Martha zu sich genommen hatte, konnte ein ausgiebiger Abendspaziergang nicht schaden. Außerdem hätte sie zu gerne gewusst, was Lenz unter dem ›zweitschönsten Platz‹ von Meran verstand.

»Zeigst du mir auch den schönsten Ort?«, fragte sie ihren Begleiter, während sie neben ihm unter dem kunstvoll geschmiedeten Torbogen hindurchtrat, der den Eingang zur Gilfpromenade markierte.

»Eines nach dem andern«, antwortete Lenz. »Gehen wir erst einmal in die Gilf und zur Gilfklamm.«

»Gilf, Gilfpromenade, Gilfklamm … Bald kenn ich mich nicht mehr aus. Wohin gehen wir eigentlich?« Jenny war stehengeblieben, während sie ihre Frage stellte.

Lenz legte den Arm um ihre Schultern und schob sie

sanft weiter in Richtung eines grünen Pflanzenmeers, das immer üppiger zu wuchern begann.

»Siehst du da oben am Berg die Turmspitze?« Jenny bejahte und er fuhr fort: »Genau senkrecht darunter befindet sich die Gilfklamm, eine Schlucht, in der sich die Passer zwischen den Felsen durchzwängt. Direkt vor uns ist der Zenoberg. Dort befindet sich eine Kapelle, deren Turmspitze du von hier aus sehen kannst.«

Jenny war beeindruckt. So eloquent kannte sie Lenz nicht. Obwohl Germanistik-Assistent, zeichnete er sich nicht durch geschliffene Rhetorik aus.

Seit ihrer ersten Begegnung im Vorjahr schien er sich jedoch weiterentwickelt zu haben. Zwar war er ihr gestern Abend ein wenig linkisch erschienen. Die heutige Pressekonferenz hatte er dagegen souverän bewältigt. Sogar seine etwas eigentümliche Syntax, in der er Subjekt und Prädikat vertauschte, schlug kaum mehr durch.

Er setze seine Unterrichtsstunde, wie Jenny seine Ausführungen insgeheim nannte, fort. »Wenn wir weitergehen, kommen wir zur Gilf, ein subtropischer Garten, der seinen Namen von der Klamm hat. Die Gilf und die Gilfpromenade hat ein Meraner Kurarzt angelegt. Dem verdanken wir es, dass wir heute Abend hier spazieren gehen können.«

»War der Kurarzt der Dr. Tappeiner, nach dem der Tappeinerweg benannt ist?«

Lenz verneinte. »Das hier hat ein anderer Arzt, Dr. Hans Prünster, geschaffen.« Lenz wies auf den vor ihnen liegenden Hang. »Von hier führen Serpentinen hinauf zum Tappeinerweg. Von dort kann man bis Gratsch gehen.«

»Und von da nach St. Michaela.« Jenny war der Name der Ortschaft, in der der Mord passiert war, ganz unwillkürlich herausgerutscht. Ehe sie sich weitere Gedanken über den Zusammenhang zwischen Arthurs Verschwinden und der Ermordung machen konnte, wollte sie etwas anderes wissen »Sag, Lenz, die Martha heißt doch auch Tappeiner. Ist sie vielleicht mit dem einen der beiden Kurärzte verwandt?«

Lenz lachte. »Glaub ich nicht. Ist ein sehr häufiger Name in der Gegend. Heißen hier viele so.«

Jenny bemerkte, dass Lenz wieder in seinen Word-Rap verfiel. Sie hatte festgestellt, dass ihm das meist passierte, wenn ihn etwas verunsicherte. War es die Erwähnung Marthas gewesen, die ihn aus dem Konzept gebracht hatte?

Wie um Jennys Besorgnis zu zerstreuen, fuhr Lenz in druckreifem Deutsch fort: »Dort vorn gibt es etwas ganz Besonderes: die Pflanzenfiguren. Die sollten wir uns unbedingt ansehen.« Er schlug einen Pfad ein, der entlang eines Geländers bergab führte. Jenny hörte das Plätschern deutlicher, bevor Vogelstimmen es mit lautem Zwitschern übertönten. Was für ein Paradies! Der Arzt – ob nun Prünster oder Tappeiner, Jenny war es einerlei – hatte hier ein Biotop geschaffen, das seinesgleichen suchte. Auf einer Insel, die von einem Bächlein umspült wurde, stand ein männliches Wesen eingehüllt in ein Blätterkleid. Dem Titanen Atlas gleich trug es die Weltkugel auf seinen Schultern. Oberhalb dieses grünen Kraftmenschen beäugte ein großer moosbewachsener Vogel von seinem Baum herab habichtartig die Riesenschlange, die sich mit ihrem gräsernen Leib auf der Erde wälzte.

»Figuren aus Pflanzen haben in Meran eine lange Tradition. Das Gerüst wird zuerst in der stadteigenen Schmiede angefertigt, von den Stadtgärtnern gefüllt und kunstvoll mit verschiedenen Moosen, Farnen und Ähnlichem bepflanzt.«

Lenz weiß wirklich allerhand. Er würde einen guten Fremdenführer abgeben. Oder einen Lehrer … Jenny wollte ihm gerade ein Kompliment machen. Da fiel ihr Blick auf die Infotafel, von der er abgelesen hatte. Lenz hatte offenbar bemerkt, dass sie ihm auf die Schliche gekommen war. Er grinste sie an – unverschämt, wie Jenny fand, und ziemlich sexy.

»Komm mit, wir schauen uns die Schlucht an.« Lenz war auf dem Weg, der die Insel mit den Pflanzenfiguren umrundete, zurückgegangen und erklomm Stufen, die steil nach oben führten. Während Jenny ihm folgte, bemerkte sie einen Schuppen, der sich hier zwischen hohem Buschwerk versteckte. Harke und Schaufel waren an die Wand gelehnt, daneben stand eine Schubkarre. Es handelte sich ganz offensichtlich um Werkzeuge der Stadtgärtner. Seltsam, dass sie die Geräte im Freien stehen ließen, dachte Jenny, bevor Lenz ihr zurief.

»Jenny, komm, das musst …« Das Tosen des Flusses

verschluckte den Rest des Satzes. Jenny beeilte sich, nach oben zu klettern, und erreichte die höchste der drei Aussichtsterrassen, wo Lenz auf sie wartete.

Ein gigantisches Naturschauspiel tat sich nun auf. Fast zum Greifen nahe ragte der Felsen des Zenobergs vor ihr empor. Tief unten sah Jenny die Ursache des mittlerweile nahezu ohrenbetäubenden Lärms: die Gilfklamm. In einem schmalen Durchgang zwischen den Felsen brachen sich die Wassermassen unerbittlich ihren Weg. Gnade Gott dem, der sich hier zu weit vorbeugte und hinunterstürzte.

»Hier ist einmal einer hinuntergefallen«, sagte Lenz. Jenny erschauderte. Unwillkürlich trat sie einen Schritt vom Geländer zurück. »Ist nichts passiert«, fuhr Lenz ungerührt fort.

»Nichts passiert, das kann ich mir nicht vorstellen.« Jenny vermutete, er wolle sie zum Narren halten. Doch Lenz begann, ihr die Geschichte von Arbeo zu erzählen, einem siebenjährigen Knaben, der im 8. Jahrhundert auf der Zenoburg in einem geistlichen Umfeld aufgewachsen war. Unterhalb der Burg war der Sarg des Heiligen Korbinian vorbeigetragen worden. Arbeo, neugierig das Schauspiel verfolgend, hatte sich so weit nach vorn gelehnt, dass er über die Mauerbrüstung stürzte. Entsetzen überfiel die Begräbnisteilnehmer, niemand hatte erwartet, den Knaben lebend wiederzufinden. Doch jener war an einem Buschwerk unverletzt hängen geblieben. Arbeo und alle, die den Sturz mitangesehen hatten, schrieben die wundersame Rettung dem soeben verstorbenen Heiligen Korbinian zu.

»Stimmt das wirklich?«, fragte Jenny ungläubig.

Lenz sah sie belustigt an. »Es ist eine Legende. Wie viele solcher Geschichten hat sie vermutlich einen wahren Kern.« Er wurde ernst. »Ich persönlich meine, dass man größere Überlebenschancen hat, wenn man in die Klamm stürzt.«

Das vermochte Jenny nun keinesfalls zu glauben. »Lenz, mach dich nicht über mich lustig.«

Lenz ließ sich nicht beirren. »Landest du auf einem der Felsen, brichst du dir sämtliche Knochen oder sogar das Genick. Fliegst du ins Wasser, hast du gute Chancen, durch den Strudel durchzutauchen und wieder an die Oberfläche zu gelangen. Da unten sind keine Steine. Die beginnen erst vorn nach dem Steg. Da wird es flacher. Du musst versuchen, ans Ufer zu gelangen. Das kalte Wasser wird dir einen Schock versetzen. Aber wenn du schwimmen kannst und keine Panik kriegst, kannst du es schaffen.«

Beinahe atemlos hatte Jenny ihm zugehört. Allein beim Gedanken an das eiskalte Nass begann sie zu frösteln. Sie bemerkte, dass die Sonne, die bis vor Kurzem durch die Bäume geschienen hatte, hinter den Berggipfeln verschwunden war. »Lass uns gehen«, sagte sie. Es wurde Zeit, ins Hotel zurückzukehren. Ihr Appetit meldete sich. Marthas kalte Platte war verdaut. Jenny hatte gerade nichts gegen ein warmes Abendessen einzuwenden. Sie warf einen letzten Blick in die Klamm und bemerkte zwei Kanufahrer, die mit den Fluten kämpften.

»Victor und Juri«, sagte Lenz. »Die beiden trainieren für das Kanurennen am Samstag.«

Sie waren inzwischen die Stufen wieder hinuntergegangen und an dem Weg, der zurück zu Promenade führte, angelangt. »Die sollten sich lieber um ihren

Schützling kümmern«, stellte Jenny fest. »Streift Sascha etwa wieder allein durch die Gegend?«

Wie auf Zuruf sahen sie das Mädchen. Das Rad hatte es achtlos an den Wegrand geworfen. Eben bückte Sascha sich über einen der künstlich angelegten Felsengärten und tastete mit beiden Händen auf dem Stein herum. Sie schien etwas zu suchen. Jenny überlegte, ob sie das Mädchen ansprechen sollte, da vernahm sie Lenz neben sich: »Sascha, suchst du was?« Er hatte kaum zu Ende gesprochen, da fuhr das Mädchen hoch und richtete sich auf. Doch anstatt zu antworten, schnappte sie ihr Rad, saß in Sekundenschnelle auf und radelte davon.

Seltsames Kind, dachte Jenny.

»Schau einmal«, sagte Lenz plötzlich. »Hab ich etwas gefunden.«

ZEHN

Jenny zuckte zusammen. Lenz hatte etwas gesagt. Er berührte sie an ihrem nackten Oberarm. Ein Kribbeln durchfuhr sie. Wieso machte der Kerl sie so nervös? Sie musste ihn sich aus dem Kopf schlagen, er war viel zu jung. »Jenny«, wiederholte Lenz. »Schau, was ich gefunden habe.«

Er war so nahe an sie herangetreten, dass sie sein Rasierwasser riechen konnte. Ein leicht zitroniger Duft stieg ihr in die Nase. Jenny fand ihn sehr angenehm.

Unauffällig schnupperte sie. Ja, er roch gut, da gab es nichts zu bemängeln.

Sie musste sich zusammenreißen. Das hier war kein Schäferstündchen. Im nächsten Moment hatte sie sich wieder im Griff und sah auf den Gegenstand, den Lenz ihr hinhielt.

»Das Medaillon«, entfuhr es ihr.

»Ja, es ist ein Medaillon«, bestätigte Lenz und betrachtete es eingehend durch seine Brillengläser. »Sehr schöne Arbeit«, stellte er schließlich fest.

Jenny, der es vor Überraschung kurzfristig die Rede verschlagen hatte, sagte: »Es gehört Kateryna. Ich habe es bei ihr gesehen.«

»Bist du sicher?«, fragte Lenz. »Wieso sollte

Sascha …« Er schlug sich mit der Hand auf die Stirn. »Mir ist alles klar. Das Mädchen ist Kleptomanin.«

»Sascha, eine Kleptomanin? Das ist doch absurd. Wie kommst du denn auf die Idee?« Jenny war empört. Dafür, dass Sascha das Medaillon ihrer Mutter bei sich trug, gab es sicher eine simple Erklärung. Sie fand es voreilig von Lenz, Sascha eines – krankhaft motivierten – Diebstahls zu bezichtigen. Wahrscheinlich hatte Kateryna ihrer Tochter den Schmuck geborgt. Am besten Jenny ging gleich ins Grand Hotel und gab das Medaillon zurück – Sascha oder ihrer Mutter, je nachdem, wen sie antreffen würde. Lenz ließ sich jedoch nicht so leicht von der Unschuld des Mädchens überzeugen.

»Nein«, widersprach er. »Du verstehst mich nicht. Der Polizist, der mich verhört hat, glaubt, dass Sascha Violas Vielle gestohlen hat. Da wäre es doch nahe liegend …«

»Wie bitte!«, unterbrach Jenny ihn. »Inspektor Comploi glaubt, dass Sascha die Geige gestohlen hat? Wer hat ihm denn diesen Floh ins Ohr gesetzt?«

Lenz wandte seinen Blick ab und betrachtete das Medaillon, als stünde die Antwort in dem feinziselierten Muster der Oberfläche.

Schlagartig wurde Jenny bewusst, wer hinter der Sache steckte. Natürlich, es war Lenz gewesen! Er hatte ihr berichtet, dass der Inspektor ihn so lange verhört hatte, bis Lenz ihm gesagt hatte, dass er Sascha aus dem Wagen klettern sah. Jenny hatte sich zunächst nichts dabei gedacht. Dabei hätte ihr gleich klar sein müssen, dass die Polizei die falschen Schlüsse aus einer solchen Aussage ziehen würde. Damit nicht genug, verdächtigte Lenz Sascha nun ebenso.

Jenny rückte von Lenz ab und machte einen Schritt zur Seite. Dabei übersah sie, dass der Weg leicht abschüssig war. Sie konnte nicht mehr Tritt fassen, verlor das Gleichgewicht und strauchelte. Jenny sah sich bereits mit aufgeschürften Knien am Boden liegen. Doch im nächsten Moment hatte sie wieder einen festen Stand. Lenz war auf sie zugetreten und hatte sie mit beiden Armen umfasst.

Jenny entspannte sich. Das war knapp. »Danke«, murmelte sie und wollte sich aus der Umklammerung befreien. Doch ihr Begleiter und nunmehriger Retter ließ sie nicht los. Im Gegenteil: Er zog sie enger an sich, strich ihr sanft mit einer Hand von der Taille aufwärts in den Nacken und bog ihren Kopf ein wenig zurück. Sein Gesicht näherte sich dem ihren.

»Lenz, hier bist du. Ich habe dich überall gesucht. Ich muss endlich mit dir sprechen.« Wie aus dem Nichts war Viola aufgetaucht.

*

Beim Lieferanteneingang des Grand Hotels standen zwei Männer, die einander zum Verwechseln ähnlich sahen: Victor und Juri, die beiden Zwillingsbrüder. Ihre Fahrräder, die sie am Nachmittag unweit des Hotels deponiert und mit denen sie das letzte Wegstück zurückgelegt hatten, lehnten an der Hauswand.

Juri sah – er unterschied sich von seinem Bruder durch ein winziges Muttermal am rechten Ohrläppchen, das nur den wenigsten auffiel – auf seine Rolex. »Fünf vor sieben. Wird Zeit, dass sie auftaucht«, sagte er zu Victor. Der antwortete nicht, sondern starrte in die Richtung, aus der Sascha kommen sollte. Wenn er's recht bedachte, gefiel ihm die Sache immer weniger. Sie hätten sich mit dem Mädchen nicht auf den Deal einlassen dürfen. Andererseits: Welche Wahl war ihnen denn geblieben, nachdem Tony die blödsinnige Idee mit den Fahrrädern gehabt hatte? Er musste doch wissen, dass sie keine Chance hatten, der Kleinen auf den Fersen zu bleiben, wenn die es nicht wollte. Wahrscheinlich hatte Kateryna Maximowa darauf bestanden und Tony tanzte nach ihrer Pfeife – wie so oft in letzter Zeit …

»Juri«, sagte er zu seinem Bruder, »morgen besorgen wir uns E-Bikes.«

Der Hüne Juri, der ebenso wie Victor trotz seiner vielen Muskeln überraschend geschmeidig wirkte, sah seinen Bruder verständnislos an. »E-Bikes? Was sollen wir mit E-Bikes?«, fragte er verdutzt.

»Überleg mal«, antwortete sein Bruder prompt. »Die gehen mit Strom. Da kann uns die Kleine nicht so schnell abhängen.«

Juri grinste. »Und wir müssen nicht mehr wie die Verrückten strampeln. Stattdessen sparen wir unsere Kräfte für das Kanurennen.«

Zufrieden schlug er in die Hand ein, die sein Bruder ihm reichte. Plötzlich schoss ihm ein Gedanke durch den Kopf und seine Miene verfinsterte sich wieder. »Pass mal auf«, sagte er. »Wenn wir den ganzen Tag mit Sascha unterwegs sind, bleibt uns keine Zeit mehr, mit dem Kanu zu fahren.«

Jetzt war es Victor, dessen Lippen sich zu einem

Grinsen verzogen. »Daran hab ich gedacht, Bruderherz. Einer fährt hinter dem Mädchen her, einer trainiert. Wir wechseln uns ab.«

Juri stieß zufrieden die Luft aus, die er bisher vor Anspannung angehalten hatte. Sein Bruder hatte immer die besten Ideen.

Endlich sah er Sascha mit dem Rad daherkommen. Das wurde auch Zeit. Gleich würden sie zu dritt um die Ecke biegen und die Einfahrtsrampe hinaufradeln.

*

»Können Sie mir sagen, wo ich Frau Maximowa finde?« Jenny stand an der Rezeption des Grand Hotels und bemühte sich, einen möglichst geschäftsmäßigen Eindruck zu machen. Sollte der Portier ruhig denken, sie und die Ukrainerin – zweifellos einer seiner betuchtesten Gäste – seien verabredet.

Der Mann hinter dem Pult musterte sie. »Bedaure«, sagte er nach einer kurzen Pause. »Frau Maximowa und Herr Perathoner haben das Hotel vor zehn Minuten verlassen.«

Jenny hatte sich ihre Enttäuschung wohl anmerken lassen, denn der Rezeptionist fügte hinzu: »Möchten Sie eine Nachricht hinterlassen?«

Jenny überlegte, ob sie das Medaillon mit einer kurzen Nachricht hinterlegen sollte. Sie entschied sich jedoch dagegen, sie wollte ein so wertvolles Schmuckstück lieber persönlich übergeben. Sie würde es morgen wieder versuchen. Am besten sie kam gleich nach dem Frühstück, dann würde sie Kateryna, die eine Spätaufsteherin war, sicher antreffen.

»Nein danke«, sagte sie daher und ging zum Ausgang. Bevor sie bei der Drehtür aus goldgerahmtem Glas angekommen war, besann sie sich. Wenn sie schon hier war, konnte sie sich ebenso gut ein wenig umsehen. Wann hatte sie sonst Gelegenheit, einen solchen Luxustempel von innen zu begutachten?

Anstatt das Hotel zu verlassen, schlenderte Jenny durch die Lobby. Beiläufig warf sie einen Blick in einen der Schaukästen, die hier mit ausgewählten Stücken teurer Nobelmarken dezent für einen Besuch in der Hotelboutique warben. Vorbei an prunkvollen Spiegeln und pompösen Plüschsofas gelangte sie zum Eingang des Speisesaals. Davor stand ein Herr im dunklen Abendanzug, der mit huldvoller Miene die Eintreffenden, die sich samt und sonders in Schale geworfen hatten, begrüßte.

Jenny gewann den Eindruck, dass nur Hotelgäste Zutritt hatten. Sicher gab es irgendwo eine Bar, die von Laufkundschaft frequentiert wurde. Da würde sie sich einen Drink genehmigen. Es gab Einiges, worüber sie nachdenken wollte, bevor sie wieder in ihr Hotel zurückkehrte. Ehe sie sich vom Restaurant abwandte, erhaschte sie einen Blick auf das Innere des pompösen Saales mit seinen weißen Marmorsäulen und den ebenfalls ganz in weiß gehüllten Tischen und Stühlen.

Plötzlich hatte Jenny das Gefühl, sie sähe doppelt. Hatte ihr knurrender Magen ihr Wahrnehmungsvermögen beeinträchtigt, sodass dieses ihr eine Sinnestäuschung vorgaukelte? Ganz in der Nähe des Eingangs sah sie zwei Männer ihre Suppe löffeln, die einander glichen wie ein Ei dem anderen: Beide hatten dieselben flachsblonden Haare, wasserblaue Augen und breitflächige Gesichter. Die hohen Wangenknochen ließen vermuten, dass die beiden Männer slawischer Herkunft waren.

Natürlich! Mit einem Mal war Jenny alles klar. Sie hatte keine Halluzinationen. Das waren Victor und Juri, Saschas Aufpasser. Sie erkannte das Mädchen, das mit dem Rücken zu ihr saß. Der Lockenschopf mit der Basecap, die sie selbst in dem vornehmen Restaurant nicht abnahm, gehörte Sascha. Ob sie einfach hineingehen und ihr das Medaillon geben sollte?

Nach kurzer Überlegung entschied Jenny sich dagegen. Sie hatte keine Lust, dem Empfangschef, der sich gebärdete wie Petrus an der Himmelspforte, Erklärungen abzugeben. Und ohne diese würde er sie sicher nicht in sein Allerheiligstes lassen. Besser, sie geduldete sich bis morgen. Sie wollte ohnedies mit Kateryna sprechen und von ihrer heutigen Begegnung mit Sascha berichten. Sie verdächtigte das Mädchen zwar nicht des Diebstahls. Aber es war doch seltsam gewesen, wie sie, kaum dass sie ihrer und Lenz ansichtig wurde, die Flucht ergriffen hatte und davon geradelt war.

Ganz in Gedanken gelangte sie unversehens wieder zur Eingangstür des Grand Hotels. Sie hatte keine Lust mehr, etwas zu trinken. Rasch verließ sie das Gebäude und ging zurück in ihr Hotel, das nur wenige Gehminuten entfernt lag.

Unterwegs blieb sie stehen, um das Medaillon zu betrachten. Sie bemerkte den Schnappverschluss, der sich an einer der Längsseiten des Ovals befand. Dass sie den übersehen hatte. Dabei war es nahe liegend, dass sich in dem Schmuckbehältnis ein Erinnerungsstück befand. Ob es eine Locke von Sascha war? Oder doch eher eine Fotografie von Tony, von dem man unschwer vermuten konnte, dass er nicht nur Katerynas Manager, sondern auch ihr Liebhaber war?

Jenny konnte der Versuchung nicht widerstehen. Sie drückte auf den Schnappverschluss und der Deckel sprang auf. Das Bild, das Jenny sah, raubte ihr beinahe den Atem. Es zeigte weder Sascha noch Tony, sondern eine Miniatur der Zeichnung, die sie heute bei Martha gesehen hatte: Oswald auf dem Fass.

Erneut rief sie sich die Szene in Erinnerung, die sie beim Konzert auf der Burg beobachtet hatte: Sascha, die das Motiv des schiffbrüchigen Ritters auf dem Weinfass auf einen Schreibblock kritzelte. Damals war es Jenny seltsam vorgekommen, dass das Mädchen allein aufgrund des Liedes, das die ›Freudenklänge‹ zuvor gesungen hatten, in der Lage war, ein derartiges Sujet anzufertigen. Nun wurde ihr klar, dass Sascha das Motiv von der Zeichnung, die sich im Inneren des Medaillons befand, kannte. Und Kristl wiederum hatte das Motiv in Peter Mitterers Atelier gesehen. Demnach zeigten das verschwundene Bild des Mordopfers und Katerynas Medaillon ein und denselben Mann: Oswald auf dem Weinfass. Welchen Zusammenhang gab es zwischen der Geschäftsfrau aus der Ukraine und dem Heimatmaler aus Südtirol?

Jenny konnte sich keinen Reim darauf machen. Sie

musste zurück in ihr Hotel und mit Lenz reden. Vielleicht fiel ihm eine Erklärung ein.

Ob seine Besprechung mit Viola mittlerweile zu Ende war? Er hatte sich rasch von Jenny verabschiedet und war mit der Geigerin weitergegangen. Jenny war zunächst empört gewesen. Dann besann sie sich darauf, dass Lenz Kongressorganisator war. Als solcher musste er sich wohl um die Anliegen der Teilnehmer kümmern. Schließlich hatte er Viola heute Nachmittag vertröstet. Es wäre unhöflich gewesen, sie neuerlich abzuweisen.

Jenny sah die Silhouette ihres Hotels vor sich auftauchen. Wahrscheinlich würde sie Lenz an der Bar treffen. Zuversichtlich betrat sie das Gebäude.

*

»Möchte der Herr vielleicht einen Blick in die Dessertkarte werfen?« Maurice Jungmann winkte ab. Er hatte ein hervorragendes Dinner mit Vor- und Hauptspeise genossen. Auf einen dritten Gang verzichtete er lieber. Da war ihm der Erhalt seines vitalen, durchtrainierten Körpers wichtiger.

»Einen Digestiv können Sie mir bringen.«

Der Oberkellner nickte mit ernster Miene. »Sehr gerne. Ich empfehle Ihnen einen Schnaps hier aus der Gegend. Wir hätten auch einen Grappa. Oder hätte der Herr lieber einen schönen Cognac? Da kann ich Ihnen …«

Maurice unterbrach: »Danke, ich nehme den Schnaps.«

»Sehr wohl, der Herr. Kommt sofort.«

Der Oberkellner entfernte sich. Zufrieden sah Maurice sich in dem romantischen Gartenrestaurant von Schloss Pienzenau um. In der Villa Tirolia wurde zwar ein recht anständiges Abendessen serviert. Doch es ließ für seinen Geschmack die Raffinesse vermissen.

Natürlich hätte er sich auch im Grand Hotel, dem zweifellos besten Haus der Stadt, einquartieren können. Von seinem Professorengehalt hätte er es sich nicht leisten können. Seine Autorentantiemen ermöglichten ihm ein Leben in weit großzügigerem Stil. Doch obwohl er auf einen gewissen gediegenen Lebensstil Wert legte, war ihm sinnlose Geldverschwendung zuwider.

Er hatte seine Herkunft aus bescheidenen Verhältnissen nicht vergessen. Auch wenn er dem Bergdorf, in dem er geboren und aufgewachsen war, längst den Rücken gekehrt und in eine der vermögendsten Familien Basels eingeheiratet hatte, so widerstrebte es ihm doch, mit seinem Reichtum zu protzen. Seine Frau Babette sah das freilich anders. Wenn er mit ihr und den beiden Töchtern in den Urlaub fuhr, war nicht einmal das Beste gut genug. Ständig hatte sie etwas zu kritisieren und die jungen Damen im Alter von 16 und 18 Jahren waren nicht gerade leicht zufriedenzustellen. Er wunderte sich, dass die beiden Teenager gemeinsam mit den Eltern verreisten, war er selbst in ihrem Alter doch längst seiner eigenen Wege gegangen. Aber er war ja schließlich – im Gegensatz zu seinen beiden Töchtern – nicht auf Rosen gebettet worden.

»Einen Schnaps für den Herrn. Sehr zum Wohl.« Der Kellner unterbrach Maurice' Gedanken. Vorsichtig nippte er an dem Glas und nahm ein Schlückchen der klaren Flüssigkeit. Kaum hatte das Getränk seine Kehle passiert, verzog Maurice die Lippen. Er öffnete kurz den Mund, um seinem Gaumen ein wenig kühle Luft zuzuführen. Das brannte ordentlich. Er hätte sich doch besser für einen Digestiv aus dem internationalen Angebot des Hauses entscheiden sollen. Diese heimischen Schnäpse hatten es in sich, das hatte er unterschätzt.

Maurice schob sein Glas von sich und ließ erneut seine Blicke schweifen. Alles in allem war er zufrieden mit seiner Wahl. Er hatte beschlossen, auf den Besuch des Konzerts, das heute Abend im Pavillon des Fleurs auf dem Programm stand, zu verzichten. Er kannte die Ensembles, hatte sie gemeinsam mit Arthur ausgewählt. Beim Wettbewerb am Freitag würde er ohnehin in den Genuss sämtlicher Highlights der einzelnen Darbietungen kommen.

Falls der Wettbewerb stattfand. Die Sache mit Arthur war wirklich unangenehm. Seine Abwesenheit konnte den geplanten Ablauf des Symposiums und die Abschlussveranstaltung ins Wanken bringen. Immerhin sollte Arthur übermorgen die Tages-Key-Note halten – und er war Jurymitglied beim Wettbewerb. Lenz Hofer konnte Professor Kammelbach in keinem der beiden Fälle vertreten –, auch wenn der Assistent sich bei der Pressekonferenz ganz gut geschlagen hatte. Was er wohl in erster Linie Jennifer Sommer zu verdanken hatte, die sicherlich ihr Bestes gegeben hatte, um den nicht besonders eloquenten jungen Mann entsprechend zu präparieren.

»Haben der Herr noch einen Wunsch?« Der Oberkellner war wieder an Maurice' Tisch getreten. Maurice verneinte. »Wenn Sie mir bitte die Rechnung fertig machen.«

Während Maurice auf die Rechnung wartete, vernahm er ein glockenhelles Lachen. Vorsichtig äugte er durch die Sträucher, die die Tische voneinander separierten. Er erkannte die Frau, die so gurrend gelacht hatte: Kateryna Maximowa. Da saß die Sponsorin in voller Pracht. Die blonden Haare waren kunstvoll hochgesteckt. Das eng anliegende, cremefarbene Cocktailkleid schimmerte an ihrem Körper und verhüllte nur knapp ihren Busen.

»Eine schöne Frau«, schoss es Maurice durch den Kopf. Kateryna war eine Augenweide, daran bestand kein Zweifel. Auch der Herr in ihrer Begleitung sah blendend aus. Zur weißen Fliege trug er ein elegantes Dinnerjacket in derselben Farbe, das die Sonnenbräune seines Gesichts betonte.

Das war Tony Perathoner, Katerynas Manager. Maurice meinte sich zu erinnern, dass der Mann früher Filmproduzent gewesen war. Der Beruf passte gut. Denn trotz seines exquisiten Outfits wirkte Perathoner mit seinem Haarschwänzchen und seinen unverschämt weißen Jacketkronen ein wenig halbseiden. Oder wie ein Gigolo.

»Die Rechnung, der Herr.«

Maurice nahm ein paar Scheine aus der Brieftasche und legte sie in das Lederetui, das ihm der Kellner reichte. »Der Rest ist für Sie.« Maurice hatte sich für ein großzügiges Trinkgeld entschieden. Er wollte seinen Aufenthalt hier nicht unnötig verlängern, vielmehr vermeiden, von Kateryna und ihrem Begleiter gesehen zu werden. Die beiden wirkten so vertraut. Da wäre es nur peinlich, wenn er bei ihnen vorstellig wurde. Nein, er wollte sich lieber unauffällig zurückziehen und das Paar unbehelligt lassen.

Maurice erhob sich und wandte sich zum Gehen. Erneut vernahm er Katerynas Stimme: »Nein, Liebling. Die Sache ist zu gefährlich. Lass es gut sein. Ich will nicht, dass dir etwas zustößt.«

MITTWOCH

ELF

Wohlauf, wohlan!
Jung und Alt,
seid gut drauf
frisch und fröhlich!
Tanzt und springt,
geigt und singt,
denn so grün
ist nur der Mai.

Nach Oswald von Wolkenstein ›Wohlauf, wohlan‹

Viola Vielle trällerte die Verse aus Oswalds fröhlichem Song vor sich hin. Ein wenig hatte sie den Text auf sich gemünzt und statt »spielt Harfe« einfach »geigt« eingefügt. Wen kümmerte das? Sie war schließlich nicht die Erste, die die Lieder des großen Dichters und Komponisten nach eigenem Gutdünken interpretierte.

Meran und Oswald hatten ihr Glück gebracht, das stand fest. Wenn es auch anfänglich gar nicht so ausgesehen hatte, so war sie seit heute Nacht überzeugt, dass von Stund an alles in ihrem Sinne verlaufen würde. Daher wollte sie an diesem sonnigen Morgen dem Genius Loci mit der einsamen Darbietung eines seiner Lieder huldigen. Eine geringfügige Abweichung vom Original konnte da nicht schaden. Ebenso wenig vermochte die Tatsache, dass heute nicht mehr Mai, sondern der 1. Juni war, ihre Überzeugung, dass Oswalds Lied ein gutes Omen für sie sei, zu beeinträchtigen.

Während Viola in ihrem Hotelzimmer in Unterwäsche zwischen Schlafraum und Bad hin und her hüpfte, sang sie munter weiter:

»Trag Blätter, Sträuchlein,
wachse, Pflänzchen,
auf ins Bad,
Ösli, Gretli,
Viola und …«

Nein, Halt, Stopp! Den Namen ihres Geliebten würde sie nicht verraten. Nicht einmal in ihren eigenen vier Wänden, wo keiner sie hören konnte. Es war zu früh.

Eines war für sie sicher: Heute Nacht war ihr der Durchbruch gelungen. Bald würden alle es erfahren, dass sie – sie allein – die Frau an seiner Seite war. Bald wäre Schluss mit dem Versteckspielen und den Heimlichkeiten.

»Bring den Zuber,
hasch mich, fang mich.
Wasch mir das Köpflein
reib mich am Näblein …«

Dieses Oswald-Lied hatte es in sich. Es war voll erotischer Anspielungen … Viola war stehen geblieben und betrachtete sich im Spiegel, der über der Kommode angebracht war. Sie konnte sich darin bis zu den schmalen Hüften sehen, über die sie sich strich.

Zufrieden lächelte sie. Vergangene Nacht war es nicht nur bei Anspielungen geblieben. Sie und ihr Liebhaber hatten die Wonnen, die Oswald in seinem Lied andeutete, voll ausgekostet.

Zugegeben, er hatte sie zappeln lassen. Hatte sich gesträubt, versucht, sich ihr zu entziehen. Doch das war einzig und allein dem Anstandsgefühl gegenüber der anderen Frau geschuldet. Sie, Viola, hatte bessere Argumente – viel bessere Argumente. Was kümmerte es sie da, dass ihre Geige abhandengekommen war. Die würde sie so oder so bald einmotten.

Ein Klopfen riss Viola aus ihren Tagträumen. Rasch warf sie sich einen Morgenmantel aus Chinaseide über und öffnete.

Der Kellner stand mit einem voll beladenen Tablett vor der Tür. Sie hatte sich das Frühstück aufs Zimmer bestellt. Heute wollte sie es sich so richtig gut gehen lassen.

»Wo darf ich es hinstellen?«, fragte der junge Mann und warf dabei einen Blick auf Violas geschmeidige Schenkel, die von dem dünnen Stoff nur spärlich bedeckt wurden.

Viola zog den Morgenmantel enger um sich. »Stellen Sie es hier auf den Nachttisch. Ich frühstücke heute im Bett.«

Kaum hatte der Kellner sich verabschiedet, schnappte Viola sich ein Stück Gebäck und biss herzhaft hinein.

*

Jenny konnte ihr Frühstück nicht genießen. Die Ereignisse des gestrigen Abends hatten sie schlecht schlafen lassen und verdarben ihr den Appetit.

Hoffnungsfroh war sie gestern nach der Entdeckung der Miniatur in die Villa Tirolia zurückgekehrt. In der festen Überzeugung, Lenz dort anzutreffen, hatte sie die Bar aufgesucht – beziehungsweise jenen Aufenthaltsraum, der sich hochtrabend mit dieser Bezeichnung schmückte. Dieser war, nachdem man dort normalerweise grellem Neonlicht den Vorzug gab, bereits in ein Halbdunkel getaucht. Auf den ersten Blick konnte Jenny im Schummerlicht keine Gäste mehr entdecken. Unverrichteter Dinge wollte sie den Raum wieder verlassen, als sie aus einer Sitzecke Gemurmel vernahm.

In der Hoffnung, Lenz zu entdecken, näherte Jenny sich der Ecke, aus der das Geräusch kam. An der Kante der mit Kunstleder bezogenen Sitzbank saß eine Frau. Viola. Sie beugte sich nach vorn und legte ihre Hand auf den Arm eines Mannes. Jenny konnte nicht erkennen, wer es war, denn Violas Gesprächspartner saß mit dem Rücken zu ihr. Die Größe, mit der er über die Lehne hinausragte, und der männliche Kurzhaarschnitt ließen über das Geschlecht des Betreffenden keinen Zweifel.

»Viola«, begann er. Jenny, die sich bisher ganz still verhalten hatte und von dem Paar nicht entdeckt worden war, spitzte die Ohren und hörte den Mann sagen: »Musst dir keine Sorgen machen. Finden wir eine Lösung.«

Lenz! Jenny hätte es sich denken können. Nur allzu bereitwillig hatte er sich vorhin in der Gilf von Viola überreden lassen, mit ihr mitzugehen. Dabei war er im Begriff gewesen, sie, Jenny, zu küssen. Oder hatte am Ende ihre Fantasie ihr einen Streich gespielt? Hatten ihr der Duft von Limonen und die schwüle Luft des Biotops die Sinne benebelt?

Einmal mehr kamen in Jenny Zweifel an ihrem Wahrnehmungsvermögen auf. Klar war ihr nur, dass sie sich so rasch und unauffällig wie möglich aus der Bar zurückziehen musste. Sie hatte wahrlich keine Lust, in dieses Tête-à-Tête zu platzen. Sollte Lenz, dieser Casanova, ihr doch gestohlen bleiben.

Irgendwie hatte sie es geschafft, den Raum unbemerkt zu verlassen, und war in ihr Zimmer getaumelt. Neben ihrer Wut trug auch ihr mittlerweile wieder knurrender Magen zu einem gewissen Schwindelgefühl bei. Um im Hotel zu Abend zu essen, war es zu spät. Die Küche hatte längst geschlossen. Sie verspürte nicht die geringste Lust, sich ins Zentrum von Meran zu begeben, wo ihr mannigfache Möglichkeiten, sich kulinarisch zu versorgen, offen standen. Also ging sie hungrig zu Bett und tröstete sich mit der Aussicht auf ein üppiges Frühstück.

Seit sie heute Morgen erwacht und ihr alles wieder eingefallen war, hatte sie keinen Appetit mehr. Lustlos kaute sie an einem Brioche herum, bevor sie es nach wenigen Bissen zurück auf den Teller legte.

Sie zückte ihr Handy und sah auf das Display: Kurz vor acht Uhr morgens. Ob sie es bereits wagen konnte, Kateryna aufzusuchen?

Die Sponsorin hatte ersucht, bei der Pressekonferenz, die für zehn Uhr angesetzt war, erst kurz vor Beginn eintreffen zu dürfen.

»Ich brauche meinen Schönheitsschlaf«, hatte sie zu Jenny gesagt und ihr vertraulich zugezwinkert.

Nun, heute würde Kateryna eben etwas mehr Make-up auflegen müssen. Jenny war fest entschlossen, die Nachtruhe der Ukrainerin abzukürzen.

*

Kommissar Aldo Klotz nestelte wieder an seinen Hemdzipfeln, die ihm aus dem Hosenbund gerutscht waren. Dabei erhaschte er einen Blick auf seine Silhouette. Der Spiegel der Café-Bar, in der er seit seiner Scheidung seinen Morgenkaffee einzunehmen pflegte, warf kein schmeichelhaftes Bild zurück: Die Haare hingen Aldo viel zu lang in die Stirn, während sie an der Seite und auf der Schädeldecke spärlich gesät waren. Bartstoppeln konnte er keine sehen. Dafür zierte ein Pflaster jene Stelle am Kinn, an der er sich heute beim Rasieren geschnitten hatte. Am wenigsten erfreulich an seinem Anblick war allerdings der Bauch, der sich unübersehbar über seinem Hosenbund wölbte. Kein Wunder, dass ihm das zu knapp gewordene Hemd dauernd herausrutschte. Ein Hemdknopf war aufgeplatzt und ließ schwammige, weiße Haut hervorblitzen.

Vergeblich bemühte sich Aldo Klotz, den Hemdknopf wieder zu schließen. Da war nichts zu machen. Er war einfach zu sehr auseinandergegangen. Schlank war er ja nie gewesen, hatte immer zur Stämmigkeit geneigt. Mit einigermaßen diszipliniertem Essverhalten und regelmäßigem Sport hatte er es geschafft, eine passable Erscheinung abzugeben – bis vor Kurzem jedenfalls.

Bevor er damit angefangen hatte, seine Ernährungsgewohnheiten komplett umzustellen. Hatte sein Frühstück früher aus Müsli und Obst bestanden, das ihm seine Exfrau zubereitet hatte, so nahm er, seit er alleine lebte, am Morgen nur mehr einen doppelten Espresso zu sich. Irgendwann am Mittag, wenn der Hunger ihn so heimtückisch überfiel wie ein Profikiller sein Opfer, stopfte er sich ein Panino oder einen Hamburger hinein, je nachdem, wessen er gerade habhaft wurde.

Am Abend wurde – wenn sein Dienst es zuließ – ordentlich aufgekocht: Entweder bei seiner Mutter oder einer anderen wohlmeinenden weiblichen Verwandten, die es sich nicht nehmen ließ, den ›frischgebackenen Junggesellen‹ zu verköstigen. Nach diesen Vier-Gänge-Menüs, die meist von Wein oder Bier begleitet wurden, war er zu keiner körperlichen Betätigung mehr fähig, außer sich in seine Wohnung und sein Bett zu schleppen, wo er in einen unruhigen Schlaf verfiel.

»Ancora un doppio, Commissario?«, fragte der Kellner.

Aldo Klotz überlegte. Wenn er den zweiten doppelten Espresso zu sich nahm, würde das Koffein zwar für eine Weile seinen Hunger betäuben. Spätestens nach ein paar Stunden würde sich sein Magen jedoch melden und der Teufelskreis begann von vorn. Er sollte damit anfangen, wieder ordentlich zu frühstücken. Damit würde er seine Gewichtsprobleme in den Griff bekommen.

»Geben Sie mir lieber einen Orangensaft. Dazu ein Cornetto* und ein Joghurt.« Aldo Klotz war mit sich zufrieden. Ein Anfang war gemacht. Er würde Stück für Stück zu seinem früheren Ernährungsprogramm zurückkehren und wieder mit dem Sport anfangen. Die Bertagnoll hätte keinen Grund mehr, ihn anzusehen, als wäre er ein widerwärtiges Insekt.

Aldo nahm einen Schluck von dem Orangensaft, den der Barmann vor ihn hingestellt hatte. Anschließend tunkte er sein Hörnchen in das Joghurt und nahm einen Bissen. Na ja, gesund war das vielleicht, aber – wenn er ehrlich war – schmeckte es ihm nicht im Geringsten. Dennoch war er entschlossen, der Vizequästorin keinen Grund mehr zu liefern, ihn ›wegen gesundheitlicher Probleme‹ – oder wie immer sie es beschönigen mochte – auf einen Schreibtischposten zu versetzen.

Seiner Chefin war er von Anfang an ein Dorn im Auge gewesen. Das wusste er. Höhere Polizeigrade waren in Südtirol nach wie vor mehrheitlich der italienischen Sprachgruppe vorbehalten. Dennoch hatte er es zum Kommissar gebracht. Die hohe Beamtin schien darüber nicht erfreut zu sein. Dass er sich in der Gegend besser auskannte als Franca Bertagnoll, hatte das Verhältnis zwischen ihnen beiden nicht entspannt.

Ein Grund, ihn abzuschieben, käme ihr mit Sicherheit gelegen. In dem Fall könnte sie ungehindert ihren Liebling, den Comploi, protegieren.

»So einfach wird sie mich nicht los«, murmelte Klotz und schlug den ›Meraner‹ auf, den der Kellner gerade

---

* Italienisch für Croissant (Hörnchen, Butterkipferl)

vor ihn hingelegt hatte. Gleichgültig blätterte er die Gazette durch, bis sein Blick an der Kulturseite hängen blieb, die zur Gänze dem Symposium über Oswald von Wolkenstein gewidmet war. Plötzlich erhellte ein Grinsen Aldos bisher recht mürrische Gesichtszüge.

»Renzo«, rief er dem Barmann zu, »un doppio, per favore.«

*

Ein zweites Mal innerhalb von zwölf Stunden betrat Jenny das Nobelhotel, in dem Kateryna und ihre Entourage residierten. Kaum hatte sie die Drehtür passiert, wurde sie sich schlagartig ihrer für einen solchen Luxusschuppen recht deplatzierten Kleidung bewusst.

Sie hatte ihr karges Frühstück in einer kurzen roten Short und einer weißen Bluse eingenommen, die sie locker in der Taille geknotet hatte, sodass leicht gebräunte Haut zu sehen war. In Gedanken immer noch mit Viola und Lenz beschäftigt, hatte sie ganz darauf vergessen, sich – wie sie es eigentlich vorgehabt hatte – umzuziehen. Sie war lediglich in ein Paar Leinenslipper geschlüpft und losmarschiert. Im Spiegel der Lobby sah sie sich nun ihrer dem eleganten Rahmen nicht adäquaten Erscheinung gegenüber. Wenigstens hatte sie ihre schicke Handtasche dabei. Die machte den Freizeitlook einigermaßen wett und verlieh ihr einen gewissen geschäftsmäßigen Anstrich.

Zumindest hatte sie daran gedacht, Kateryna anzurufen, bevor sie sich auf den Weg gemacht hatte, und zu fragen, ob ihre Auftraggeberin Zeit für sie hätte. Die hatte sofort eingewilligt. »Kommen Sie nur. Ich freue mich darauf, mit Ihnen zu plaudern.«

Jenny konnte nur hoffen, dass die Freude anhielt, wenn sie ihr das Medaillon gab und berichtete, wie es in ihre Hände gelangt war. Sie straffte die Schultern und ging zur Rezeption. Gerade wollte sie bitten, sie bei Frau Maximowa anzumelden, als Kateryna sich aus einem der Fauteuils erhob und auf sie zukam.

»Jenny, Sie sehen ja aus wie der junge Morgen«, begrüßte sie sie euphorisch und hauchte ihr Luftküsschen auf die Wangen. »Wollen Sie einen Kaffee trinken? Oder vielleicht frühstücken? Hier gibt es Plunder, die sind ganz köstlich. Die müssen sie probieren. Der Teig, ich sage es ihnen, er zergeht auf der Zunge …«

Während Kateryna bemüht war, Jenny das kulinarische Angebot des Hauses schmackhaft zu machen, plagte diese immer stärker das schlechte Gewissen. Sie wusste nicht, wie Kateryna die Umstände aufnehmen würde, unter denen sie in den Besitz des Medaillons gekommen war. Ganz zu schweigen von der merkwürdigen Verbindung zu dem Bild, das angeblich beim Mordopfer verschwunden war.

»Kommen Sie. Wir gehen ins Restaurant und suchen uns etwas Schönes aus.« Kateryna hatte Jennys Ellbogen ergriffen und wollte sie sacht in Richtung des Speisesaales dirigieren. Jenny zögerte jedoch. Kateryna unter den Augen zahlreicher Frühstücksgäste das Medaillon zu übergeben, war das Letzte, wonach Jenny der Sinn stand.

Um der Ukrainerin in ihrem Eifer, sie zu bewirten, Einhalt zu gebieten, blieb Jenny einfach stehen. »Kateryna«, sagte sie, »ich muss etwas Vertrauliches mit ihnen besprechen. Der Speisesaal scheint mir dafür nicht der geeignete Ort.«

Kateryna ließ Jennys Ellbogen los. Ein Schatten huschte über das Gesicht der Ukrainerin. Das Nervengift, das sie sich vermutlich regelmäßig injizieren ließ, schien eine ausdrucksstärkere Reaktion nicht zuzulassen.

Im nächsten Moment hatte Kateryna sich wieder im Griff. »Etwas Vertrauliches, natürlich. Das haben Sie ja am Telefon gesagt. Wie konnte ich das vergessen?«, schalt sie sich. »Kommen Sie.« Damit führte sie Jenny in eines der ebenerdig gelegenen Büros, das Kateryna offenbar für die Dauer ihres Aufenthalts gemietet hatte. Dort steuerte sie auf eine Sitzecke im Biedermeierstil zu und bedeutete Jenny, in einem Armsessel Platz zu nehmen.

Jenny folgte der Aufforderung, öffnete ihre Handtasche und fischte das Medaillon heraus. Ehe sie es Kateryna über den Tisch reichen konnte, hatte diese es erkannt.

»Mein Medaillon. Ich vermisse es seit gestern. Ich dachte, vielleicht ein Missgeschick der Hausdame. Wo haben Sie es gefunden? Wie kommt es denn in Ihre Hände? Nein«, unterbrach sie sich, »ich bin ja so unhöflich. Anstatt Ihnen zu danken, löchere ich Sie mit Fragen.« Spontan ergriff sie Jennys Hand. »Verzeihen Sie mir. Ich weiß gar nicht, wie ich Ihnen danken soll …« Endlich machte Kateryna eine Pause, die Jenny sogleich nutzte. »Ich habe Sascha gestern in der Gilf gesehen. Sie hat etwas gesucht und ich habe sie angesprochen. Anstatt mir zu antworten, ist sie davongeradelt.« Jenny hielt kurz inne und wartete auf eine Reaktion. Die kam nicht und sie fuhr fort. »Herr Hofer hat dieses Schmuckstück gefunden. Ich habe es gleich wiedererkannt.«

Unter ihrer Schminke war Kateryna blass geworden. Irgendetwas hatte die Frau so aus der Fassung gebracht, dass es ihr plötzlich die Sprache verschlug. War es die Empörung darüber, dass Jenny das Medaillon nicht sofort zurückgegeben hatte?

»Ich war gestern Abend hier, habe Sie aber nicht angetroffen. Ich dachte, es ist besser, wenn ich Ihnen die Kette persönlich übergebe. Immerhin handelt es sich um ein Erbstück von Ihrer Urgroßmutter. Da wird es Ihnen ganz besonders am Herzen liegen. Außerdem ist da noch etwas …«

Kateryna öffnete die für Jennys Geschmack ein wenig zu vollen Lippen, schloss sie wieder und starrte auf das Medaillon.

Jenny konnte sich diese Reaktion nicht erklären. Ob sie das Medaillon besser gestern abgegeben hätte? Machten die paar Stunden solch einen Unterschied? Nüchtern betrachtet musste Kateryna froh sein, dass sie den Schmuck wiederhatte. So kam Jenny nicht weiter. Es widerstrebte ihr zwar, die Sponsorin, die ihr Honorar bezahlte, gegen sich aufzubringen. Andererseits musste sie endlich zur Sache kommen. Es ging ja nicht bloß um den Schmuck, es ging um Mord, vielleicht auch Entführung.

»Kateryna, bitte erlauben Sie mir, dass ich offen mit Ihnen rede. Ich habe mir die Miniatur angesehen, die sich in dem Medaillon befindet. Sie sind Germanistin …« – Jenny hielt es für opportun, an die Fachkompetenz der Frau zu appellieren. »Sie wissen, dass darauf ein Motiv aus Oswalds Liedern dargestellt ist. Vermutlich sogar der Dichter selbst.«

»Das Bild, der Schmuck, Sascha …«

Gebetsmühlenartig murmelte Kateryna ihre Litanei vor sich hin. »Kateryna«, Jenny ergriff die Hand der Frau, die wie in Trance wirkte, »bitte hören Sie mir zu: Ich habe Sascha beobachtet, wie sie beim Konzert das Motiv auf ein Blatt Papier gemalt hat. Am nächsten Tag hat ein anderes Mädchen ein ganz ähnliches Bild gezeichnet und mir gezeigt.«

Kateryna, die bisher auf das Medaillon gestarrt hatte, blickte auf. Die Überraschung stand ihr förmlich in die großen, blauen Augen geschrieben.

»Mädchen … Wer … Welches Mädchen …«, stammelte sie.

»Das Mädchen heißt Kristl und ist die Tochter von Martha Tappeiner. Die beiden haben auf der Burg mit Ihnen für das Foto posiert.«

Kateryna öffnete wieder den Mund. Bevor sie jedoch etwas sagen konnte, fuhr Jenny fort. »Die Frau, die am Abend das Buffet ausgerichtet hat, war die Haushälterin eines Malers aus St. Michaela. Er ist vor ein paar Tagen ermordet worden. In seinem Atelier befand sich …«

Katerynas Lippen begannen zu zittern. Im nächsten Moment schlug sie die Hände vor die Augen.

Plötzlich vermeinte Jenny, ein Déjà-vu zu haben. Sie erinnerte sich: Martha Tappeiner hatte ganz ähnlich reagiert, als Jenny sie auf das Bild angesprochen hatte. Brachte sie hier die Frauen reihenweise an den Rand des Nervenzusammenbruchs?

ZWÖLF

Nach Redaktionsschluss

Während die Polizei im Mordfall Peter Mitterer weiterhin im Dunkeln tappt, hat der *Meraner* gestern eine brisante neue Entdeckung gemacht: Laut einer Zeugin wurde aus dem Atelier des Ermordeten ein Bild gestohlen. Es zeigt einen Mann, der an ein Weinfass geklammert auf dem Meer schwimmt. Eine Mittelalterexpertin, die nicht genannt werden will, hat dem *Meraner* dazu exklusiv erklärt, dass es sich um eine zerstört geglaubte Darstellung des Minnesängers Oswald von Wolkenstein handelt. Wenn sich diese Einschätzung bewahrheitet, steht Südtirol vor einer Sensation. Der *Meraner* wird seine Leser auf dem Laufenden halten.

Der Meraner, 1. Juni 2011

Franca Bertagnoll knallte die Zeitung auf ihren Schreibtisch. »Was haben Sie mir dazu zu sagen?«, fuhr sie Aldo Klotz an, der sich über die Titelseite beugte. Von einem Moment auf den anderen war sein süffisantes Grinsen, das er zuvor gezeigt hatte, verschwunden.

Wenigstens das hatte sie geschafft. Das Triumphgefühl, das Franca dabei empfand, war allerdings nur von kurzer Dauer. Wenn das stimmte, was heute in der Zeitung stand, konnte sie das den Kopf kosten. Der von Klotz war dagegen nur rot angelaufen.

»Vizequästorin, ich verstehe nicht …«

»Was gibt es da nicht zu verstehen? Irgendein hergelaufener Schreiberling hat offenbar bessere Informationen als die Polizei.«

»Der verfluchte Pircher. Den kauf ich mir.« Klotz ballte seine Hand zur Faust.

»Sie werden nichts dergleichen tun«, blaffte Franca und betrachtete die Meldung. Jemand musste sie gestern Abend kurz vor Andruck ins Blatt gestellt haben. Ein Kürzel oder irgendein anderer Hinweis auf die Identität des Urhebers fehlten. Woher wusste Klotz …

»Entschuldigen Sie, Vizequästorin«, sagte der Kommissar, »das hat sicher der Chefreporter, der Beppo Pircher, geschrieben. Irgendwie hängt der in der Sache drin.« Wie um seine Behauptung zu untermauern, fing Klotz an, im ›Meraner‹ zu blättern.

»Was hat das nun wieder zu bedeuten?«, schoss es Franca durch den Kopf. Sie hatten sich schließlich nicht zur morgendlichen Zeitungslektüre getroffen. Und wie Klotz wieder aussah! Sogar ein Hemdknopf war ihm aufgeplatzt. Das machte nun wirklich keinen guten Eindruck.

»Da, bitte schön.« Mit seiner fleischigen Hand hieb der Kommissar auf eine Seite im hinteren Teil des Blattes. Die Kulturrubrik? Das konnte Klotz doch nicht ernst meinen.

Franca verkniff sich eine heftige Bemerkung und las die Schlagzeile, mit der die Seite aufgemacht wurde: ›Freudenklänge in wilder Aufholjagd‹, lautete sie. Darunter war ein Bild der im Titel genannten Gruppe. Franca erinnerte sich: Das war der Abend auf Schloss Tirol, mit dem das Symposium eröffnet worden war. Rasch überflog sie ein paar Zeilen des Aufmachers:

> Die ›Freudenklänge‹ sind eine der hoffnungsvollsten Nachwuchsgruppen für Alte Musik. Bei dem Konzert am Montag auf Schloss Tirol beherrschte die Zuhörer aber über weite Strecken nur eine Hoffnung: diejenige, dass der Spuk bald eine Ende haben würde …

Obwohl ihr im Moment das Wasser bis zum Halse stand, konnte sich Franca ein Lächeln nicht verkneifen. Der Verfasser dieser Zeilen traute sich was. Recht hatte er obendrein. Denn selbst mit ihrem ungeschulten Gehör hatte sie an dem Abend den Eindruck gewonnen, dass mit der Darbietung etwas nicht stimmte. Bei Gelegenheit würde sie den Artikel mit Genuss zu Ende lesen. Im Moment hatte sie Wichtigeres zu tun.

Franca wollte die Zeitung zuschlagen und zu Klotz hinüberschieben. Ihr Blick fiel auf ein weiteres Foto auf der Seite: Das war ja sie. Richtig, sie hatte sich breitschlagen lassen, mit den beiden Professoren und der Ukrainerin zu posieren.

»Unangenehme Sache«, sagte Klotz.

Franca fuhr hoch. Der Kommissar stand vor ihrem Schreibtisch und blickte auf die aufgeschlagene Zeitung.

»Was hat der Artikel …« Ehe Franca zu Ende sprechen konnte, unterbrach Klotz sie: »Die Vizequästorin auf einem Foto mit der wichtigsten Zeugin in einem Mordfall. Da werden Sie wohl ein paar Leuten etwas erklären müssen.« Der selbstzufriedene Ausdruck, mit dem Klotz ihr Büro betreten hatte, war auf seine Miene zurückgekehrt.

Zeugin in einem Mordfall? Kateryna Maximowa hatte doch nichts mit dem Mord zu tun. Ihre Tochter mit Sicherheit auch nicht. Hatte Klotz etwa schon am frühen Morgen einen über den Durst getrunken? Wenn das der Fall war, war der Mann tatsächlich nicht mehr tragbar.

»Kommissar«, sagte sie, »was wollen Sie damit andeuten?«

Klotz kratzte sich am Kinn. Franca bemerkte das Pflaster. Der Mann war wirklich eine optische Katastrophe. Blieb nur zu hoffen, dass er wenigstens geistig einigermaßen fit war. Momentan konnte sie diesen Eindruck allerdings nicht gewinnen.

»Es macht halt keinen guten Eindruck, wenn die oberste Polizeichefin zusammen mit einer Zeugin in einem Mordfall gesehen wird – einer verdächtigen Zeugin, um genau zu sein.«

Franca wollte ihren Ohren kaum trauen. Was redete der Mann da? »Kateryna Maximowa. Was hat die damit zu tun?«

Ein kaum verhohlenes Grinsen zeigte sich auf Klotz' Gesicht. »Doch nicht die Russin. Ich red von der Martha Tappeiner, der Haushälterin.« Klotz zeigte auf die unscheinbare Frau in der Leinenkutte, die mit ihrer Tochter am Bildrand stand. Franca zog die Augenbrauen zusammen und las die Bildunterschrift: ›Martha Tappeiner mit Tochter Kristl, Buschenschank-Wirtin aus St. Michaela‹.

Was Franca aufmerken ließ, war der Hinweis auf St. Michaela. Sie vermeinte sich daran zu erinnern, dass die Haushälterin des Opfers einen Buschenschank betrieb. Sollten etwa die Haushälterin, die Buschenschank-Wirtin und die Frau, die auf der Burg für das Catering gesorgt hatte, ein und dieselbe Person sein?

»Die Martha Tappeiner erhält nur eine kleine Witwenpension. Vom Buschenschank kann sie auch nicht leben. Beim Peter Mitterer hat sie ihr Einkommen aufgebessert. Der wiederum hat ihr den Auftrag auf der Burg verschafft«, sagte Klotz, »bevor er ermordet wurde, natürlich.«

Natürlich, das war ja wohl klar. Und sie, Franca, war natürlich auf das scheinheilige Getue des Fotografen – oder Chefreporters, wie Klotz ihn bezeichnet hatte – hereingefallen und hatte sich nichtsahnend dazu überreden lassen, mit einer Zeugin, nach neuesten Erkenntnissen sogar einer Verdächtigen, zu posieren.

Von wegen Lokalkolorit! Dieser Pircher – oder wie er hieß – hatte es offenbar von Anfang an darauf abgesehen, sie zu kompromittieren. Dem würde sie ein Ende setzen. Der Journalist hatte der Polizei wichtige Informationen vorenthalten. Behinderung der polizeilichen Ermittlungen war das Mindeste, womit sie ihn drankriegen konnte.

»Klotz«, Franca verzichtete auf jegliche förmliche Anrede ihres Untergebenen, »Sie fahren sofort zu dieser Martha Tappeiner und nehmen sie in die Mangel. Wenn sie an ihrer Behauptung, es sei nichts gestohlen worden, festhält, führen Sie sie ab. Wenn es sein muss, in Handschellen.«

*

Jenny und Kateryna standen vor einer eleganten Jugendstilvilla in Untermais. Das großzügige Gebäude mit seinen romantischen Erkern und gestreiften Markisen war von einer Gartenanlage umgeben und unterschied sich kaum von den Nachbarhäusern. Bei genauerem Hinsehen konnte sie hinter den hohen Laub- und Nadelbäumen Zwiebeltürme sehen.

Dass Jenny überhaupt hier stand, war Kateryna zuzuschreiben. »Kommen Sie, ich zeige Ihnen etwas. Das wird viel erklären«, hatte sie gesagt, nachdem sie sich wieder gefangen hatte. Auf ihren Plateaupumps war sie aus dem Hotel gestöckelt. Trotz ihres für einen Spaziergang vollkommen ungeeigneten Schuhwerks hatte Kateryna ein solches Tempo vorgelegt, dass Jenny Mühe hatte, ihr zu folgen.

Sie hatten das Hotel durch den Ausgang zum Park verlassen, hatten diesen durchquert und waren durch eine kleine, versteckte Pforte in eine Nebenstraße gelangt. Von dort hatte Kateryna sie zielstrebig durch Untermais gelotst. Ein paarmal waren sie abgebogen, Jenny hätte nicht mehr zu sagen vermocht, wo genau sie sich befand. Die Ukrainerin dagegen machte ganz den Eindruck, als wäre sie nicht zum ersten Mal in dieser Gegend. Ihre Redseligkeit, die sie im Hotel an den Tag gelegt hatte, war verflogen. Der Marsch war schweigend verlaufen.

Was hatte die Frau vor? Jenny rief sich das Gespräch in Erinnerung. Es hatte Kateryna aufgewühlt. Dennoch konnte Jenny sich den Wandel nicht erklären. Plötzlich wurde sie sich bewusst, wie einsam es hier war. Sie waren keine zehn Minuten gegangen, hatten aber das quirlige Treiben von Merans Zentrum scheinbar um Lichtjahre hinter sich gelassen. Bisher waren sie auf ihrem Weg kaum einer Menschenseele begegnet. Auch vor der Villa, vor der sie standen, wirkte alles wie ausgestorben. Kateryna würde doch wohl nicht am helllichten Tag …

›Russisch-orthodoxe Kirche. Geöffnet jeden ersten und dritten Samstag im Monat. Oder nach Vereinbarung‹, las Jenny in dem kleinen Schaukasten, der sich vor dem geöffneten Eingangstor des Anwesens befand. Die Sponsorin hatte offenbar eine Vereinbarung, denn sie ging den Schotterweg entlang auf das Haus zu.

Jenny folgte ihr verwirrt. Fragen bestürmten sie und lieferten sich in ihrem Kopf ein wildes Scharmützel. Was hatte sie hier verloren? Wieso führte Kateryna sie in die russisch-orthodoxe Kirche? Was hatte das mit dem Medaillon zu tun? Sollte sie sich nicht besser um Arthurs Verbleib kümmern? Steckte am Ende die Ukrainerin hinter all den Ereignissen? Vielleicht sollte sie besser die Beine in die Hand nehmen und auf der Stelle kehrtmachen. Sie befand sich ja quasi auf exterritorialem Gebiet.

Jennys einander widerstreitende Gedanken hatten sie derart gefangen genommen, dass sie kaum merkte, wohin Kateryna sie führte. Sie hatten das Gebäude betreten und den Altarraum mit seinen Ikonen passiert. Nun standen sie in einer Bibliothek, in der sich Buchrücken an Buchrücken reihte. Jenny, die sich wieder einigermaßen gefasst hatte, schätzte die Zahl der Exemplare in den Regalen auf weit über tausend. An den Wänden hingen zahlreiche Fotografien. Es handelte sich eindeutig um historische Aufnahmen aus der Zeit der Belle Époque. Der Raum schien auf den ersten Blick voll von Büchern und Fotografien zu sein schien, aber beim genaueren Hinsehen fiel Jenny an einer Wand eine leere Stelle auf. Davor war Kateryna stehengeblieben.

»Hier hätte es hängen sollen«, sagte sie und wies mit der Hand auf die kahle Stelle.

Jenny verstand nicht. Bevor sie nachfragen konnte, begann Kateryna mit ihrem Bericht: Ihre Vorfahren waren Kaufleute auf der Krim gewesen, die es im zaristischen Russland zu Wohlstand und Ansehen gebracht hatten. Ihr Ururgroßvater, Alexej Ruschko, hatte ein besonders geschicktes Händchen bewiesen. Seine Geschäfte führten ihn bis nach St. Petersburg, damals im letzten Drittel des 19. Jahrhunderts, der Inbegriff von Eleganz und Chic. Dort lernte Alexej die wohlhabende Elena kennen und heiratete sie. Das Ehepaar lebte fortan auf der Krim. Doch Alexej scheute keine Kosten, um seiner Angetrauten auch in der Provinz das Leben einer großen Dame zu bieten. Kuraufenthalte in Meran, wie sie in der feinen St. Petersburger Gesellschaft gang und gäbe waren, gehörten dazu.

So kam es, dass auch die Tochter des Paares, die kleine Ekaterina, in frühen Jahren Bekanntschaft mit dem ›Südbalkon der Alpen‹, wie man die Stadt an der Passer damals titulierte, machte.

»Ekaterina war unkonventionell gewesen. Ein paar Jahrzehnte später hätte man sie wohl Emanze genannt«, unterbrach Kateryna ihre Erzählung und fuhr fort: Im Alter von 18 Jahren sollte Ekaterina verheiratet werden. Der Auserwählte war ein reicher russischer Geschäftsmann, der das Mädl bei einem seiner Kuraufenthalte in Meran erblickt und Gefallen an ihr gefunden hatte. Alexej und Elena fanden die Verbindung höchst wünschenswert. Dass der Gatte in spe 20 Jahre älter war als die designierte Braut störte niemanden – mit Ausnahme von Ekaterina. Die dachte gar nicht daran, dem Verlöbnis, das anlässlich des nächsten Kuraufenthaltes in Meran im Frühjahr 1914 verkündet werden sollte, zuzustimmen.

»Ekaterina hat sich mit Händen und Füßen gewehrt. Ihre Eltern haben sie jedoch nicht ernst genommen«, sagte Kateryna. Es wurde alles vorbereitet. Die Verlobung sollte in Meran stattfinden. Im Herbst darauf die Trauung auf der Krim, wo das Paar auch seinen Wohnsitz nehmen sollte.

Für die Morgengabe hatten sich Alexej und Elena etwas ganz Besonderes einfallen lassen. Seit Generationen befand sich ein ungewöhnliches Bild im Besitz der Familie Ruschko: Es zeigte einen Mann, der ein Weinfass umklammert hielt und damit auf hoher See schwamm. Bei dem offensichtlich Schiffbrüchigen, der deutlich erkennbar nur ein Auge hatte, handelte es sich laut mündlicher Überlieferung um einen Ritter aus Tirol. Er war übers Schwarze Meer gesegelt. Das Schiff im Sturm zerschellte. Es gelang ihm, auf dem Weinfass treibend das Ufer zu erreichen. Doch der Ritter aus

Tirol rettete nicht nur sich selbst, sondern auch einen Russen, der ebenfalls Schiffbruch erlitten hatte.

»Die beiden waren die einzigen Überlebenden. Es heißt, dass der Russe den Ritter zum Dank dafür, dass der ihm geholfen hatte, in sein Haus auf der Krim einlud.«

Jenny, die bisher wie gebannt zugehört hatte, unterbrach: »Das klingt ziemlich abenteuerlich. Doch es erklärt nicht, was es mit dem Medaillon auf sich hat.«

»Bitte haben Sie ein wenig Geduld. Ich komme gleich darauf zurück«, sagte Kateryna und legte zum wiederholten Mal an diesem Tag ihre Hand auf Jennys Arm. Bevor sie allerdings ihren Bericht wieder aufnahm, meinte sie: »Sie sehen erschöpft aus. Darf ich Ihnen vielleicht eine Erfrischung anbieten?«

Jenny, die langsam Mühe hatte, Katerynas weitschweifiger Erzählung zu folgen, bejahte. »Gerne«, antwortete sie, »ein Glas Wasser wäre mir am liebsten.«

Wie durch ein unsichtbares Signal herbeigerufen erschien eine Pflegerin.

»Wir betreiben hier auch ein Altersheim«, sagte Kateryna beiläufig und fügte – an die dienstfertige junge Frau gewandt – hinzu. »Bitte bringen Sie uns frisches Wasser. Frau Dr. Sommer und ich sind durstig.«

Die Pflegerin nickte und zog sich wieder zurück. Kateryna nahm den Erzählfaden wieder auf. Jenny hatte mittlerweile ein Schwindelgefühl erfasst. Sie hatte kaum etwas gefrühstückt, war der Ukrainerin im Eiltempo gefolgt und saß nun seit geraumer Zeit in einem ziemlich vollgestellten und daher entsprechend stickigem Raum. Nur mit Mühe konnte sie dem monotonen Geplätscher von Katerynas Stimme folgen, dessen Inhalt sich im Wesentlichen wie folgt subsumieren ließ: Der Ritter hatte zum Dank für seine Rettung von einem Maler auf der Krim ein Bild mit dem Motiv des Schiffbrüchigen auf dem Fass anfertigen lassen. Da das Gemälde für den Transport nach Tirol vorgesehen war, wurde es vom Ausmaß her für damalige Verhältnisse eher gering dimensioniert und maß nur etwa 30 mal 40 Zentimeter. Ehe der Ritter abreiste, verliebte er sich in die Tochter seines Gastgebers, woraufhin er seine Pläne änderte: Er wollte zwar zunächst nach Tirol reisen, um dort seine Vermögensangelegenheiten zu regeln, versprach jedoch, so bald wie möglich wieder auf die Krim zurückzukehren und seine Liebste zu ehelichen. Als Unterpfand ließ er das Bild, das ursprünglich für den Transport vorgesehen war, im Hause des russischen Kaufmanns zurück.

»Oswald ist nicht auf die Krim zurückgekehrt«, sagte Jenny.

Kateryna lächelte versonnen: »In meiner Familie war nie von Oswald von Wolkenstein die Rede. Doch nach allem, was ich im Laufe meines Studiums gelernt habe, kann es sich bei dem Ritter aus Tirol nur um den berühmten Minnesänger gehandelt haben.«

»Haben Sie sich deshalb bereit erklärt, das Oswald-Symposium zu unterstützen?«, fragte Jenny.

»Das war einer der Gründe«, antwortete Kateryna und strich sich die sorgfältig geföhnten blonden Locken hinter die Schulter. Sie öffnete ihre Handtasche und entnahm ihr ein Blatt vergilbtes Papier, entfaltete es und reichte es Jenny. Die warf nur einen flüchtigen Blick darauf. Auch ohne Lesebrille konnte sie erkennen, dass es sich um kyrillische Schriftzeichen handelte. Erwartete Kateryna, dass sie diese entziffern konnte?

Kateryna schien Jennys Verlegenheit bemerkt zu haben. »Entschuldigen Sie bitte. Sie können mit dem Schreiben ja gar nichts anfangen. Wie nachlässig von mir.«

Sie nahm Jenny das Papier aus der Hand und begann nun – stockend, da sie ja nicht nur die Schrift entzifferte, sondern zugleich auch übersetzte – zu lesen:

»Liebe Kateryna,

die Zeiten sind schlimm geworden. Unsere einst so reiche und mächtige Kaufmannsfamilie fristet nun ein karges Dasein. Wie leicht könnte ich es mir machen, wenn ich mich damit tröstete, dass die politischen Verhältnisse daran schuld seien. Doch ich weiß es besser. Schuld bin einzig und allein ich, indem ich mich dem Willen der Eltern widersetzt und ein Unrecht begangen habe.

Wenn Du diese Zeilen liest, so halte mir bitte zugute, dass ich damals ein törichtes Mädchen war, das keine Ahnung vom Lauf der Welt hatte. Also höre dies: Meine Eltern wollten mich mit einem reichen russischen Kaufmann verheiraten, der auch in der russisch-orthodoxen Gemeinde in Meran ein hohes Ansehen genoss. Deshalb sollte anlässlich unserer Verlobung das Bild des Tiroler Ritters, das seit vielen Jahrhunderten in unserem Familienbesitz ist, der russisch-orthodoxen Kirche in Meran gespendet werden. Allein zu diesem Zweck haben meine Eltern das Bild im Frühjahr 1914 von der Krim nach Meran gebracht.

Ich habe mich dieser Heirat mit allen mir zur Verfügung stehenden Mitteln widersetzt. Ich stahl das Bild und brachte es zu einem Kunstmaler, der damals in Meran en vogue war. Er sollte mir sagen, wie viel ich für das Bild erlösen könnte. Denn – und nun schäme ich mich wirklich, das einzugestehen – ich hatte vor, das Bild zu veräußern und aus dem Erlös meine Flucht zu finanzieren.

Doch daraus wurde nichts. Der Maler beschwor mich inständig, das Bild meinen Eltern zurückzugeben. Seine aufrechte Art und sein ansprechendes Äußeres faszinierten mich so sehr, dass ich mich Hals über Kopf in den jungen Mann verliebte. Obwohl er mir keinen Antrag gemacht hatte, erklärte ich meinen Eltern, dass ich ihn – und nur ihn allein – zu heiraten gedachte.

Daraufhin war – wie Du Dir denken kannst – der Teufel los. Man hetzte die Polizei auf den Mann. Dem gelang es, das Bild, das ich in seinem Atelier zurückgelassen hatte, rechtzeitig verschwinden zu lassen. Hätte man es bei ihm gefunden, wäre er mit Sicherheit des Diebstahls bezichtigt und verhaftet worden. So aber konnte man ihm nichts nachweisen und man ließ von dem bis dato unbescholtenen Bürger ab.

Gleichwohl brachen meine Eltern den Aufenthalt in Meran umgehend ab und verfrachteten mich zurück auf die Krim. Durch eine List ist es mir vor meiner Abreise gelungen, meinen Liebsten aufzusuchen. Wir schworen uns ewige Treue. Das Bild ließ ich bei ihm zurück. Es war mein Versprechen an ihn, dass ich, sobald die Umstände es erlaubten, zu ihm zurückkehren würde.«

Kateryna sah auf. »Der Krieg hat alle Pläne zunichte gemacht. Ektarina, meine Urgroßmutter, hat ihren Liebsten nie wieder gesehen. Das Einzige, was ihr von ihm blieb, war die Miniatur, die er für sie anfertigte, und die Sie in meinem Medaillon gesehen haben.«

Jenny nahm einen Schluck von dem Zitronenwasser, das eine der Pflegerinnen zuvor gebracht hatte. Sie war wie betäubt, von dem was sie bisher gehört hatte. Da war ein Ritter aus Tirol, bei dem es sich vermutlich um Oswald von Wolkenstein handelte, eine junge, eigenwillige Frau, die sich nicht dem Willen ihrer Eltern beugte, und schließlich deren Urenkelin, Kateryna, die nach Meran gekommen war, um den letzten Willen ihrer Urgroßmutter zu erfüllen. Die Ereignisse, zwischen denen es einen Zusammenhang gab, zogen sich über sechs Jahrhunderte und drei Epochen: das späte Mittelalter an der Schwelle zur Renaissance, die Belle Époque – jene goldene Zeit vor dem Ausbruch des Ersten Weltkriegs – und die Jetztzeit, das 21. Jahrhundert.

Von all den Fragen, die Jenny bestürmten, entschied sie sich, die zu stellen, die sie am brennendsten interessierte: »Wie hieß der Maler, in den sich Ihre Urgroßmutter verliebt hat?«

Kateryna faltete das Papier wieder zusammen und verstaute es in ihrer Handtasche. Mit ihren blauen Augen, die so klar wirkten wie ein Bergsee, sah sie Jenny an. »Der Maler, den meine Urgroßmutter heiraten wollte und dem sie das Bild anvertraute, hieß Peter Mitterer.«

DREIZEHN

»Ist der Ermordete demnach der Urenkel von diesem Peter Mitterer?«

Jenny und Lenz saßen einander erneut im Café an der Kurpromenade gegenüber. Sie hatte beschlossen, ihre Enttäuschung über den jungen Mann beiseite zu lassen, und ihn über die neuesten Entwicklungen zu informieren. Schließlich war sie kein verliebter Teenager, sondern eine erfahrene Geschäftsfrau, und er war Arthurs Assistent. Es lag in ihrer beider Interesse, Licht in diese Angelegenheit zu bringen. Private Befindlichkeiten hatten außen vor zu bleiben.

Jenny hatte Lenz im Kurhaus, wo der Kongress weiterhin tagte, angetroffen und ihn um eine Unterredung gebeten. Er hatte das Kaffeehaus vorgeschlagen.

»Hab ich heute verschlafen und nicht gefrühstückt. Könnt ich das nachholen.«

Jenny mochte sich gar nicht erst den Grund für sein spätes Erwachen ausmalen. »Nicht sein Urenkel, sondern sein Urgroßneffe«, beantwortete sie Lenz' Frage. »Peter Mitterer senior hat kriegsbedingt und aufgrund des anschließenden Ausbruchs der Revolution in Russland jegliche Hoffnung begraben, Ekaterina wiederzusehen. Er hat eine Frau aus der Gegend um Meran geheiratet, die das einzige Kind eines Weinbauern war. Gemeinsam übernahmen sie den Hof. Sie hatten zwei Söhne, die beide im Zweiten Weltkrieg fielen. Mangels direkter Nachkommen erbten die Kinder von Peters Bruder. Zum Schluss blieb nur noch der Urgroßneffe Peter Mitterer übrig. Er erbte nicht nur das Bauernhaus in St. Michaela, sondern auch das Maltalent seines Urgroßonkels.« Jenny nahm einen Bissen von dem Croissant, das sie sich bestellt hatte, und beobachtete Lenz, der sich ein Panino dick mit Butter bestrich und großzügig Marmelade darauf verteilte.

»Diesem Talent hatte der junge Peter Mitterer es offenbar zu verdanken, dass ihm sein Urgroßonkel kurz vor seinem Tod das Bild mit Oswald auf dem Fass anvertraut hat.« Jenny nahm einen Schluck von ihrem Lungo, dann fuhr sie fort: »Zumindest hat es sich laut Kateryna Maximowa so zugetragen.«

Lenz schob sich den Rest seines Marmeladebrötchens in den Mund. Nachdem er es mit einem großen Schluck Cappuccino hinuntergespült hatte, fragte er: »Woher weiß Kateryna das?«

In kurzen Zügen berichtete Jenny, was sie von der Ukrainerin erfahren hatte. »Katerynas Urgroßmutter war in jungen Jahren eine starke und emanzipierte Frau. Sie war auch tief religiös – daran konnte selbst die sowjetkommunistische Regierung nichts ändern. Mit zunehmendem Alter verrannte sie sich in die Idee, dass ihr seinerzeitiges Verhalten in Meran schuld am Niedergang der Familie sei. Kateryna hatte ihr am Sterbebett versprochen, das Bild wiederzubeschaffen und es der russisch-orthodoxen Gemeinde in Meran, für die es bestimmt gewesen war, zurückzugeben.«

Lenz schob den Teller, den er bis auf den letzten Krümel leer gegessen hatte, von sich.

»Katerynas Urgroßmutter ist erst kürzlich gestorben?«

Jenny bemühte sich, ein Grinsen zu unterdrücken. Man musste kein Mathematikgenie sein, um auszurechnen, dass eine Frau, die 1914 im Alter von 18 gewesen war, vor Längerem das Zeitliche gesegnet haben musste – es sei denn, sie wäre 115 Jahre alt geworden. »Sie ist 1987 gestorben. Damals war Kateryna gerade von einem Auslandssemester in Leipzig zurückgekehrt – wo sie übrigens Arthur kennengelernt hat. Wenige Jahre nach dem Tod ihrer Großmutter zerfiel die Sowjetunion, die Ukraine wurde unabhängig.« Jenny rückte mit ihrem Sessel ein Stück vom Kaffeehaustisch ab und schlug die Beine übereinander, die in den roten Shorts steckten. Lenz stierte durch seine Brillengläser. Bildete sie es sich bloß ein oder starrte er tatsächlich auf ihre nackten Oberschenkel?

Am liebsten hätte sie augenblicklich damit begonnen, so lange am Stoff zu zupfen, bis ihre Blöße gänzlich bedeckt war. Sie war sich der Vergeblichkeit dieses Unterfangens jedoch bewusst. Daher stellte sie wieder die Beine nebeneinander und ruckelte so lange mit dem Sessel, bis dieser sich in seiner ursprünglichen Position nahe am Tisch befand.

»Solltest du dir lieber etwas Wärmeres anziehen. Könntest dich sonst erkälten«, sagte Lenz.

Daher wehte also der Wind. Zumindest konnte sie ihm keine unmoralischen Absichten unterstellen.

Schade eigentlich, wenn sie es recht bedachte. »Mach dir keine Sorgen, es ist doch herrlich warmes Wetter«, sagte sie rasch.

Lenz betrachtete den Himmel über der Therme. Jenny folgte seinem Blick. Außer ein paar Schäfchenwolken trübte nichts das strahlende Blau.

»Täusch dich nicht«, sagte ihr Gegenüber. »Heute kommt was runter.«

Jenny tat seinen Hinweis mit einem Schulterzucken ab. Das Wetter war momentan ihre geringste Sorge.

»Ist ja sehr anständig von Kateryna, dass sie sich nach all der Zeit an ihr Versprechen erinnert«, nahm Lenz den Faden wieder auf.

Jenny senkte den Blick und starrte in ihre Kaffeetasse. Hatte Lenz das etwa ironisch gemeint? Oder war nur ihre eigene Skepsis daran schuld, dass sie mittlerweile die Flöhe husten hörte? Denn eines musste sie sich eingestehen: Es war seltsam, dass Kateryna sich nach so vielen Jahren plötzlich an das Vermächtnis ihrer Urgroßmutter erinnerte. Die Ukrainerin hätte nach Öffnung des Eisernen Vorhanges viel früher Gelegenheit gehabt, sich der Sache anzunehmen – wenn sie nur gewollt hätte. Warum also jetzt?

»Angeblich will sie ihre Unternehmen verkaufen und sich hier in Meran mit Tony und Sascha niederlassen. Das Bild hätte so eine Art Einstandsgeschenk an die russisch-orthodoxe Gemeinde sein sollen. Ich glaube, Kateryna hofft, von deren Einfluss profitieren zu können. Sie will sich hier eine Position aufbauen. Daher kam ihr auch das Oswald-Symposium sehr gelegen.

Das Bild, das einen Ritter aus Tirol zeigt, bei dem es sich nur um Oswald handeln kann, wäre das Tüpfelchen auf dem i gewesen.«

Jenny machte eine Pause und dachte über ihre Worte nach. Sollte es wirklich wahr sein, dass Kateryna das Bild nur deshalb wiederbeschaffen wollte, um sich in der Stadt ein gutes Entrée zu verschaffen?

Laut ihren eigenen Erzählungen hatte sie keine Kosten und Mühen gescheut, um das Bild ausfindig zu machen. Schließlich hatte sie – »aus verlässlicher Quelle«, wie sie es ausdrückte – erfahren, dass Peter Mitterer, der Urgroßneffe des Geliebten ihrer Urgroßmutter, das Bild in seinem Besitz hatte. Man machte dem Maler aus Tirol ein großzügiges Angebot. Nach kurzem Feilschen einigte man sich: Peter Mitterer würde Kateryna das Bild, das ja genau genommen ihrer Familie gehörte, zurückgeben. Dafür sollte der Heimatmaler eine Entschädigung in sechsstelliger Höhe erhalten. Die Transaktion sollte am Abend des 28. Mai – also zwei Tage vor Beginn des Symposiums – im Haus des Malers stattfinden. Tony Perathoner war mit der Durchführung beauftragt.

»Etwas ist schiefgelaufen?«, unterbrach Lenz.

»Tony ist an dem Abend wie verabredet zu Peter Mitterer gegangen. Auf sein Klingeln reagierte niemand. Da die Haustür nicht abgesperrt war, ging er hinein in der Hoffnung, den Maler anzutreffen. Doch der war bereits tot und das Bild verschwunden. Um nicht selbst unter Verdacht zu geraten, stahl er sich wieder aus dem Haus, ohne die Polizei zu verständigen.« Jenny machte eine Pause. »Das zumindest behauptet Kateryna.«

Lenz, der seinen Sessel etwas seitlich zum Tisch gerückt und seine langen Beine von sich gestreckt hatte, nahm seine Hornbrille ab und betrachtete die Gläser. »Du glaubst Kateryna?«, fragte er.

Jenny überlegte. »Ihr glaube ich. Bei Tony bin ich mir nicht so sicher. Er könnte genauso gut selbst der Mörder sein und das Bild an sich gebracht haben, um es auf eigene Rechnung zu verkaufen.«

Lenz setzte seine Brille wieder auf. »Das erklärt nicht, warum Sascha das Medaillon bei sich hatte und abgehauen ist.«

»Kateryna erklärt es mit der Laune einer pubertierenden 13-Jährigen …«

»Du glaubst das nicht?«

»Sascha wirkt auf mich nicht launisch. Ich habe das Gefühl, dass etwas anderes hinter ihrem Benehmen steckt. Fragt sich bloß, was.«

In dem Moment sahen sie ein Mädchen in einem giftgrünen Shirt und einer Basecap vorbeiradeln. In einigem Abstand folgte ein athletisch gebauter Mann, der auf seinem E-Bike reichlich ungelenk wirkte. Sascha und Victor. Oder Juri. Einer der beiden Bodyguards war offensichtlich auf einen strombetriebenen Untersatz umgestiegen.

»Wird sie ihn bald wieder abhängen«, sagte Lenz und wies auf den Leibwächter, der stehen geblieben war. Irgendetwas schien mit seinem Reifen nicht in Ordnung zu sein. Sah nach einem Platten aus. Ob Sascha dahintersteckte? Zuzutrauen war es ihr, davon war Jenny überzeugt.

Wie um Jennys Verdacht zu bestätigen, drehte das Mädchen sich um. Sie bemerkte, dass ihr Aufpasser stehen geblieben war, fuhr jedoch nicht etwa langsamer oder machte gar kehrt, sondern beschleunigte ihr Tempo.

»Zahlst du bitte.« Lenz war aufgesprungen und hatte einen Geldschein auf den Tisch geworfen. »Diesmal lass ich sie nicht entwischen«, rief er Jenny zu und rannte die wenigen Treppen vom Café zur Promenade hinunter. Dort schnappte er sich ein blitzblaues Fahrrad, das an eine der Lampensäulen gelehnt war, und nahm die Verfolgung des Mädchens auf.

Jenny blickte Lenz hinterher. Wieder hatte er sie sitzen lassen. Wieder war er plötzlich aufgebrochen. Wenigstens war er diesmal nicht Viola hinterhergelaufen.

Sie blickte noch einmal auf das Fahrrad und erkannte, dass es eines aus dem Hotel sein musste. Die hatten alle die typische blaue Farbe. Jenny hatte sich gleich am ersten Tag erkundigt und die Räder begutachtet: In unterschiedlichen Größen und einheitlichem Blitzblau waren sie in der Garage aufgereiht gewesen. Sie hatte vorgehabt, sich eines der Räder zu leihen, bisher allerdings keine Gelegenheit dazu gefunden. Lenz offenbar schon.

»Zahlen bitte«, rief sie der Kellnerin über mehrere Tische hinweg zu und wedelte mit dem Schein, den Lenz ihr dagelassen hatte. Das Fahrrad erinnerte sie an etwas. Sie musste dringend zu einem Computer.

*

Aldo Klotz hielt nichts von der Gepflogenheit, Verdächtige zu zweit einzuvernehmen. Wenn es sich einrichten ließ, arbeitete er lieber im Alleingang. Deshalb saß er Martha Tappeiner nun in ihrer guten Stube allein gegenüber. Sie hatte die Unterarme auf die raue Oberfläche des Bauerntisches aus hellem Nadelholz gelegt und rieb ihre Hände unaufhörlich ineinander.

»Sie haben also keine Idee, wer den Mitterer auf dem Gewissen haben könnte?«

Klotz stellte die Frage im Laufe der Einvernahme nicht zum ersten Mal. Gleich zu Beginn der Befragung hatte er die Zeugin mit dem Zeitungsartikel konfrontiert und ihr auf den Kopf zugesagt, dass sie die Informantin des Meraner sei. Martha machte gar nicht erst den Versuch zu leugnen.

»I han g'wisst, wenn i's den Beppo erzähl, werd er des Richtige tian. I bin froh, dass es ausserkemmen isch«, bekannte sie.

»Sie haben der Polizei gegenüber angegeben, es sei nichts gestohlen worden. Ich kann Sie wegen falscher Zeugenaussage belangen.« Klotz fixierte Martha. »Oder gleich wegen Mordes festnehmen.«

»Na, um Gottes willen, des tat i doch nie im Lebn ...«, rief sie aus und schlug die Hände vors Gesicht.

Klotz sah ein, dass er hier auf die harte Tour nicht weiterkam. Er kaute also die ganze Geschichte erneut mit ihr durch – von der Auffindung der Leiche bis hin zur Entdeckung des fehlenden Bildes, die Martha zunächst der Polizei gegenüber verschwiegen hatte.

»I han gedenkt, do mach i mi glei verdächtig. Iatz, wo

es* den Mörder immer no net hobs, hon i die Wahrheit g'sag.«

»Dem Chefreporter vom Meraner«, hatte Klotz geantwortet, jedoch erkennen müssen, dass Sarkasmus hier fehl am Platz war.

Martha hatte wieder die Hände vors Gesicht geschlagen. »I hon mir net andersch zu helfen g'wisst«, brachte sie unter Schluchzen hervor.

Klotz blätterte in dem Protokoll der ersten Einvernahme, das vor ihm auf dem Tisch lag. »Sie haben angegeben, dass Sie jeden Tag bei Peter Mitterer waren. Auch sonntags.«

»Richtig. I war immer am Vormittag dort, hon aufgraumt und ihm des Mittagessen gekocht. Wenn er do war, halt. Wenn net, han i die Fenschter geputzt und verschiedene Arbeit'n g'macht.« Martha Tappeiner rieb weiterhin ihre Hände ineinander. »Es isch immer was zu tian in so an groaß'n Haus. Obwohl …« Plötzlich hielt die Frau in ihrer Bewegung inne, legte die Hände auf die Tischplatte und schwieg.

»Frau Tappeiner, machen S' es mir doch nicht so schwer. Was wollten S' denn g'rad sagen.« In der Hoffnung, das Vertrauen der Frau auf die leutselige Art gewinnen zu können, bediente sich auch Aldo nun des Dialektes. Das schien die richtige Taktik zu sein.

»Was i woaß, isch es ihm finanziell nit so guat gangen. In letzschter Zeit hat er kaum mehr was g'malt und a nix verkauft. I han in Peter g'fragt, ob i vielleicht seltener kemmen soll. Aber er hat darauf bestanden, dass

* Südtirolerisch: Ihr (direkte Anrede, Plural)

alles so bleibt, wie's woar. ›Die kann i mir no leischten‹, hat er gmoant.«

Während sie sprach, hatte Martha ihre Gesten wieder aufgenommen. Allerdings rieb sie nicht mehr die bloßen Handflächen ineinander, sondern knetete darin ein kariertes Taschentuch, in das sie sich zuvor geräuschvoll geschnäuzt hatte. »Er war ja so a guater Mensch«, setzte sie ihren Redefluss fort. »Hat alleweil auf mi g'schaugt. Manchmal hat er mi sogar am Abend hergebeten – zum Kochen, wenn er Gäscht g'habt hat. Des hat er mir ekschtra gezahlt.«

Aldo Klotz merkte auf. Von abendlichen Gästen war bisher nicht die Rede gewesen. Sofort hakte er nach: »Hat er in der Mordnacht vielleicht auch Gäste gehabt?«

»Na, wo denken S' denn hin. Des hätt i Ihnen decht schun längscht d'erzählt.« Martha war so empört, dass sie sogar aufhörte, ihr Taschentuch zu kneten.

Wie konnte er, Aldo Klotz, auch annehmen, sie hätte der Polizei etwas verschwiegen – wo sie sich doch erst vor Kurzem der falschen Zeugenaussage schuldig gemacht hatte? Er wollte die Frau hart anfahren, doch sie redete weiter. »Wie gesagt, in letzschter Zeit isch es immer ruhiger um den Peter geworden. Koane Bilder, koane Ausstellungen, koane Gäscht. Obwohl …«

Klotz hielt es gar nicht mehr für nötig, die Frau zu ermuntern. Gleich würde sie weiterreden, das hatte er im Gespür.

»Vorigen Freitag muass jemand bei ihm g'wesen sein.«

Aldo Klotz rief sich die bekannten Fakten blitzschnell

ins Gedächtnis: Die Leiche wurde Sonntag früh von der Haushälterin gefunden. Der Tod war laut Obduktionsbericht in der Nacht von Samstag auf Sonntag eingetreten. Der Mord hatte allem Anschein nach am Samstag am späteren Abend stattgefunden. Wenn Freitag jemand bei Peter Mitterer gewesen war, hieß das, dass das Opfer einen Tag vor seiner Ermordung Besuch gehabt hatte.

»Es war also am Freitagabend jemand beim Ermordeten«, sagte Aldo betont ruhig. »Wissen Sie auch den Namen des Gastes?«

Martha begann wieder, ihr Taschentuch zu kneten. Mit tränenerstickter Stimme presste sie hervor: »Wenn i des nur wüsst. I han ja niemanden g'segn. Sonscht hätt i do scho längscht eppes g'sagt. Mein Gott, wenn oaner von denen der Mörder …«

»Einer von denen?«, hakte Aldo nach. »Wie viele waren es denn?« Aldo war mit seiner Geduld am Ende. Wenn Martha so weitermachte, musste er sie tatsächlich aufs Kommissariat mitnehmen.

Doch die Mühe ersparte sie ihm: Es mussten zwei Gäste gewesen sein, berichtete sie. Peter Mitterer habe sie gebeten, drei Gedecke aufzulegen. Gekocht habe sie nicht, nur eine Marend hergerichtet. »Brauchsch heit net dableiben, am Freitag isch im Buschenschank genug los. Richt lei a bissl a Wurscht und an Speck und an Kas her. Mir bedienen uns selber«, hatte Marthas Arbeitgeber gesagt. Sie hatte den Auftrag erfüllt und war kurz vor sieben in den Buschenschank geeilt, wo ihre tüchtige Tochter und einer der Burschen aus dem Dorf inzwischen die Gäste versorgt hatten. Eine Beschreibung der Gäste des Malers könne sie nicht geben, sie wisse nicht einmal, ob es sich um Männer gehandelt habe.

»Es könnten also auch zwei Frauen gewesen sein?«, fragte Klotz.

»Oder oa Mann und oa Frau«, hatte Martha gemeint. Lippenstiftspuren habe sie beim Abwasch allerdings keine an den Gläsern entdeckt. Sämtliches Geschirr hatte sie selbstredend längst gespült. Für die Spurensicherung war da Hopfen und Malz verloren. Mit ihrem Arbeitgeber habe sie auch nicht mehr gesprochen. Sie habe ihn am Samstagvormittag schlafend im Bett vorgefunden und sich daher zurückgezogen, um ihn nicht zu stören.

»Mehr woass i net. I schwör's«, beendete Martha ihren Bericht und hob die inandergeknoteten Hände flehentlich in Richtung des Herrgotts, der im Winkel über der Eckbank am Kreuz hing.

Aldo Klotz betrachtete die Frau. Sie wirkte so unscheinbar in ihrer altmodischen, geblümten Kleiderschürze, die sie über einer weißen Bluse und einem langen schwarzen Rock trug. Die hellbraunen Haare waren von grauen Fäden durchzogen und achtlos im Nacken zusammengeknotet. Das Gesicht wirkte verhärmt, die Hände abgearbeitet. Sah so eine Mörderin aus?

Aldo wusste aus Erfahrung, dass sich auch hinter einem harmlosen Äußeren ein Verbrecher verbergen konnte. Dass Martha Tappeiner ihren Gönner erschlagen haben sollte, schien ihm allerdings reichlich unlogisch. Andererseits, vielleicht hatte der Maler doch beschlossen, seine Zahlungen einzustellen. Den Mann zu ermorden und das Bild an sich zu bringen, könnte für die Haushälterin der letzte Ausweg gewesen sein.

Aldo war in seine Überlegungen vertieft, während die Frau unvermittelt aufstand und zu der Kredenz ging, die sich an der gegenüberliegenden Wand des Raumes befand. Martha zog die Schublade auf. Aldo erhob sich blitzschnell. Dienstwaffe hatte er keine dabei. Doch er war zum Sprung bereit, sollte sie eine Waffe hervorholen.

Im nächsten Moment drehte Martha sich um. In ihrer Hand hielt sie ein Blatt Papier, das sie vor Aldo Klotz auf den Tisch legte. Eine Zeichnung? Was sollte er damit?

Aldo setzte sich wieder und sah sich das Blatt genauer an. Mit einem Schlag wurde ihm klar, was darauf zu sehen war. Die Zeichnung zeigte einen Mann auf dem Fass – das Motiv des gestohlenen Bildes.

»Meine Tochter, die Krischtl, hat des g'malt. I hon mir gedenkt, des hilft der Polizei vielleicht, des Bild wiederzufinden.« Martha machte eine Pause. »Und den Mörder …«

»Ihre Tochter kennt das Bild ebenfalls?«

»Ja, sie war ja dabei, wie i in sei Atelier gegangen bin. Hätt' i's bloß sein lassen. Ma sigt jo, wozu es g'führt hat.«

Aldo fürchtete, die Frau würde wieder die Hände vors Gesicht schlagen, daher sagte er rasch: »Scheint sehr talentiert zu sein, ihre Tochter.«

Über Marthas Gesicht ging ein Strahlen, das ihre verhärmten Züge verwandelte. Aldo Klotz konnte sich gut vorstellen, dass sie einmal eine hübsche Frau gewesen war. »Freilich. Des hat sie vom Vater«, sagte Martha.

»Ihr verstorbener Mann war auch Kunstmaler?« Aldo konnte sich an keinen diesbezüglichen Hinweis erinnern. Soviel er wusste, war Marthas Mann Bergführer gewesen und in den Bergen ums Leben gekommen.

Marthas Lächeln verschwand so rasch wie es gekommen war. Dafür überzog eine feine Röte die Wangen der Frau. »Na, von mein Mann hat sie's g'wiss net. Der Vater von der Krischtl isch der Peter Mitterer.«

*

Zur selben Zeit, als Kommissar Klotz die Haushälterin einvernahm, startete Jenny Sommer einen der Laptops im Cernysaal, einem weiteren stilvollen und zugleich zweckdienlichen Raum des Kurhauses. Sie hatte hier die Wahl zwischen vielen Arbeitsplätzen, die für die Konferenzteilnehmer eingerichtet worden waren, damit sie letzte Hand an ihre Vorträge legen oder Recherchen im Internet durchführen konnten.

Der Bildschirm leuchtete auf, die Zeitanzeige zeigte kurz vor 11 Uhr. Jenny nahm den Fotoapparat, den sie auch heute wieder bei sich trug, aus ihrer Handtasche und machte sich hektisch daran zu schaffen. Sie befand sich ganz allein in dem Raum und würde die Zeit bis zur Mittagspause, in der sich gewöhnlich Teilnehmer zum Arbeiten hier einfanden, für ihre Zwecke nutzen.

Eine schier endlos scheinende Minute lang hantierte sie an der Unterseite des Gerätes herum. Endlich gelang es ihr, den Schiebemechanismus zu betätigen und den Deckel zu öffnen. Sie drückte auf die Oberkante des

Speicherplättchens und der Chip sprang heraus. Jenny steckte ihn in den entsprechenden Schlitz am Laptop.

Kaum hatte sie das erledigt, erschienen mehrere Symbole auf dem Bildschirm. Hinter welchem verbargen sich die Fotos? Jenny, die am Computer normalerweise nur das Schreibprogramm nutzte, befand sich auf Neuland. Ein paarmal kreiste sie mit der Maus und rätselte. Ah, hier: SD Drive (E:). Das könnte es sein. Jenny klickte das Symbol an. Zwei Ordner erschienen: ›DCIM‹ und ›MISC‹ lauteten die kryptischen Bezeichnungen. Jenny klickte den ersten der beiden Ordner an. Ein neuer Ordner mit dem Namen ›100CANON‹ tauchte auf. Das klang nach der richtigen Spur. Nachdem Jenny auch diesen Button angeklickt hatte, erschienen tatsächlich Fotos. Ungefähr briefmarkengroß war eines neben dem anderen aufgereiht. Zunächst waren ein paar Stimmungsbilder vom Eröffnungsabend zu sehen: Die Leute von der Schank in ihren mittelalterlichen Kostümen, die Musikanten mit ihren Instrumenten … Da war ihr ein Schnappschuss von Arthur und Maurice gelungen, wie sie gerade in ein Gespräch vertieft waren. Worum es da wohl ging?

Jenny bewegte die Bilderleiste weiter. Da, Lenz und Viola. Die beiden waren die Letzten, die sie sehen wollte. Es folgten die Fotos von der Pressekonferenz mit Kateryna, Maurice und Lenz auf dem Podium. Schon wieder Lenz. Weg mit ihm!

Am liebsten hätte Jenny diese Fotos gelöscht, entschied sich allerdings dagegen. Sie benötigte sie für die Dokumentation, die sie ihren Kunden zum Abschluss eines Auftrags zur Verfügung zu stellen pflegte.

Weiter in der Fotoreihe. Jenny betrachtete die Aufnahmen von der Rückseite der Burg, die sie am Nachmittag zuvor auf ihrem Weg nach St. Michaela gemacht hatte. Da war die Westseite von Schloss Tirol mit dem Bergfried, dem dahinterliegenden Mushaus und den niedrigeren Gebäuden des Wirtschaftstraktes. Jenny hatte die Aufnahme inzwischen angeklickt, sodass sie den Bildschirm nahezu ausfüllte. Nun erkannte sie auch das Objekt, auf das sie es abgesehen hatte. Ihr dringendes Bedürfnis, sich auf der Stelle die Fotos anzusehen, war nämlich keineswegs auf ein plötzlich erwachtes Interesse an Schloss Tirol zurückzuführen. Jenny ging es um das Gebäude, das sich unterhalb der Burg befand und das sie gestern bei ihren Aufnahmen gestört hatte. Sie richtete ihre ganze Aufmerksamkeit darauf.

Auf dem Foto, das sie gerade vergrößert hatte, war allerdings nicht viel zu erkennen. Das einstöckige Gebäude war ähnlich wie die Burg aus grauem Stein gemauert. Auf halber Höhe der Rückseite befanden sich drei Fensterluken, deren blinde Scheiben jegliche Sicht ins Innere verhinderten. Die darüberliegende, größere Maueröffnung war mit Holzbalken abgedichtet. Auch das spitz zulaufende Dach war mit Holz gedeckt.

»Könnte ein Stall oder eine Scheune sein«, überlegte Jenny laut. Gegen einen Stall sprach allerdings, dass das Gebäude für die Haltung von Kühen zu klein war. Bot es etwa den Geißböcken Platz, die sie auf ihrem Weg nach St. Michaela gesehen hatte?

Jenny vergrößerte das Bild und konnte den Verschlag erkennen, der sich neben dem Gebäude befand. Dort waren Holzlatten und Brennholz gestapelt. Offenbar diente die Scheune als Lagerraum. Jenny vergrößerte um weitere 200 Prozent. Das brachte nichts. Die Ansicht wurde zu grobkörnig. Zurück zur Totalen, die das ganze Ensemble zeigte: Die Westfront der Burg mit Bergfried und Wirtschaftsgebäuden. Darunter befanden sich Reste der Burgmauer und vereinzelte Bäume. Ein Stück tiefer war die Scheune zu sehen.

Etwas passte hier nicht ins Bild. Was war es? Jenny hatte nur eine dunkle Ahnung, die Lenz mit seinem Fahrrad wachgerufen hatte. Sie vergrößerte auf 100 Prozent und sah auf ihrem Bildschirmausschnitt nur mehr die Burg. Sie scrollte nach unten, dann nach links. Die Scheune erschien. Nun erkannte sie, was sie irritiert hatte. Im Verschlag neben dem Gebäude blitzte etwas Blaues auf.

Jenny probierte es mit 150 Prozent. Die Ansicht wurde verschwommener, einzelne Details waren jedoch erkennbar. Jenny sah es deutlich. In dem Verschlag lehnte etwas an dem Holzstapel. Sie hätte nicht beschwören können, worum es sich bei dem Gegenstand handelte. Eines war allerdings gewiss: Das Ding, das da stand, war leuchtend blau – und wenn sie nicht alles täuschte, handelte es sich dabei um ein Fahrrad.

Je länger sie den Bildausschnitt betrachtete, desto sicherer war sie, dass sie eines der Hotelfahrräder vor sich sah. Sie vermochte nicht genau zu sagen, woher sie ihre Gewissheit nahm. Sie vertraute einfach ihrem Instinkt, der sie unweigerlich zu der Frage führte, was ein Hotelfahrrad aus dem Tirolia beim Verschlag neben der

Scheune zu suchen hatte. War es möglich, dass Arthur zur Burg geradelt und ihm dabei etwas zugestoßen war?

Die SMS, die er geschickt hatte, widersprach dieser These. Trotzdem wurde Jenny den Verdacht nicht los, dass es zwischen Arthurs Verschwinden und dem Rad, das sie auf dem Foto zu erkennen glaubte, einen Zusammenhang gab. Sie erinnerte sich an den Radler, den sie am Vortag in aller Herrgottsfrüh von ihrem Balkon aus hatte vorbeiflitzen sehen. Auch der hatte ein blaues Fahrrad gehabt. Möglich, dass es einen Zusammenhang gab.

Wieder betrachtete Jenny das Bild auf ihrem Laptop. Plötzlich wurde die Tür zum Cernysaal geöffnet.

»Frau Dr. Sommer, wenn ich nicht irre. Ich habe ein paar Fragen an Sie.«

Der modisch gekleidete junge Mann zückte einen Ausweis. »Inspektor Comploi vom Kommissariat Meran.«

Jenny erhob sich von ihrem Sessel und warf einen flüchtigen Blick auf das Dokument. Augenblicklich ließ sie sich wieder auf ihren Sitz sinken und winkte den Inspektor näher heran. »Am besten, Sie setzen sich zu mir. Ich habe gerade etwas sehr Wichtiges entdeckt.«

Der Kriminalbeamte schien zunächst zu zögern, ging jedoch um Jennys Schreibtisch herum und zog sich einen Sessel heran. Kaum war sie sich der Aufmerksamkeit des Mannes gewiss, fuhr sie mit dem Cursor über das Bild. An der Stelle, wo der blaue Gegenstand zu sehen war, hielt sie inne.

»Das ist ein Fahrrad vom Hotel Tirolia. Ich habe

es gestern Nachmittag auf dem Weg nach St. Michaela fotografiert.« Jenny bewegte den Cursor an der betreffenden Stelle ein paar Mal hin und her.

»Und was schließen Sie daraus?«, fragte er.

»Dass dieses Fahrrad dort, wo ich es fotografiert habe, nicht hingehört«, antwortete sie, ohne zu zögern. Sie sah zu Comploi auf, der über den Laptop gebeugt stand. »Ich an Ihrer Stelle würde mir das Rad genauer ansehen. Immerhin ...« Jenny unterbrach sich und überlegte: Wenn sie das vermeintliche Fahrrad mit Arthurs Verschwinden in Zusammenhang brachte, würde der Inspektor ihre Vermutung wohl als Hirngespinst abtun. Blitzschnell traf sie eine Entscheidung. »Immerhin befindet es sich an einem Ort, in dessen Nachbarschaft erst vor Kurzem ein Mord geschehen ist.«

VIERZEHN

»Na, nit des rechte. Des linke Aug' hat er zuag'habt.« Ein flachsblondes Mädchen mit unkleidsamer Krankenkassenbrille deutete eifrig auf ein Blatt Papier, das vor ihr in der Wiese lag. Das zweite Mädchen, unter deren Basecap dichte Wuschellocken hervorragten, kniete auf dem Boden und vollführte Pinselstriche. Neben ihr stand ein Glas Wasser, in dem sie immer wieder ihren Pinsel befeuchtete, um ihn anschließend in den Malkasten zu tunken, der ebenfalls auf der Wiese drapiert war.

Die beiden Mädchen waren so eifrig bei der Sache, dass sie den Mann, der sich hinter einem Baumstamm verbarg und sie beobachtete, nicht bemerkten. »Da schau, so muass er ausschaug'n«, sagte die Flachsblonde und hielt der anderen eine Zeichnung hin. Der Wuschelkopf betrachtete die Vorlage und schüttelte mehrmals den Kopf. »Ni*, nicht das linke, das rechte.«

Lenz Hofer konnte sich ein Lächeln nicht verkneifen. Minutenlang beobachtete er die beiden, wie sie mit Feuereifer versuchten, ein Bild zu malen. Die kleinere und unattraktivere war eindeutig Kristl, die Tochter von Martha Tappeiner. Der Wuschelkopf war Sascha.

Lenz war es, nachdem er die Verfolgung aufgenommen hatte, gelungen, Sascha auf den Fersen zu bleiben.

* ukrainisch: Nein

Das war weiter nicht schwierig gewesen. Denn trotz der für ihr Alter erstaunlich guten Kondition hatte sie einige Mühe gehabt, die stetig ansteigende Straße zu bewältigen. Schwieriger war es für Lenz gewesen, unbemerkt zu bleiben. Doch nachdem Sascha die Altstadt durch das Passeirer Tor verlassen hatte, war rasch klar, wohin die Reise ging. Das Mädchen hatte offensichtlich vor, die alte, wenig befahrene Straße nach Dorf Tirol zu nehmen. Was es dort wollte, konnte Lenz sich nicht vorstellen. Ein Gefühl sagte ihm, dass es sich lohnte, ihr zu folgen. Bis Dorf Tirol war es für ihn einfach gewesen. Immer wieder waren sie auf der Strecke Radfahrern begegnet, sodass er selbst nicht besonders auffiel. Auf dem schmalen Weg zum Schloss war größere Vorsicht geboten. Zu nah durfte er hier nicht an Sascha herankommen.

Um nicht erkannt zu werden, zog er es daher vor, sein Rad zu schieben, und saß nur kurz auf, wenn er Sascha aus den Augen verloren hatte. So folgte er ihr bis zum Eingang der Burg, wo Kristl bereits wartete. Sascha stellte ihr Rad ab. Gemeinsam gingen die beiden einen abschüssigen Weg hinunter, der sie an die Rückseite der Burg und zu dem Platz auf der Wiese führte, auf dem sie an ihrem Werk arbeiteten. Malkasten, Papier und ein Becher stammten aus Kristls Schultasche. Das Wasser hatten sie sich aus einem Brunnen weiter unten am Weg geholt.

Von seinem Beobachtungsposten aus konnte Lenz alles gut sehen und hören. Gesprochen wurde allerdings ohnehin nicht viel, was wohl an Saschas geringen Deutschkenntnissen lag. Nur hin und wieder gab

Kristl mündliche Anweisungen, die meiste Zeit verständigten sich die beiden durch Handzeichen, Nicken und Kopfschütteln.

»Jetzt kimmt die Nas'n«, sagte Kristl und deutete auf die Zeichnung, die sie der anderen hinhielt. Die nickte stumm und tunkte ihren Pinsel in die Farbe.

Lenz wandte sich ab und blickte auf die tieferliegenden Gebäude. Was die zwei Mädchen vorhatten, war klar. Sie wollten eine Kopie des verschwundenen Bildes anfertigen. Zu welchem Zweck? Sie konnten doch nicht ernsthaft annehmen, dass sie mit ihren Wasserfarben auch nur annähernd ein Bild malen konnten, das dem Vergleich mit dem originalen Ölgemälde standhielt. Oder etwa doch? Lenz beschloss, die Gelegenheit beim Schopf zu packen und trat hinter seinem Stamm hervor.

»Griaß enk, was malt's denn da Schian's?« Obwohl er sonst Hochdeutsch mit nur leichtem Südtiroler Akzent sprach, hatte er sich diesmal instinktiv für den heimatlichen Dialekt entschieden. Zumindest Kristl könnte das ein wenig Vertrauen einflößen. Die sah auf und antwortete, ohne zu zögern: »Des isch da Oswald von Wolkenstein. Kennsch du den?«

Lenz wollte antworten, nahm jedoch eine Bewegung wahr. Sascha hatte sich aus ihrer knienden Position aufgerichtet und war ihm Begriff wegzulaufen. Den Pinsel hatte sie einfach zu Boden fallen lassen.

Diesmal entkam sie ihm nicht, dachte Lenz. Er packte das Mädchen und hielt sie mit beiden Armen fest. Sascha wehrte sich verbissen. Mit voller Wucht trat sie ihm gegen das Schienbein, sodass er laut aufschrie. Gleich würde er sie loslassen müssen. Denn erstens machte er sich vermutlich irgendeines Vergehens schuldig, wenn er sie gewaltsam festhielt. Und zweitens hatte er keine Lust, sich von ihr weiterhin attackieren zu lassen. Genau das hatte sie offenbar vor, denn sie setzte an, ihn wie ein tollwütiger Hund in die Hand zu beißen.

Lenz lockerte seinen Griff. Plötzlich trat Kristl auf Sascha zu. »Beruhig di, Sascha. Des isch a Südtiroler, der tuat nix.« Immer wieder wiederholte sie ihre Worte und streichelte dabei Saschas Arm, deren Widerstand tatsächlich erlahmte. Lenz bezweifelte, dass das Mädchen aus der Ukraine Kristls Worte tatsächlich verstanden hatte. Das unablässige Murmeln und Streicheln hatte anscheinend auf Sascha dieselbe Wirkung wie auf ein junges, ungestümes Pferd. Das Mädchen beruhigte sich tatsächlich.

Lenz ließ sie los und wandte sich wieder dem Bild zu. Die beiden Mädchen taten es ihm gleich. »Sehr schön hast du das gemacht, Sascha. Wo hast du so gut malen gelernt?«

Die Angesprochene schwieg. An ihrer Stelle antwortete Kristl auf Lenz' Frage: »Gell, sie isch a Künschtlerin. I kann a guat zeichnen. Obr mit die Farb'n isch sie die Bessere.« Kristl griff zu der Zeichnung, die zuvor Sascha als Vorlage gedient hatte, und hielt sie Lenz hin: »Schaug, des han i g'macht.«

»Schian isch des. Du hasch a a groaßes Talent«, lobte Lenz.

Kristl strahlte: »Moansch schonna?«

Lenz bejahte und sie fuhr fort: »Mir hom ins beim

Konzert auf der Burg kenneng'lernt. Sie isch mir glei aufg'falle, weil sie alm eppes gekritzelt hat. Nor han i sie ang'redt. Gell, Sascha?«

Fragend sah sie zu ihrer Kameradin, die – ob sie nun verstanden hatte oder nicht – nickte.

»Wie kemp's es dazua, krad des Bild zu malen?«

»I han es beim Peter Mitterer g'segn und sie bei ihrer Mutter im Medaillon. Des Bild vom Peter isch weg und mir zwoa mochen a nujes*.«

Lenz wandte sich wieder an Sascha. »Hast du deswegen das Medaillon von deiner Mutter genommen?«

Das Mädchen hatte die Frage offenbar verstanden, denn es machte neuerlich Anstalten davonzulaufen. Kristl hielt sie am Arm fest. »Sascha, beruhig di. Der moant des net beas.« Sie sah zu Lenz auf und zwinkerte ihm durch ihre Brillengläser zu. »Muasch vorsichtig sein, sie isch a bissl a Wilde«, sagte sie altklug und fuhr fort: »Die Sascha hat die Kett'n net stehlen wollen, nur ausborgen. Wegen dem Bildele, des drinnen isch.«

»Es hab's do deine Zeichnung, Krischtl. Wozu brauchsch 'n no a Bild?«

Das Mädl lachte und stieß seine Kameradin vertraulich an. Auch die grinste mit einem Mal. »Es ist wegen Auge.« Unvermittelt hatte Sascha zu sprechen begonnen.

»Genau«, bekräftigte Kristl. »Sie moant, des rechte isch zua. I bin mir sicher, es isch des linke.«

»Ni. Das rechte.« Saschas Grinsen war verflogen, zwischen den Brauen bildete sich eine Falte.

* Südtirolerisch: neues

»Noa*, des linke.« Auch Kristl war ernst geworden und hatte die Hände in die magere Taille gestemmt. Mit einem Mal standen sich die beiden Mädchen nicht mehr wie Freundinnen, sondern wie zwei Kampfhähne kurz vor dem Angriff gegenüber.

Lenz wiegelte gerade ab, ob er einschreiten oder die beiden Kontrahentinnen die Sache unter sich ausmachen lassen sollte, da bemerkte er ein Auto. Lenz rückte seine Brille zurecht. Irgendwie kam ihm das Fahrzeug bekannt vor.

* Südtirolerisch: Nein

FÜNFZEHN

Ich seh' ein Tier
Mit riesigen Hufen und scharfen Hörnern.
Es will mich in den Boden stampfen
und durchbohren.
Den Schlund hat es weit aufgerissen,
als sei ich ihm zum Fraß bestimmt.
Schon nähert es sich meinem Herzen,
um mir den sich'ren Tod zu bringen.
Ich kann der Bestie nicht entfliehn.

Nach Oswald von Wolkenstein ›Ich spür ein Tier‹

Arthur Kammelbach streckte seine Hand aus. Seltsam, dass es hier so düster war. Er konnte das Bild kaum erkennen, das da im Atelier des Malers Peter Mitterer zum Greifen nahe vor ihm stand. Er hörte Schritte. Richtig, er war ja nicht allein hergekommen. Etwas kam ihm seltsam vor. Doch es war zu dunkel, er konnte zu wenig sehen. Er musste näher an das Bild heran. Es bewegte sich auf einmal von ihm fort. Wie von unsichtbarer Hand gezogen … Nein, dahinter stand jemand. Wer war das? Arthur konnte nichts erkennen.

Plötzlich spürte er einen stechenden Schmerz. Eisenzangen legten sich um seine Brust und schnürten ihm die Luft ab. Wasser, er brauchte dringend Wasser. Da, hier, das Glas.

Arthur griff danach. Auf einmal schwankte der Boden unter ihm. Die wenigen Gegenstände begannen, sich im Schummerlicht zu drehen.

Das Glas, endlich in seiner Hand. Zitternd führte er es zum Mund. Es fiel zu Boden. Trübe ergoss sich die Flüssigkeit auf den kalten Stein. Wo war er? Das war nicht Mitterers Atelier mit seinem Holzboden, den Bildern und der Staffelei. Arthur konnte nur eine kahle Wand erkennen, auf die das Sonnenlicht, das durch eine Fensterritze hereindrang, einen dünnen Strahl warf.

Da, wieder der Schmerz. Arthur fuhr sich mit der Hand an sein Herz. Weiter an die Kehle. Luft, er bekam keine Luft mehr. Seine Knie gaben nach. Mit der freien Hand griff Arthur hinter sich. Eine Mauer, an der er zu Boden gleiten konnte. Er spürte Stroh. Woher kam das Stroh? Fallen, sinken, ins Stroh, fallen, schlafen …

*

Angestrengt beobachtete Lenz die beiden Gestalten, die dem Auto entstiegen waren. Er vermutete, dass es sich um Männer handelte. Mehr konnte er aus der Entfernung nicht erkennen. Sie näherten sich der Scheune am Fuße des Hanges und entschwanden seinem Blickfeld.

Lenz wandte sich den beiden Mädchen zu. Sie hatten ihren Streit so rasch begraben wie er aufgekeimt war. Einträchtig knieten sie nebeneinander im Gras. Sascha malte, während Kristl ihre Kommandos gab. »Na, schaug, die Locken muasch a bissl länger machen.«

Ganz klar, die beiden hatten sich wieder ausgesöhnt.

Anscheinend hatten sie wirklich vor, das verschwundene Bild durch eine von ihnen angefertigte Kopie zu ersetzen. Was die Kunstwelt betraf, war das zwar ein vergebliches Unterfangen, aber zumindest ihren beiden Müttern würden sie damit eine Freude machen. Ganz besonders Kateryna wäre mächtig stolz auf ihre Tochter, wenn sie wüsste, wie die sich ins Zeug legte.

Es blieb zwar die Tatsache bestehen, dass Sascha das Medaillon ihrer Mutter entwendet hatte. Doch offensichtlich nur, um eine Vorlage für das Bild zu haben, das sie mit ihrer Kameradin anfertigte. Kleptomanin war sie jedenfalls keine, da hatte Jenny recht gehabt.

Jenny, mein Gott! Lenz schlug sich mit der Hand gegen die Stirn. Die hatte er ja einfach im Café sitzen lassen. Er hätte sie anrufen und ihr Bescheid geben sollen. Das würde er sofort nachholen.

Er fischte sein Handy aus der Hosentasche und wollte gerade ›Sommer‹ eingeben. In dem Moment nahm er aus den Augenwinkeln wahr, dass sich weiter unten am Weg etwas tat. Ein weiterer Wagen hielt und ein zweiter brauste heran. Zwei Leute stiegen aus dem ersten Wagen. Einer von beiden war ein Mann, die zweite Person eine Frau.

»Kruzitirk*!« Er musste laut geflucht haben, denn Sascha und Kristl wandten die Köpfe und blickten ihn erstaunt an. Das war Lenz egal. »Bin glei wieder da«, rief er den Mädchen zu. So schnell er es auf dem abschüssigen Weg vermochte, rannte er die Serpentinen hinunter.

*

* mundartlich: Herrgottsakrament!

Für sein Gewicht erstaunlich behände sprang Aldo Klotz aus dem Wagen und ging auf das Paar zu, das ihm entgegenkam. Das durfte nicht wahr sein! Da hatte der Comploi die Sommer glatt hierherauf mitgenommen. Amtsanmaßung nannte man so etwas. Oder vielleicht doch besser: Behinderung der polizeilichen Ermittlung. Egal, es würde ihm die richtige Bezeichnung für den himmelschreienden Blödsinn einfallen, den Comploi sich da erlaubt hatte.

Nicht genug, dass ihn der Kollege mitten in Martha Tappeiners Vernehmung hinein angerufen und ihm eine wilde Geschichte von einem Zeitungsausschnitt, einer Scheune und einem Rad, das angeblich in der Nähe des Tatortes gesehen worden war, erzählt hatte. Jetzt schleppte er sogar die Zeugin zum Einsatzort.

»Sie bleiben hier beim Wagen«, blaffte Klotz Jenny Sommer an. Die zuckte kurz zusammen. Es sah ganz so aus, als wollte sie protestieren, tat jedoch wie ihr geheißen. Sie ging die paar Schritte zu Complois Fahrzeug zurück und lehnte sich gegen die Kühlerhaube, den Blick ostentativ auf die Scheune gerichtet.

Ob er ihr befehlen sollte, sich ins Auto zu setzen, und sie dort einzusperren? Klotz verwarf den Gedanken. Das wäre wohl tatsächlich Amtsanmaßung – wenn nicht gar Freiheitsberaubung.

»Also«, sagte er zu Comploi, »erklären Sie mir, was so dringend war, dass Sie mich in einer wichtigen Ermittlung gestört haben. Und halten Sie sich kurz.«

Comploi schien die Aufforderung verstanden zu haben. Rasch umriss er, was Jenny ihm zuvor im Kurhaus am Bildschirm gezeigt und anschließend während der Fahrt erklärt hatte.

»Sie halten die Vermutung, dass sich der verschwundene Professor – wenn er tatsächlich verschwunden ist – in der Scheune befindet, für plausibel?«

»Der Professor oder das Bild – oder beide. Die Dotoressa Sommer meint, es seien zu viele Zufälle: Das plötzliche Fernbleiben von Professor Kammelbach bei der Pressekonferenz, der Zeitungsausschnitt mit dem Bericht über den Mord und schließlich dieses Fahrrad, das allem Anschein nach aus dem Tirolia stammt.«

Klotz kratzte sich an der Wange. Wie herausgeputzt sein Kollege heute wieder war: Jeans, dazu ein blitzsauberes weißes Hemd mit offenem Kragen, darüber ein Jackett aus leichtem Sommerstoff, der einen sicher nicht so leicht ins Schwitzen brachte. Aldo selbst hatte sich, um den fehlenden Knopf an seinem Hemd zu verbergen, in ein dunkles Sakko gezwängt, das er für alle Fälle in seinem Büro hängen hatte. Es war viel zu warm. Ihm stand der Schweiß auf der Stirn, den er mit der Hand, so gut es ging, wegwischte.

»Sie hat mir das hier gegeben.« Comploi hielt ihm eine Medikamentenschachtel hin. »Das ist gegen Herzbeschwerden. Ich habe den Beipackzettel gelesen.«

»Und woher hat die Sommer das Medikament?«

Täuschte Aldo sich, oder wirkte sein Kollege plötzlich verlegen?

»Sie sagt, sie hätte es in seinem Zimmer gefunden. Die Tür sei offen gestanden.«

»Widerrechtliches Eindringen und Diebstahl. Was

stehen Sie hier rum? Verhaften wir die Frau.« Aldo wollte gerade kehrtmachen, da hielt Comploi ihn am Ärmel fest.

»Nein, Sie machen einen Fehler. Ich gebe zu, was Frau Sommer sagt, klingt etwas weit hergeholt. Doch es ist schon merkwürdig, dass Professor Kammelbach das Symposium so plötzlich verlassen und sich seither nicht mehr gemeldet hat. Und«, Comploi war wieder sehr forsch geworden, »ich frage mich, was das Fahrrad, wenn es tatsächlich dem Hotel gehört, hier heroben zu suchen hat. Das würde bedeuten, dass einer der Kongressteilnehmer es benutzt und hier hat stehen lassen.«

Aldo Klotz meinte, sich verhört zu haben. Was ging sie diese Bagatelle an? Die ständige Bevorzugung durch die Vizequästorin musste dem Kollegen zu Kopf gestiegen sein.

Klotz lag eine barsche Antwort auf der Zunge. Ein Geräusch aus der Scheune ließ ihn innehalten. Jäh blieb er stehen. Comploi tat es ihm gleich. Auf Zehenspitzen schlichen sie näher. Das waren Stimmen, ganz eindeutig. Gut, die konnten auch Arbeitern gehören, die sich in der Scheune zu schaffen machten. Doch die hätten wohl mehr Lärm verursacht und sich nicht auf das Murmeln beschränkt, das gedämpft nach außen drang.

»Haben Sie Ihre Dienstwaffe dabei«, raunte Klotz seinem Kollegen zu. Der schüttelte den Kopf.

Typisch. Klug daherreden, aber wenn man ihn einmal brauchte, taugte er zu nichts, dachte Aldo. Dass er selbst ebenfalls nur ungern eine Waffe trug, ignorierte er geflissentlich. Dafür schnappte er sich eine der Holzlatten, die auf dem Stapel lagen, und bedeutete Comploi, es ihm gleichzutun.

Derart unzulänglich bewaffnet lugten die beiden Männer um die Ecke des aus Steinen gemauerten Gebäudes. Klotz vornweg, Comploi dicht dahinter. Die Tür der Scheune stand halb offen, die Stimmen waren deutlicher zu vernehmen.

Aldo vermeinte ein »Er ist ohnmächtig. Wir brauchen Wasser« zu verstehen. Im dem Moment sah er zwei Männer. Sie beugten sich über einen dritten, der am Boden lag.

»Polizei, lassen Sie sofort den Mann los«, schrie er. Mit gezückter Holzlatte trat er auf die Gruppe zu.

Im Augenwinkel sah er, wie Comploi ihm zögerlich folgte. Die beiden Männer sahen zu den Beamten hoch. In dem Moment hörte er hinter sich eine Stimme.

»Arthur, um Himmels willen, was ist passiert?« Jenny Sommer stürmte auf die Gestalt zu, die auf einem Haufen notdürftig zusammengeschütteten Strohs lag.

SECHZEHN

Im Restaurant Sissi, *dem* Gourmetrestaurant Merans, schob Vizequästorin Franca Bertagnoll den Teller ein Stück von sich. Gemeinsam mit ihr genoss eine kleine honorige Gesellschaft, bestehend aus dem Bürgermeister, dem Kulturstadtrat, dem Symposiumsleiter Professor Maurice Jungmann und der Sponsorin Kateryna Maximowa, die kulinarischen Vorzüge des Hauses. Sie hatten sich hier zu einem Mittagessen versammelt, um letzte Details für den Musikwettbewerb zu besprechen, der am Freitagabend im Großen Kursaal über die Bühne gehen sollte. Das Restaurant war nicht nur wegen seiner ausgezeichneten Küche gewählt worden. Das Sissi verfügte neben dem lichtdurchfluteten, eleganten Speisesaal auch über eine Stube aus dem 18. Jahrhundert. Der holzvertäfelte, abgeschlossene Raum im oberen Stockwerk des Gebäudes bot den perfekten Rahmen für Gäste, die neben Gaumenfreuden auf eine gewisse Privatsphäre Wert legten.

»Es werden vier Ensembles antreten. Jeder von ihnen gibt drei Stücke zum Besten. Die Jury unter dem Vorsitz von Frau Maximowa wählt die beiden besten Gruppen aus. Diese treten ein zweites Mal auf. Wer gewinnt, entscheidet das Publikum durch Akklamation«, fasste Maurice Jungmann den Ablauf des Wettbewerbes zusammen. »Die Gewinner erhalten einen Geldpreis, den Frau Maximowa zur Verfügung stellt. Darüber hinaus hat unsere geschätzte Sponsorin«, Jungmann erhob sich ein klein wenig und deutete gegenüber der Ukrainerin eine Verbeugung an, »auch für die anderen Teilnehmer Anerkennungsbeträge vorgesehen. Ich schlage vor, dass Sie, Herr Bürgermeister, die Urkunden und die Schecks gemeinsam mit Frau Maximowa überreichen.«

Der Angesprochene betupfte sich mit der Serviette die Lippen. Er nickte zustimmend. Gerade wollte er das Wort ergreifen, als plötzlich der Kulturstadtrat von seinen Papieren, die er bis dahin stirnrunzelnd studiert hatte, aufsah.

»Wieso ist nur von vier Ensembles die Rede? Laut meinen Unterlagen sollten es fünf sein.« Der Mann deutete auf den Blätterstapel, der neben seinem Teller lag.

»Sie haben vollkommen recht, Herr Stadtrat«, beeilte sich der Professor zu versichern. »Bedauerlicherweise ist einem Ensemble die Geige abhandengekommen. Da sich so schnell kein geeigneter Ersatz für das Instrument finden lässt, haben sie ihre Teilnahme am Wettbewerb abgesagt.«

Der Bürgermeister, der sich seiner Nachspeise widmete, ließ den Löffel auf den Teller klirren. »Abhandengekommen. Was soll das heißen?«, polterte er. Unwirsch sah er zu Maurice Jungmann, der auf der anderen Seite des schweren Holztisches saß. Der Professor richtete seine Augen auf Franca.

Das hatte ihr gerade gefehlt. Es war unangenehm genug, dass sie der Bürgermeister gleich heute Morgen wegen der Zeitungsmeldung über das verschwundene

Bild angerufen und zur Rede gestellt hatte. Es war ihr zwar gelungen, ihn einigermaßen zu beschwichtigen. Die Sache mit der Geige – prinzipiell eine Lappalie, doch im Zusammenhang mit dem Symposium gleichsam von staatstragender Bedeutung – beschwor den Unmut des Gemeindeoberhaupts neuerlich herauf.

»Wir müssen leider davon ausgehen, dass die Geige nach dem Konzert auf Schloss Tirol gestohlen wurde. Die Ermittlungen laufen auf Hochtouren«, sagte Franca so würdevoll wie möglich. Der Bürgermeister ließ sich nicht besänftigen.

»Auf Hochtouren, so, so. Na hoffentlich geht das diesmal schneller als beim Mitterer. Den Mörder habt's ja immer noch nicht gefunden.« Der Bürgermeister knallte die Serviette auf den Tisch und blickte Beifall heischend über sein vermeintliches Bonmot in die Runde. Im Gegensatz zum Stadtrat, der eifrig murmelnd seine Zustimmung bekundete, schienen Professor Jungmann und Kateryna Maximowa eher peinlich berührt.

»Vielleicht könnten wir …«, schaltete sich die Ukrainerin ein, die bisher recht schweigsam gewesen war. Das durchdringende Läuten eines Mobiltelefons unterbrach sie. Franca erhob sich umgehend. Mit einem »Entschuldigen Sie, ein dringender Anruf« verließ sie eilig den Raum. Sie konnte nur hoffen, dass die Sache wirklich wichtig war. Immerhin hatte sie ausdrücklich Anweisung gegeben, sie nur in Ausnahmefällen zu stören. »Pronto«, meldete sie sich barsch.

»Aldo Klotz. Wir haben Professor Kammelbach gefunden und drei Personen festgenommen.«

Franca lehnte sich an die Mauerwand. Hatte sie richtig gehört? Kammelbach, das war doch der Kollege von Jungmann. Klotz sprach weiter: »Er ist offenbar entführt und in einer Scheune hinter Schloss Tirol festgehalten worden. Die Rettung hat ihn ins Krankenhaus gebracht. Wir haben zwei Männer festgenommen, quasi auf frischer Tat ertappt. Die Geige haben wir auch gefunden. Damit wurde der Professor niedergeschlagen.«

Franca hatte sich wieder gefasst. Immerhin, die Geige war gefunden worden. Dafür hatte sie eine Entführung am Hals. »Sie haben von drei Festnahmen gesprochen. Wer ist die dritte Person?«, blaffte sie Klotz an.

»Ah die, das war eine Frau. Sie hat sich nicht an unsere Anweisungen gehalten, ist einfach in die Scheune geplatzt und wollte sich auf das Entführungsopfer stürzen. Wir haben sie wegen Störung einer Amtshandlung festgenommen.«

Franca konnte einfach nicht glauben, was sie da hörte. Wie war die Frau überhaupt dorthin gekommen? Das musste Klotz ihr erklären. Im Moment hatte etwas anderes Vorrang.

»Wer sind die beiden Tatverdächtigen?«

Nachdem Klotz die Namen genannt hatte, betrat Franca die Stube.

»Meine Herren, Frau Maximowa. Wir haben soeben zwei Männer festgenommen, die im Verdacht stehen, Professor Arthur Kammelbach entführt zu haben.« Vier Augenpaare richteten sich auf Franca.

»Wer …«, setzte der Bürgermeister an, doch Franca sprach weiter.

»Bei dem einen handelt es sich um Beppo Pircher, den Reporter vom ›Meraner‹. Der andere ist Tony Perathoner, der …«

Ein Poltern am Kopfende des Tisches unterbrach Franca. Kateryna Maximowa war ohnmächtig zu Boden gestürzt.

*

»Der Patient hat eine Commotio cerebri und eine Vulnus lacero-contusum infolge eines stumpfen Anpralltraumas und leidet unter starker Exsikkose.«

Im Krankenhaus Franz Tappeiner in der Meraner Rossini-Straße saß Inspektor Marco Comploi dem diensthabenden Arzt in einem mit Akten vollgepackten Zimmerchen gegenüber. Der Mann im weißen Kittel hatte gerade die Diagnose in knappen und unverständlichen Worten von einem Klemmbrett abgelesen.

»Das bedeutet?«, fragte Comploi nun.

Der hagere Arzt, dessen Bartstoppeln und dunkle Augenringe darauf schließen ließen, dass er einen anstrengenden Nachtdienst hinter sich hatte, schloss kurz die Lider. Die rechte Hand hielt er an die Stirn, wobei er mit dem Daumen die Schläfe und mit dem Mittelfinger einen Punkt zwischen den Brauen massierte. »Professor Kammelbach hat einen Schlag auf den Kopf erhalten …«

»Ja, das ist bekannt. Aller Wahrscheinlichkeit nach mit der Geige, die wir in der Scheune gefunden haben«, unterbrach Comploi den Arzt. Der fuhr nun fort: »Der

Patient hat eine leichte Gehirnerschütterung und eine Platzwunde. Der Blutverlust war gering, die Wunde haben wir versorgt. Erschwerend kommt allerdings die Dehydration, der Flüssigkeitsmangel, hinzu. Anscheinend hat der Mann seit über 24 Stunden nichts mehr getrunken.« Der Arzt blickte wieder auf sein Klemmbrett und begann neuerlich, Schläfe und Stirn zu massieren.

»Wir haben ein zerbrochenes Glas und einen Wasserfleck am Boden gefunden. Offenbar war der Entführte kurz bei Bewusstsein und hat versucht, etwas zu trinken. Wir nehmen allerdings an, dass in der Flüssigkeit ein Betäubungsmittel war. Anders ist es wohl kaum erklärbar, dass der Mann nicht versucht hat, Alarm zu schlagen.« Comploi bemerkte, dass ihn der Arzt erstaunt ansah, und fuhr fort. »Der Professor war nicht gefesselt und geknebelt. Wenn – wie Sie sagen – die Verletzung durch den Schlag nicht so gravierend war, ist es ein Rätsel, warum der Mann nicht zumindest versucht hat, sich zu befreien.«

Der Arzt legte das Klemmbrett weg. Seine Miene war zunehmend ernster geworden. »Da ist eine andere Sache, die uns große Sorgen macht«, sagte er schließlich. Aus der Tasche seines Kittels förderte er eine Medikamentenschachtel zutage.

Während Comploi die Aufschrift der Packung studierte, fuhr der Arzt fort. »Das Mittel wird bei Herzinsuffizienz verschrieben. Vereinfacht gesagt handelt es sich um ein Arzneimittel gegen die Symptome von Herzschwäche. Bei regelmäßiger Einnahme sorgt es dafür, dass der Patient nahezu beschwerdefrei ist.«

»Und wenn der Patient es nicht regelmäßig einnimmt oder dazu nicht in der Lage ist – was passiert dann?«

Der Doktor betrachtete das Medikament mit sorgenvoller Miene und begann wieder, seine Druckpunkte an der Schläfe und zwischen den Brauen zu massieren. »Wenn die Einnahme für kurze Zeit ausgesetzt wird, hat das in der Regel für den Patienten keine unmittelbaren Konsequenzen. Es wäre allerdings möglich, dass Professor Kammelbach weitere Medikamente einnehmen musste. Sie haben nicht zufällig welche beim Entführungsopfers gefunden?«

Comploi schwieg. Er hatte die Schachtel dem Notarzt des Rettungswagens, der Professor Kammelbach von der Scheune zum Krankenhaus gebracht hatte, übergeben, ohne näher darauf einzugehen. »Das Medikament hat eine Kollegin des Professors in seinem Zimmer gefunden. Die Spurensicherung durchsucht gerade das Hotelzimmer des Opfers. Gut möglich, dass wir weitere Medikamente finden. Ich werde Sie natürlich umgehend informieren.«

Der Arzt, der ihm mit ausdrucksloser Miene zugehört hatte, nickte. »Ja, davon gehe ich aus. Wir haben jedenfalls Maßnahmen eingeleitet, um den Patienten wieder zu stabilisieren. Aber er ist immer noch bewusstlos und es sieht im Moment nicht gut aus.«

»Wie ist das möglich?« Comploi war aufgesprungen und ging ruhelos in dem winzigen Zimmer auf und ab. »Sie sagten doch selbst, dass der Schlag auf den Kopf nicht so schlimm war und dass das Aussetzen des Medikamentes nicht gleich den Tod zur Folge hat.«

»Jedes der von Ihnen aufgezählten Ereignisse für sich allein genommen wäre tatsächlich kaum tödlich. Es ist die Kombination aus dem Schlag, der Nichteinnahme dieses und wahrscheinlich weiterer Medikamente und schließlich dem Flüssigkeitsmangel. All das hat dazu geführt, dass sich der Patient in einem sehr schlechten Zustand befindet.« Der Arzt blickte zu Comploi hoch, der ununterbrochen auf und ab marschierte. Tiefe Furchen zeichneten sich um die Mundpartie des Mediziners ab. »Wir können von Glück sagen, dass der Mann lebend gefunden wurde. Ein paar Stunden später …« Der Arzt ließ den Satz unvollendet. Comploi hatte auch so verstanden und haderte mit dem Schicksal. Es war wirklich eine Schande. Der einzige Zeuge, der Licht in diese wirre Angelegenheit hätte bringen können, schwebte in Lebensgefahr. Und er, Comploi, musste sich eingestehen, dass er nicht ganz unschuldig daran war. Immerhin hatte er den Anruf Jenny Sommers, bei dem sie auf die mögliche Entführung aufmerksam gemacht hatte, entgegengenommen. Er hatte dem keine Bedeutung beigemessen. Wie hätte er auch auf die Idee kommen sollen, dass zwischen dem Fernbleiben eines Professors von einem Kongress in Meran und dem Mord an einem Heimatmaler in St. Michaela ein Zusammenhang bestand?

Den gab es offenbar, zumindest, wenn man der Geschichte der Zeugin Sommer über den fehlenden Zeitungsausschnitt Glauben schenkte. Der Bericht war zwar nicht beim Entführungsopfer gefunden worden. Aber wenn er ihn bei sich getragen und der Entführer des Professors zugleich der Mörder des Malers war, hatte der Verbrecher den verräterischen Artikel sicherlich längst an sich genommen und vermutlich vernichtet. Er und seine Kollegen würden jedenfalls gut daran tun, der Dotoressa Sommer ab sofort mehr Glauben zu schenken.

Wenn er allerdings an Klotz' wütende Reaktion dachte, mit der er auf das Auftauchen der Frau in der Scheune reagiert hatte, zweifelte er daran, dass man ihr nun die gebührende Aufmerksamkeit schenken würde. Zugegeben, sie hatte eine Amtshandlung gestört. Allerdings war nichts passiert, die beiden Verdächtigen hatten sich ohne Widerstand abführen lassen.

Dass Klotz Jenny Sommer festgenommen hatte, hielt Comploi für eine überzogene Reaktion. Er konnte nur hoffen, dass die Hauptkommissarin Bertagnoll seinen Kollegen wieder zur Vernunft brachte.

»Herr Doktor, der Patient ist zu sich gekommen.« Unbemerkt war eine Schwester ins Zimmer getreten und hatte dem Arzt einen Zettel mit einer handschriftlichen Notiz überreicht. Er las sie und erhob sich.

»Professor Kammelbach hat ein paar Worte gesprochen. Meine Mitarbeiterin hat sie geistesgegenwärtig notiert. Es scheint mir allerdings zusammenhangloses Zeug zu sein.« Der Arzt reichte Comploi das Blatt Papier. »Vielleicht können Sie etwas damit anfangen. Ich sehe nach dem Patienten.«

Comploi wollte dem Doktor folgen. »Sie warten hier. Der Zustand des Professors ist nach wie vor kritisch«, beschied der Arzt und eilte mit wehendem Kittel in

Richtung Intensivstation. Marco Comploi sah auf das Notizblatt und las: ›Es ist das Rechte, das Rechte …‹

Er konnte sich nicht vorstellen, was der Professor damit meinte.

*

In ihrem Büro im Grand Hotel legte Kateryna Maximowa den Hörer des Zimmertelefons auf. Sie hatte getan, was sie tun konnte. Nachdem sie im Sissi innerhalb kurzer Zeit wieder zu sich gekommen war, hatte sie darauf bestanden, dass man ein Taxi rief, das sie ins Hotel gebracht hatte. Sie hatte gemerkt, dass die Vizequästorin sie gerne an Ort und Stelle vernommen hätte.

Doch Kateryna hatte sich mit dem Hinweis, dass es ihr nicht gut gehe und ihr im Hotel ein Arzt ihres Vertrauens zur Verfügung stehe, der Befragung entzogen. Schließlich hatten sie sie ziehen lassen – nachdem Franca Bertagnoll ihr eingeschärft hatte, sich für die Einvernahme zur Verfügung zu halten.

Im Hotel hatte Kateryna zunächst tatsächlich den Arzt aufgesucht, war jedoch anschließend in ihr Büro geeilt. Nach dem, was der Mann ihr eröffnet hatte, hatte sie allen Grund, rasch zu handeln. Sie fühlte sich etwas schwach, hatte jedoch keine Zeit, die Beine hochzulegen. Dazu würde sie früh genug Gelegenheit haben.

Kateryna stand auf und ging um ihren Schreibtisch herum. Ihr Blick fiel auf die lackierte Oberfläche aus blankpoliertem Mahagoniholz. Rasch nahm sie die

Fotografie an sich, die dort lag. Versonnen betrachtete sie das Bild.

Ein Poltern ließ sie hochschrecken. Die Tür wurde aufgerissen und Sascha stürmte herein.

»Sie haben Tony verhaftet. Das habe ich nicht gewollt. Es tut mir so leid. Ich wollte das Medaillon nicht stehlen, nur das Bild malen, weil Tony es doch nicht mitgebracht hat …«

Kateryna hörte sich die Beichte ihrer Tochter an, bis diese geendet hatte.

»Mein Liebling, Tony ist nicht wegen des Medaillons verhaftet worden.«

»Nicht?« Sascha hob den Kopf, von dem die Basecap zu Boden geglitten war, und schaute ihre Mutter mit großen Augen an.

»Nein, sei unbesorgt. Frau Dr. Sommer hat das Medaillon gefunden und mir heute Morgen zurückgebracht. Ich war mir sicher, dass du es nicht in böser Absicht genommen hast.«

Sascha blieb skeptisch. »Warum haben sie Tony denn verhaftet?«

Kateryna wollte antworten, besann sich jedoch. Bisher hatte Sascha alles daran gesetzt, die Verbindung zu hintertreiben. Da konnte es dem Mädchen nur recht sein, wenn der gehasste Mann ins Gefängnis wanderte.

»Du warst doch ohnehin nicht damit einverstanden, dass ich Tony heirate. Da müsste dir seine Verhaftung doch gelegen kommen«, stellte sie ihre Tochter auf die Probe.

Das Mädchen schüttelte den Kopf. »Ich habe gestern mit meinem Vater telefoniert. Er hat mir gesagt, ich hätte einen Bruder bekommen.« Sascha spuckte verächtlich auf den Teppich. Kateryna wollte sie zurechtweisen, unterließ es allerdings. Sie wollte ihre Tochter lieber weitersprechen lassen.

»Er hat ein Kind mit der neuen Frau«, stieß Sascha hervor. »Da kommt ihr beide sowieso nicht mehr zusammen. Ebenso gut kannst du Tony heiraten.«

Sascha hatte sich bereits wieder abgewandt und wollte den Raum verlassen. Kateryna hielt sie zurück und flüsterte ihrer Tochter etwas ins Ohr. Sie deutete auf die Fotografie, die sie immer noch in der Hand hielt. Saschas Miene erhellte sich. Kateryna hielt das für ein gutes Zeichen.

*

»Haben wir ein Geständnis?« Wieder saß Franca Bertagnoll an ihrem Schreibtisch. Aldo Klotz hatte ihr gegenüber Platz genommen.

»Beide behaupten hartnäckig, sie hätten dem Mann nur helfen wollen.«

»Aha. Und dass sich der Professor in der Scheune befindet, hat ihnen wohl ein Vögelchen gezwitschert.« Franca bemerkte, wie ungeduldig sie war und mahnte sich zur Ruhe. Sie war auf Kooperation angewiesen, andernfalls würden sie diesen verzwickten Fall wohl nie lösen.

»Tony Perathoner, der Liebhaber der Russin«, begann der Kommissar. Doch Franca unterbrach ihn postwendend: »Der Manager von Frau Maximowa. Die im Übrigen ukrainische Staatsbürgerin ist.«

Klotz schnaubte. »Von mir aus. Der Manager der Ukrainerin behauptet, er habe nach dem Konzert einen Mann in Richtung des Hauses des Ermordeten gehen sehen, das hinter der Burg liegt …«

»Was hatte Perathoner dort zu suchen?«, unterbrach Franca.

»Er gibt an, seine Geliebte, äh Frau Maximowa, sei mit dem Wagen weggefahren, und er habe beschlossen, zu Fuß zu gehen. Vorher hat er noch eine Zigarette geraucht und sich dabei ein wenig die Beine vertreten. Plötzlich habe er eine Gestalt die Serpentinen hinter der Burg hinuntergehen sehen. Von der Gangart her, glaubt er, dass es ein Mann gewesen sei.« Klotz lehnte sich in seinem Sessel zurück.

»Und er ist dem Mann nicht gefolgt?«

Klotz zupfte am Pflaster herum, das nach wie vor sein Kinn zierte. »Er sagt, er habe sich zunächst nichts dabei gedacht. Am nächsten Tag hat er von Beppo Pircher erfahren, dass Mitterer am Vorabend seiner Ermordung Gäste bei sich hatte …«

»Was der Reporter wiederum von Mitterers Haushälterin wusste«, warf Franca ein.

Klotz ignorierte den Einwurf. »Um es kurz zu machen: Perathoner hatte von Frau Maximowa den Auftrag, das Bild von Mitterer zu beschaffen. Nachdem er Mitterer ermordet aufgefunden hatte, beschloss er, anstatt die Polizei zu verständigen, auf eigene Faust nach dem Bild zu suchen. Laut seinen Angaben hatte Beppo Pircher sich bereit erklärt, ihm dabei zu helfen. Sie wollten nochmals mit Martha reden und sind an der

Scheune vorbeigekommen. Ihr Blick fiel auf das Fahrrad. Etwas daran kam ihnen verdächtig vor. Sie befanden, dass die Scheune ein gutes Versteck für das Bild sein könnte, und Perathoner hat das Schloss aufgebrochen. Statt des Bildes fanden sie Professor Kammelbach.«

»Aha, und den Dietrich hatte er rein zufällig dabei«, bemerkte Franca sarkastisch.

»Perathoner behauptet, er sei ein Requisit aus einem seiner Filme. Er habe es aufgehoben und trage es immer bei sich. Falls er sich mal aussperren sollte …« Das süffisante Grinsen, mit dem Klotz seine Erklärung begleitete, sprach Bände.

Franca ließ sich die Sache durch den Kopf gehen. Die Geschichte von dem Bild, das angeblich Oswald von Wolkenstein zeigen sollte, schien ihr allzu fantastisch. Andererseits hatten sie dazu bereits die Aussage der Haushälterin, die diese gegenüber Klotz gemacht hatte. Es schien tatsächlich ein Bild mit diesem Motiv zu existieren. Bisher hatten sie in Mitterers Unterlagen keinerlei Hinweis darauf gefunden. Sie musste unbedingt mit Kateryna Maximowa reden. Das würde sie am besten selbst machen. Die Frau war eine angesehene Geschäftsfrau, gegen sie bestand kein Verdacht.

Ein Klopfen unterbrach Francas Gedankengang. Auf ihr »Herein« betrat einer der Mitarbeiter von Klotz den Raum. Der erhob sich und schien eben im Begriff, den Mann anblaffen zu wollen, als dieser ihm einen Computerausdruck in die Hand drückte. »Das haben wir gerade im Archiv gefunden«, sagte er aufgeregt.

Klotz betrachtete das Blatt. Wortlos reichte er es

Franca, die es eingehend betrachtete. Aus den Angaben am Kopf des Blattes ging hervor, dass es sich um einen Zeitungsausschnitt handelte. Er zeigte ein Foto. Darauf waren zwei junge Männer neben einem Gipfelkreuz zu sehen. Obwohl seit dem Zeitpunkt etwa 20 Jahre vergangen waren, hätte Franca die beiden auch ohne Bildunterschrift erkannt. ›Toni Perathoner und Beppo Pircher auf dem Gipfel des Piz Boè, dem einzigen Dreitausender der Sellagruppe in den Dolomiten‹, stand unter dem Foto.

Franca sah auf: »Die beiden kennen sich von früher?«

Klotz grinste: »Könnte man so sagen. Beide stammen aus Gröden und waren früher Bergkameraden.« Er beugte sich weiter nach vorn, um sich das Bild genauer anzusehen.

»Die zwei haben gemeinsam einige Dreitausender bestiegen. Später haben sich ihre Wege getrennt. Der Pircher ist Journalist geworden, der Perathoner hat sich als Extremkletterer einen Namen gemacht und ist nach Amerika ausgewandert.«

Klotz schob das Blatt von sich. »Wusst ich doch, dass mir der Name bekannt vorkam. Damals hieß er allerdings Toni. Das I hat er wohl in den USA gegen ein Ypsilon eingetauscht.«

Kaum hatte Klotz zu Ende gesprochen, wurde Franca durch einen Lärm, der aus ihrem Vorzimmer hereindrang, abgelenkt. Im nächsten Moment wurde die Tür aufgerissen und Kateryna Maximowa stürmte in das Büro der Vizequästorin. Im Schlepptau befand sich ein Mann mittleren Alters, dessen soigniertes Aussehen vermuten ließ, dass er Rechtsanwalt war.

»Ich verlange, dass Sie Herrn Perathoner sofort freilassen«, herrschte sie Franca an. Beschwichtigend legte Katerynas Begleiter ihr die Hand auf den Arm, doch die Ukrainerin ließ sich nicht Einhalt gebieten.

»Bitte glauben Sie mir, Tony ist unschuldig«, sagte sie, offensichtlich um einen versöhnlichen Tonfall bemüht. »Es war meine Idee …«, fuhr die Frau fort. Jäh hielt sie inne. Ihr Blick fiel auf den Computerausdruck, der auf Francas Schreibtisch lag.

»Wer ist das?«, rief sie aus. Laut las sie weiter: »Toni Perathoner und Beppo Pircher …« Kateryna Maximowa hob den Kopf und sah Franca aus großen blauen Augen an. »Die beiden kennen sich?«, fragte sie ungläubig.

Franca überlegte, wie sie der Frau die Wahrheit schonend beibringen konnte. Doch Klotz kam ihr zuvor: »Die beiden sind alte Bergkameraden und haben früher eine Seilschaft gebildet.« Der Kommissar machte eine kurze Pause und richtete seinen Blick fest auf die Ukrainerin. »Mitgehangen, mitgefangen. Sieht jedenfalls ganz danach aus.«

Franca registrierte, wie jegliche Farbe aus Katerynas sorgfältig geschminktem Gesicht wich. »Rasch, ein Glas Wasser für Frau Maximowa«, rief Franca. »Klotz, was stehen Sie rum …« Franca unterbrach sich. Zum zweiten Mal an diesem Tag war Kateryna ohnmächtig zusammengesunken – diesmal allerdings nicht zu Boden, sondern direkt in die Arme von Aldo Klotz, der die Frau auffing.

SIEBZEHN

In ihrem zweckmäßig eingerichteten Hotelzimmer besah Jenny sich das Programm des Symposiums, das auf dem schmalen Schreibtisch lag. Nachdem sie sich den einfachen Holzstuhl zurechtgerückt und sich gesetzt hatte, begann sie, ziellos in dem Heftchen zu blättern.

Nach einer langen, unangenehmen Befragung hatte sie das Kommissariat endlich verlassen dürfen und war anschließend mit dem Taxi vom Kornplatz zu ihrem Hotel gefahren.

Ursprünglich hatte sie vorgehabt, sich eine heiße Dusche zu gönnen, und den Schmutz, den die Ereignisse gleichermaßen auf Körper und Seele hinterlassen hatten, gründlich abzuspülen. Doch in ihrem Zimmer angekommen, musste sie feststellen, dass sie zu keiner vernünftigen Handlung fähig war. Ziellos war sie in dem länglichen Raum auf und ab gewandert, bis ihr Blick auf das Programm gefallen war.

Nun saß sie verschwitzt und ausgelaugt an ihrem Schreibtisch, unfähig, sich zu konzentrieren.

Erneut ließ sie sich die Einvernahme durch den Kopf gehen. Wieder und wieder hatte sie dem dicken Kommissar geschildert, warum sie von Anfang an daran gezweifelt hatte, dass Arthur der Pressekonferenz freiwillig ferngeblieben war. Eine solche Handlungsweise entsprach einfach nicht seinem Charakter, auch die SMS hatte sie nicht von ihrer Überzeugung abbringen können. Insgeheim hatte Jenny von Anfang an den Verdacht gehegt, dass die Nachricht fingiert war – und wie es aussah, lag sie mit ihrer Vermutung richtig.

Wie alles genau abgelaufen war, musste rekonstruiert werden. Das war nun Aufgabe der Polizei. Sie, Jenny, konnte nichts mehr tun. Ihr blieb nur zu hoffen, dass Arthur die ganze Sache gut überstand. Der Zustand, in dem sie ihn gefunden hatten, war erbärmlich gewesen. Sie hatte mitbekommen, wie er in das Rettungsfahrzeug verladen wurde. Währenddessen war Klotz' Verstärkung aufgetaucht, die Beppo Pircher und Tony Perathoner abtransportiert hatten. Jenny war von Aldo Klotz höchstpersönlich in seinem Wagen aufs Kommissariat gebracht worden. Zumindest hatte er ihr – im Gegensatz zu Beppo und Tony – keine Handschellen angelegt.

Wenn sie an die beiden dachte, überkamen sie Zweifel. Zwar hatte sie mit Tony so gut wie nichts zu tun gehabt, dafür mit Beppo umso mehr.

Irgendwie wollte ihr die Sache nicht so recht in den Kopf. Beppo hatte so gar nicht den Eindruck eines Entführers oder vielleicht sogar eines Mörders gemacht. Viel eher den eines Reporters auf der Spur einer heißen Story …

Andererseits – was wusste sie von Verbrechern? Bisher hatte sie erst einmal mit einer ungesetzlichen Tat zu tun gehabt, als im Vorjahr auf Runkelstein die Handschrift gestohlen worden war. Doch das war verglichen mit dem Verdacht, der jetzt im Raum stand, harmlos gewesen. Allem Anschein nach hatte Tony, anstatt Peter Mitterer das Geld zu übergeben, den Maler erschlagen und das Bild an sich gebracht – wohl mit dem Ziel, es selbst zu verkaufen und die Summe einzustreifen.

Warum er sich zu einer solchen Tat hatte hinreißen lassen, war völlig offen. Klotz und seine Leute würden das zweifellos herausbekommen und Tony seine gerechte Strafe erhalten.

Wer Jenny leidtat, war Kateryna. Sie mochte nicht glauben, dass die Ukrainerin mit ihrem Manager unter einer Decke steckte. Es hätte überhaupt keinen Sinn ergeben. Im Gegenteil – für die Frau musste es sicherlich eine große Enttäuschung sein zu erfahren, dass ihr Geliebter ein Schwerverbrecher war.

Fragte sich nur, warum er Arthur entführt hatte. Jenny konnte es sich nur so erklären, dass der Professor Tony beobachtet und ihn zur Rede gestellt hatte. Der wiederum hatte kurzen Prozess gemacht, Arthur niedergeschlagen und ihn in der Scheune gefangen gehalten – zweifellos mit dem Ziel, ihn bei nächster Gelegenheit um die Ecke zu bringen.

Jenny schauderte. Nicht auszudenken, was passiert wäre, wenn sie und die Polizisten heute nicht genau in dem Moment aufgetaucht wären, in dem die beiden Männer sich über Arthur gebeugt hatten.

Was Beppo mit der ganzen Angelegenheit zu tun hatte, darauf konnte sie sich allerdings keinen Reim machen. Wenn er in die Sache verwickelt war, welches Interesse konnte er daran haben, die Meldung von dem gestohlenen Bild in die Zeitung zu bringen? Naheliegender wäre es gewesen, Marthas Geständnis so lange wie möglich geheim zu halten – und Jenny auf der Rückfahrt klammheimlich abzumurksen …

»Schluss damit!« Jenny ermahnte sich lautstark. Die Spekulationen führten zu nichts. Alles war jetzt Sache der Profis – auch wenn diese sich bisher nicht gerade mit Ruhm bekleckert hatten. Doch Jenny fand, dass man der Polizei keine Vorwürfe machen konnte. Wie hätten die Beamten ahnen sollen, dass es zwischen dem Mord, dem Bild und Arthur Kammelbach einen Zusammenhang gab?

Der Professor war vielleicht der Einzige, der überhaupt Licht in die ganze Angelegenheit bringen konnte. Er würde mit Sicherheit wissen, warum er den Zeitungsbericht über den Mord aufbewahrte. Vermutlich auch, wer ihn niedergeschlagen und eingesperrt hatte.

Ob Arthur wieder bei Bewusstsein war? Am besten, sie fuhr ins Krankenhaus. Da würde sie am ehesten in Erfahrung bringen, wie es ihm ging. Vielleicht ließ man sie sogar zu ihm. Immerhin hatte er ihr seine Rettung zu verdanken. Das sollte ein ausreichendes Argument sein. Denn ein Verwandtschaftsverhältnis, wie es in solchen Fällen vom Krankenhauspersonal gemeinhin gefordert wurde, konnte sie nicht vorweisen.

Entschlossen ging Jenny ins Badezimmer. Sie würde eine Dusche nehmen, sich umziehen und sich auf den Weg ins Krankenhaus machen. Als sie die Bluse aufknöpfte, klingelte ihr Handy.

*

Lenz Hofer ließ es zum wiederholten Mal läuten. Die Mobilbox schaltete sich ein.

»Komm bitte ins Krankenhaus. Wart ich dort auf dich.« Er hatte sich für eine einfache Botschaft entschieden. Die konnte sie unmöglich missverstehen. Er hoffte, dass sie ihre Mobilbox bald abhörte und sich auf direktem Weg zu ihm ins Krankenhaus begab. Hier wollte er ihr erklären, was sich inzwischen ereignet hatte. Zunächst ging es darum, sie aus der Gefahrenzone zu bringen – wo immer sie sich gerade aufhielt.

Auf dem Kommissariat war sie nicht mehr, das hatte ihm Comploi gesagt. Gerade kam er wieder den Gang entlang. Lenz erhob sich von dem Sessel, auf dem er saß. Der Beamte schüttelte mit trauriger Miene den Kopf. »Professor Kammelbach ist nicht wieder zu Bewusstsein gekommen.«

Enttäuscht ließ Lenz sich wieder auf seinen Sitz sinken, während der Inspektor sich entfernte. Lenz streckte die Beine von sich. Es sah danach aus, dass er auf seinem unbequemen Sessel ausharren musste. Er wollte da sein, wenn Arthur aus dem Koma erwachte.

Zudem bestand ja immerhin die Chance, dass Jenny seine Nachricht abhörte und sich ins Krankenhaus begab. Obwohl Lenz, wenn er ehrlich war, daran zweifelte. Sie tat selten das, was andere ihr sagten. Wenn er allein an ihren Auftritt heute in der Scheune dachte …

Trotz des Ernstes der Situation konnte Lenz sich ein Schmunzeln nicht verkneifen. Das war wieder typisch Jenny gewesen. Sogar aus der Entfernung hatte er sie von seinem Beobachtungsposten am Hang aus erkannt und war deshalb den Serpentinenweg hinuntergelaufen. Im Näherkommen hatte er gesehen, dass einer der beiden Männer Inspektor Comploi war. Als die beiden mit gezückten Holzlatten auf die Scheune zugegangen waren, war Lenz sofort klar gewesen, dass eine Amtshandlung im Gange war. Augenblicklich stoppte er auf seinem Weg und blieb stehen. Nicht so Jenny. Sie folgte den Beamten bedenkenlos in die Scheune hinein.

Er selbst begab sich rasch wieder nach oben, wo die beiden Mädchen gerade ebenfalls Anstalten machten, den Hang herunterzulaufen. Kristl schärfte er ein, sich umgehend zu ihrer Mutter in das nahegelegene St. Michaela zu begeben. Gemeinsam mit Sascha radelte er zurück.

Nachdem er das vollkommen verstört wirkende Mädchen wohlbehalten im Grand Hotel abgeliefert hatte, machte er sich auf die Suche nach Jenny. In ihrem Hotel war sie nicht. Auf dem Kommissariat wollte man ihm keine Auskunft erteilen. Schließlich fuhr er mit dem Rad zum Krankenhaus. Dort würde er zumindest in Erfahrung bringen können, wie es Arthur inzwischen ging.

Kaum langte er dort an, kam ihm Comploi entgegen. Professor Kammelbach sei kurz bei Bewusstsein gewesen und habe ein paar Worte gesprochen, mit denen der Inspektor nichts anfangen konnte. Ob der Herr Hofer, der den Professor ja besser kenne, vielleicht schlau daraus würde? Der Polizist hatte Lenz den Notizzettel gereicht.

›Es ist das Rechte, das Rechte …‹

Lenz konnte zunächst nichts damit anfangen. Bis im plötzlich der Streit der beiden Mädchen einfiel. Sie hatten sich nicht darüber einigen können, welches von Oswalds Augen geschlossen war. Hastig versuchte er sich das Porträt in Erinnerung zu rufen. Gerade in letzter Zeit hatte er das Bildnis häufig zu Gesicht bekommen. Das Oswald-Porträt zierte das Programm des Symposiums und war auf sämtlichen Plakaten, die für die Konzerte warben, zu sehen.

»Es ist das rechte Auge. Oswalds rechtes Auge ist geschlossen!«

Erst an Complois verständnislosem Blick bemerkte Lenz, dass er seinen Gedanken laut ausgesprochen hatte. Daher beeilte er sich, dem Beamten zu erklären: »Ich nehme an, Professor Kammelbach hat von Oswalds Porträt gesprochen. Darauf ist das rechte Auge des Sängers geschlossen. Man nimmt an, dass es sich um einen Geburtsfehler handelt. Wir haben das Motiv bei allen Drucksorten für das Symposium verwendet. Arthur hat wohl von dem Porträt geträumt …«

»Oder von dem Bild, das beim Mordopfer gestohlen wurde.« Comploi sprach den Satz in Lenz' Überlegungen hinein.

Lenz stutzte. »Sie meinen, Arthur könnte das Bild gesehen haben?«

Comploi blickte ihn ernst an. »Die Haushälterin gibt an, dass Peter Mitterer am Vorabend des Mordes zwei Gäste hatte. Einer davon könnte Professor Kammelbach gewesen sein.«

»Und der andere?«

Comploi stützte sein glattrasiertes Kinn in die Hand und legte nachdenklich den Zeigefinger an die Lippen.

»Das Beste wäre, Professor Kammelbach könnte uns das selbst sagen«, meinte der Inspektor schließlich. Dann begab er sich wieder in Richtung des Krankenzimmers, vor dem ein Uniformierter Wache hielt. Comploi war im Begriff, die Schwester anzusprechen, die gerade aus dem Raum kam. Doch sein Mobiltelefon läutete. Lenz beobachtete, wie sich die Miene des Inspektors zunehmend verfinsterte. Der Beamte trat auf ihn zu.

»Kommissar Klotz hat mich gerade angerufen. Frau Maximowa ist mit ihrem Anwalt aufs Kommissariat gekommen. Er bestand darauf, dass die Verdachtsmomente gegen die beiden Inhaftierten nicht ausreichend seien.«

»Was ist passiert?« Lenz konnte seine Anspannung nur mit Mühe zügeln.

Comploi zuckte resigniert die Schultern. »Tony Perathoner und Beppo Pircher wurden freigelassen.«

Kaum hatte der Inspektor sich abgewandt, zückte Lenz sein Handy. Egal, ob Perathoner, Pircher oder jemand anderer der Schuldige war – in Meran oder der nächsten Umgebung lief nach wie vor ein Mörder frei herum. Jenny sollte darüber Bescheid wissen.

Lenz erhob sich von seinem Sessel. Der Professor war nicht wieder erwacht und Jenny hatte sich bislang nicht gemeldet. Lenz nahm wieder das Mobiltelefon aus der Gesäßtasche seiner Jeans und drückte auf Wahlwiederholung.

*

Der Entführer von Arthur Kammelbach und der Mörder von Peter Mitterer bereitete sich auf seinen letzten großen Coup vor. Seit Tagen hatte er sich auf diese Möglichkeit vorbereitet.

Er hatte gehofft, dass es nicht notwendig sein würde, eine solche Maßnahme zu ergreifen Doch die Polizei hatte Arthur Kammelbach gefunden, den einzigen Zeugen. Es war zwar ungewiss, ob sein Opfer das Bewusstsein jemals wieder erlangen würde. Doch er konnte nicht darauf vertrauen, dass Arthur Kammelbach starb, ohne vorher auszusagen.

Der Professor war der Einzige, der die ganze Wahrheit kannte. Ob er ihn besser gleich getötet hätte?

Nein, entschied der Mörder. Das hätte nur vorzeitig Zusammenhänge aufgezeigt, die die Polizei so nie herausgefunden hätte. Vermutlich könnte er sich sogar weiterhin in Sicherheit wiegen, gäbe es da nicht eine bestimmte Person. Er hatte vorgehabt, die umtriebige PR-Beraterin aus dem Weg zu räumen. Doch dazu war nun keine Gelegenheit mehr. Er musste seine Zeit gut einteilen und seine Kräfte für das schonen, was vor ihm lag.

Ein weiteres Mal überprüfte er seinen Rucksack. Vor Tagen hatte er ihn gepackt, um für den Notfall gerüstet zu sein. Es war alles da: Seil, Steigeisen, Sportriegel, die ihn rasch mit Energie und Proteinen versorgen würden, warme Kleidung, ein Schlafsack für kühle Nächte – winzig zusammengefaltet, sodass das Ding kaum Platz wegnahm. Platz, den er benötigen würde.

Denn es fehlte das Bild. Das Bild, mit dem alles seinen Anfang genommen hatte …

Ob er mehr Nahrung mitnehmen sollte? Der Mörder überprüfte den Inhalt des Kühlschranks. Nüsse? Zu salzig, davon bekam er nur Durst. Schokolade? Sie war ein bewährter Energiespender, würde die derzeitigen Temperaturen allerdings nicht lange überdauern. Wasser benötigte er nicht, dort, wo er hinwollte, gab es genug Quellen. Eine Cola, das war eine Idee. Sie würde ihn auf dem ersten langen Wegstück wachhalten. Am besten er nahm gleich einen Schluck.

Gierig trank er, verschloss die Flasche und verstaute sie in seinem Rucksack. Er wollte sich mit dem Rad auf den Weg machen. Damit konnte er Meran rasch und unauffällig verlassen und in die Berge gelangen. Dort, wo das Gelände zu steil und zu unwegsam zu werden begann, würde er das Gefährt einfach irgendwo liegen lassen und zu Fuß weitermarschieren. So lange, bis er über der Grenze war. Dort kannte er jemanden. Der würde ihm helfen, das Bild zu verkaufen und einen falschen Pass zu besorgen – und ab nach Südamerika. Dort konnte er sich eine neue Existenz aufbauen.

Die Person, die gerade ihre Flucht vorbereitete, sah sich prüfend um. Sie würde viel zurücklassen. Wohlstand, Ansehen, Menschen, die ihr vertrauten und die sie liebten. Darauf konnte sie keine Rücksicht nehmen. Es war nur sie, die zählte – so, wie es in Wirklichkeit immer gewesen war.

Ein letztes Mal sah sie in den Spiegel, bevor sie nach ihrer Ausrüstung griff. Ein Radfahrer mit Rucksack fiel nicht auf. Zugegeben, der Rucksack war etwas überdimensioniert. Doch das sollte kein Problem sein. Wer wusste schon, zu welch herausfordernder Tour er unterwegs war?

Der Mörder war im Begriff, seinen Rucksack zu schultern. Plötzlich sah er, wie die Türklinke sich bewegte. Er hatte vergessen abzuschließen. Jemand betrat den Raum.

*

An den Stufen, die von der St.-Georgen-Straße hinunter zur Sommerpromenade und zum Steinernen Steg führten, stand Jenny und erwog die Möglichkeiten, die ihr für den weiteren Weg offenstanden.

Sie hatte auf dem Weg ins Badezimmer ihr Handy läuten gehört, jedoch zu spät abgehoben. Der Anrufer hatte bereits aufgelegt. Die Nachricht auf der Mobilbox war klar und deutlich: Sie sollte umgehend zu Lenz ins Krankenhaus kommen.

Was erlaubte sich der Kerl eigentlich? Zuerst ließ er sie mehrmals stehen. Und jetzt glaubte er, sie herumkommandieren zu können. Mit ihr konnte er das nicht machen, auf gar keinen Fall!

Sie wollte wieder ins Badzimmer zurückkehren und sich die wohlverdiente Dusche gönnen, besann sich jedoch. Was, wenn Lenz' Nachricht Arthur betraf? Rasch knöpfte sie daher ihre Bluse zu und schlüpfte in ihre Leinenslipper. Die Dusche konnte warten, Arthur hatte Vorrang.

Jenny wollte das Zimmer gerade verlassen, da fiel ihr Blick auf den Stadtplan, den sie auf das Nachtkästchen gelegt hatte.

Richtig, sie wusste ja gar nicht, wo das Krankenhaus lag. Bevor sie sich auf den Taxifahrer verließ, dessen Dienste sie in Anspruch zu nehmen gedachte, sollte sie sich schlaumachen, wo sie hinwollte.

Rasch entfaltete sie die Karte und breitete sie auf dem Bett aus. Das Krankenhaus lag zwischen der Goethe- und der Rossini-Straße. Die Gegend kannte sie. Da war sie gestern mit Beppo im Stau gestanden. Sie überprüfte die Route, die das Taxi zu nehmen hatte: St.-Georgen-Straße, Cavour-Straße, Postbrücke. Jenny sah auf ihr Handy: Kurz nach 15 Uhr. Es war zwar keine Rushhour. Dennoch, die Fahrt würde ewig dauern. Schon beim Herweg vom Kornplatz war das Taxi ab der Postbrücke nur schrittweise vorangekommen. Jetzt würde man sich in die entgegengesetzte Richtung von Ampel zu Ampel quälen müssen.

Ob sie zu Fuß besser dran war? Nein, entschied sie, das brachte nichts. Sie würde das Zentrum durchqueren und kilometerlang die westliche Stadtausfahrt Richtung Vinschgau entlangmarschieren müssen, bevor sie ans Ziel käme. Da konnte sie ebenso gut bequem mit dem Taxi …

Mit einem Mal kam ihr eine Idee: Sie würde mit dem Fahrrad ins Krankenhaus fahren. Von der St.-Georgen-Straße führte ein Fuß- und Radweg direkt hinunter zum Steinernen Steg. Wenn sie den überquerte, konnte sie die Passer entlang bis zum Rennweg und von dort zum Krankenhaus radeln.

Ja, mit dem Fahrrad wäre sie eindeutig am schnellsten. Mit den Shorts und den Slippers, die sie trug, war sie perfekt für eine solche Tour gekleidet. Handtasche benötigte sie keine. Ein paar Geldscheine und das Handy – beides schob sie in ihre Hosentasche – waren völlig ausreichend, für das, was sie vorhatte. Bedauerlich war bloß, dass sie diesmal keinen Fahrradhelm im Gepäck hatte. Aber ihr Koffer war zum Bersten voll gewesen. Daher hatte sie auf das Utensil, das sie normalerweise immer auf Reisen mitführte, verzichtet.

Sie musste sich nur in der Hotelgarage ein Fahrrad schnappen und es konnte losgehen.

Jenny stand am Geländer, das die St.-Georgen-Straße von dem Ufer der Passer trennte und überlegte, welchen Weg sie nehmen sollte. Die Einfahrt zum Serpentinenweg, der zur Passer führte, hatte sie verpasst. Ihr blieb nur die verkehrsreiche Straße. Oder sie trug ihr Rad die Stufen hinunter und fuhr ein kleines Stück flussaufwärts zum Steinernen Steg, wo sie den Fluss überqueren und die Promenade entlang fahren konnte.

Jenny sah zum Himmel und bemerkte, dass er längst nicht mehr so blau und strahlend war wie zuvor. Dichte Wolken hatten sich vor die Sonne geschoben. Ob sie lieber kehrtmachen sollte? Nein, entschied sie. Ein Gewitter würde mit Sicherheit eine Weile auf sich warten lassen. Entschlossen hob sie ihr Rad mit beiden Händen und begann, die Stufen hinunterzusteigen. Ihr Handy läutete erneut. Sie hörte es nicht, so sehr nahm die Anstrengung sie in Anspruch.

ACHTZEHN

Tobias Winkler klopfte wild an Violas Zimmertür. »Mach auf, bitte, mach auf. Wir müssen reden.« Immer wieder sagte er sich im Geiste die Worte vor. Ein Kriminalbeamter war im Kurhaus aufgetaucht und hatte ihn vernommen. Alles hatte er wissen wollen: Über die Vielle, über Violas Rolle im Ensemble, schließlich sogar über seine Beziehung zu Viola.

Er war nicht mehr in der Lage gewesen, etwas vorzutäuschen. Er hatte dem Mann alles erzählt, was er wusste, ihm geradezu sein Herz ausgeschüttet. Unumwunden hatte er zugegeben, dass Viola im Ensemble untragbar geworden war. Ihre schlechten musikalischen Leistungen und ihr unkollegiales Verhalten machten einen Verbleib nicht länger möglich.

»Ich will sie trotzdem nicht im Stich lassen«, hatte er zu dem Polizisten gesagt und sich dabei mit der Hand die Haartolle zerfurcht, die ihm in die Stirn gefallen war. Der Beamte hatte ihn prüfend angeblickt. Tobias war fortgefahren: »Ich liebe Viola und ich werde einen Ausweg finden.«

»Es besteht der Verdacht, dass Frau Peterle …«

Peterle, wieso Peterle? Ach so, das war ja Violas richtiger Nachname. Den hatte die Polizei also herausgefunden. »… dass Frau Peterle selbst die Geige hat verschwinden lassen. Möglicherweise hat sie damit auch Professor Kammelbach niedergeschlagen – oder war zumindest daran beteiligt. Wissen Sie, wo wir sie finden können?«

Tobias hatte sich mit der Antwort Zeit gelassen. »Nein«, hatte er gesagt, »nein, ich habe keine Ahnung.«

Er hatte sich besonnen und hinzugefügt: »Ich weiß lediglich, dass da ein anderer Mann im Spiel ist. Gestern Abend habe ich ein Gespräch belauscht. Ich dachte zuerst, es sei Lenz Hofer, der Assistent …« Tobias hatte sich unterbrochen, sich wieder mit den Fingern durch die Haartolle gefahren und den Kopf geschüttelt. »Tut mir leid, ich weiß es nicht.«

Der Beamte hatte ihn gehen lassen. Offenbar hatte er eingesehen, dass aus Tobias nicht mehr herauszuholen war. Danach hatte Tobias Viola sofort auf dem Handy angerufen, sie jedoch nicht erreicht.

Jetzt stand er vor Violas Hotelzimmer und hämmerte gegen die Tür. Es erfolgte keine Reaktion. Tobias drückte die Klinke.

*

Mutmaßlicher Sensationsfund in Meran

Laut einem Bericht in der heutigen Ausgabe des *Meraner* ist ein zerstört geglaubtes Bild des Tiroler Minnesängers Oswald von Wolkenstein wieder aufgetaucht. Es zeigt Oswald auf einem Weinfass auf hoher See, ein bekanntes Motiv, das der Dichter in seinen Liedern wiederholt verwendet hat. Der mutmaßliche Sensationsfund steht in Zusammenhang mit der Ermordung des bekannten Südtiroler Heimatmalers Peter Mitterer, der vor wenigen Tagen erschlagen in seinem Haus aufgefunden wurde. Laut dessen Haushälterin soll sich das Bild im Atelier des Opfers befunden haben und seit der Mordnacht verschwunden sein. Das Meraner Kommissariat hat die Meldung bisher nicht bestätigt.

Internationale Nachrichtenagentur, 1. Juni 2011

Mit donnernder Stimme las Vinzenz Gasser die Agenturmeldung vor, die er gerade auf dem Bildschirm aufgerufen hatte. Kaum hatte der Chefredakteur des ›Meraner‹ geendet, drehte er seinen Drehsessel so, dass er den vor ihm stehenden Chef vom Dienst direkt im Visier hatte. »Das ist erst der Anfang«, brüllte er. »Seit ich von meinem Treffen mit dem Verlagschef aus Bozen zurück bin, läuten hier die Telefone heiß. Die überregionalen Tageszeitungen rennen mir die Tür ein und das Fernsehen hat auch angeklopft.« Er nahm das Blatt mit den Telefonnotizen zur Hand, das ihm seine Sekretärin nach seiner Ankunft im Büro in die Hand gedrückt hatte.

»Und das hier«, wetterte er und schlug mit der freien Hand auf das Papier, »hat mir gerade noch gefehlt. Die Vizequästorin beschwert sich wegen Behinderung der Ermittlungen und der Bürgermeister fragt, was das Ganze zu bedeuten hat.« Vinzenz Gasser ließ das Blatt auf den Schreibtisch fallen und hieb donnernd mit der

Faust darauf. Er fixierte seinen Chef vom Dienst. »Des frag i di a: Was soll des? Wie kimmt so eppes* überhaupt ins Blatt?«

Konrad Mair hatte das Gewitter über sich ergehen lassen. »Ich hab dem Beppo geschtern no an Platz freig'halten für die Meldung von dem Unfall …«

Jäh unterbrach der Chefredakteur den Erklärungsversuch seines Untergebenen. »Unfall, Unfall. Dass i net lach! Wo steht da was von an Unfall?«

Der Chef vom Dienst, der bisher mit hängenden Schultern und gesenktem Kopf vor seinem Vorgesetzten gestanden hatte, verstärkte seine demütige Haltung, indem er nun die Hände wie zum Gebet faltete und das Kinn darauf stützte. »Da hat der Beppo woll eigenmächtig eppes anderes g'schrieben.«

»Was hoasst eigenmächtig? Du bischt verantwortlich, du hätteschi es kontrollieren miassn.« Der Chefredakteur war aufgesprungen und beugte sich nun drohend zu seinem Angestellten, der ihn allerdings trotz seiner gebückten Haltung um Haupteslänge überragte.

So jäh, wie er von seinem Sitz emporgeschossen war, ließ Vinzenz Gasser sich wieder in diesen zurückfallen. »Mir zwoa sprechen uns no«, sagte er unheilverkündend. »Geh' und hol' mir den Pircher.«

Mair räusperte sich. Verlegen trat er von einem Bein auf das andere.

»Was stehsch da no rum?«, blaffte sein Chef. »Hol man endlich, den Tolm**.«

* Südtirolerisch: etwas
** Südtirolerisch: Volltrottel

»Des geaht net, der war in G'fängnis.«

»War, war. Hettn's ihn glei g'halten sollen. Und wo isch er jetzt?«

Mair zuckte die Schultern. »Des wiss' ma nit. Vor oaner halben Stund hamma die Nachricht kriegt, dass sie ihn ausser lass'n hab'n. Herkemmen isch er no net.«

Chefredakteur Gasser sprang wieder von seinem Sitz auf und schnappte sich den nächstbesten Gegenstand in seiner Reichweite. Es war ein Packen Zeitungen, die seine Sekretärin auf seinem Schreibtisch deponiert hatte. Den schleuderte er in Richtung der Tür, durch die sein Mitarbeiter soeben hinausgeschlüpft war.

*

Jenny Sommer war nach ihrem beschwerlichen Abstieg beim Steinernen Steg angelangt. Sie radelte über die Brücke, unter der das Rauschen der Passer anschwoll. Der Himmel verdunkelte sich zusehends.

Kaum war Jenny am anderen Ufer angelangt, durchzuckte ein Blitz die dichte Wolkenwand, die sich bereits gebildet hatte. Ein ohrenbetäubender Donnerschlag folgte. Das Gewitter, das Jenny zu Beginn ihrer Fahrt weit weg gewähnt hatte, kam in Windeseile näher. Sie spürte erste Regentropfen auf ihre Nase klatschten.

Jenny bremste und stieg vom Rad. Mit einem Mal bemerkte sie, wie menschenleer es um sie war. Hatten sich bei ihrem gestrigen Spaziergang mit Lenz hier Fußgänger und Radfahrer getummelt, wirkte die Promenade jetzt wie ausgestorben.

Platsch. Wieder spürte Jenny einen Tropfen, diesmal mitten auf der Stirn. Mit der Hand wischte sie ihn weg, sogleich folgte der nächste. Sie musste schleunigst einen Unterstand finden, sonst wäre sie bald bis auf die Haut durchnässt.

Fragte sich bloß, wo. Jenny erinnerte sich an die Wandelhallen, die auf der Sommerpromenade ein Stück weiter flussabwärts lagen. Ob sie es bis dorthin schaffen würde?

Wieder zuckte ein Blitz, lautes Donnerkrachen folgte. Nein, entschied Jenny. So viel Zeit blieb ihr nicht mehr. Es war viel zu gefährlich, bei einem solchen Gewitter mit dem Rad am Wasser entlangzufahren. An der nahezu baumlosen Winterpromenade wäre sie ein geradezu prädestiniertes Ziel, ein wandelnder Blitzableiter sozusagen.

Plötzlich hatte sie eine Idee. Waren sie nicht gestern an einem Kaffeehaus vorbeigekommen? Jenny rief sich den Weg ins Gedächtnis: Sie waren die Winterpromenade Passer aufwärts gegangen und hatten den Steinernen Steg passiert. Anschließend hatten sie einen Torbogen passiert, gleich danach die Terrasse eines Cafés. Genau dort wollte Jenny hin. Das Café lag nur ein kurzes Stück entfernt, das war zu schaffen.

Entschlossen radelte sie weiter. Der Regen peitschte ihr ins Gesicht, sie ignorierte es. Gleich würde sie da sein. Die Fassade des Jugendstilbaus tauchte auf. Jenny war sich sicher, im Inneren des Cafés einen Platz zu finden, an dem sie ausharren konnte, bis sich das Gewitter wieder verzog.

*

Entnervt legte Lenz Hofer auf. Er hatte innerhalb einer Stunde dreimal versucht, Jenny zu erreichen. Ohne eine Reaktion von ihr. Im Krankenhaus war sie nicht aufgetaucht.

Inzwischen machte er sich Sorgen, dass ihr etwas zugestoßen war. Sonst wäre sie sicherlich längst ins Spital gekommen oder hätte zumindest angerufen, um sich nach Arthurs Befinden zu erkundigen.

»Sind Sie sicher, dass Frau Sommer das Kommissariat verlassen hat?«, fragte er Comploi, der gerade an Lenz vorbeiging.

Der Inspektor nickte. »Mein Kollege hat mir versichert, dass sie kurz nach 14 Uhr gegangen ist. Das ist« – er warf einen Blick auf seine Armbanduhr – »eine gute Stunde her.«

»Gibt es etwas Neues von Professor Kammelbach?«, erkundigte sich Lenz.

Comploi schüttelte den Kopf. »Sein Zustand ist unverändert. Es geht ihm nicht schlechter, aber auch nicht besser«, seufzte der Beamte.

Lenz überlegte. Es konnte Stunden dauern, bis Arthur wieder zu sich kam. Wenn das geschah und der Arzt ihn für vernehmungsfähig erklärte, würden ohnehin Comploi und seine Kollegen mit dem Professor reden wollen. Für Lenz gab es hier nichts zu tun, und er wurde des Wartens müde. Es musste ihm gelingen, Jenny zu finden. Wahrscheinlich hatte sie ihr Handy wieder irgendwo liegen gelassen und befand sich im Hotel oder im Kurhaus.

Rasch fasste er einen Entschluss. »Inspektor, ich muss weg. Falls Frau Sommer inzwischen auftaucht, sorgen sie dafür …« Lenz korrigierte sich. »Bitten Sie sie, dass sie hier auf mich wartet.«

Comploi nickte. »Ich werde mein Bestes tun.«

Der Beamte hatte kaum zu Ende gesprochen, da eilte Lenz den Gang entlang. Im Freien angekommen, musste er feststellen, dass seine Wettervorhersage, die er Jenny gegenüber am Vormittag geäußert hatte, vollkommen richtig war: Es goss in Strömen.

Auch egal, dachte er, und schwang sich auf sein Fahrrad.

*

An einer der Scheiben des Cafés am Eingang zur Gilfpromenade stand Jenny und drückte sich die Nase platt. Die Tür war verschlossen, drinnen war es dunkel. Das Lokal hatte für heute dicht gemacht, und es gab keine Möglichkeit, ins trockene Innere zu gelangen. Auch sonst entdeckte sie weit und breit nichts, wo sie hätte Unterschlupf finden können.

Jenny sah an sich herunter. Sie war bis auf die Haut durchnässt. Das Gewitter hatte sich zwar so rasch wie es gekommen war wieder verzogen, dafür prasselte der Regen unaufhörlich auf sie herab. Auch das Laub der Bäume bot keinen ausreichenden Schutz. Am besten, sie radelte zurück ins Hotel und nahm endlich die Dusche, die sie sich längst hatte gönnen wollen.

Bei dem Gedanken, den steilen Weg auf der gegenüberliegenden Flussseite wieder hinaufradeln zu müssen, graute Jenny. Der durch das Laub und das Regenwasser glitschig gewordene Asphalt machte die Sache nicht einfacher. Sie verspürte ein Frösteln. Es hatte merklich abgekühlt.

Missmutig und am ganzen Körper zitternd wendete sie ihr Rad. Plötzlich kam ihr eine Idee. Hatte sie nicht gestern in der Gilf einen Geräteschuppen gesehen? Mit einem Mal erinnerte sie sich wieder an die Hütte. Die Aussicht, dort das Ende des Regens abzuwarten, schien Jenny verlockend. In der Hütte war es mit Sicherheit wärmer. Und selbst wenn der Schuppen verschlossen sein sollte, würde sie zumindest das Vordach vor der Nässe schützen.

Ja, der Schuppen war in ihrer jetzigen Lage eindeutig die beste Option. Rasch war sie unterwegs in Richtung Gilf.

Obwohl es Nachmittag war, wirkte die Umgebung düster. Jenny bezweifelte beinahe, den Schuppen bei diesen Lichtverhältnissen zu finden, doch plötzlich sah sie durch die Blätter den niederen Holzbau. Sie schob das Rad durch das dichter werdende Buschwerk auf den Eingang zu. Im Näherkommen fielen ihr zwei Räder auf, die an einer der Außenwände lehnten. Umso besser. Sie war nicht die Einzige, die hier Schutz vor dem Regen suchte. Dass sie im Freien niemanden sah, konnte nur bedeuten, dass die Tür offen war. Sie wollte auf den niedrigen Eingang zugehen, blieb jedoch abrupt stehen. Durch die halb geöffnete Tür konnte sie einen Mann erkennen, der sich über eine Frau beugte. Störte sie etwa jemanden beim Liebesspiel?

Lenz und Viola waren die ersten beiden Namen, die Jenny in den Sinn kamen. Sie schalt sich in Gedanken.

Das war absurd. Lenz hätte sie wohl kaum angerufen, wenn er vorgehabt hätte, sich mit Viola auf ein Schäferstündchen zu treffen. Sie konnte der Versuchung nicht widerstehen, nachzusehen, wer sich da im Schuppen aufhielt. Darauf bedacht, kein Geräusch zu verursachen, schlich sie näher. Der Mann hatte ihr den Rücken zugewandt. Dafür konnte sie die Frau deutlicher erkennen. Jenny kniff zweimal die Augen zusammen. Sah sie Gespenster? Nein, das war tatsächlich Viola. Und der Mann, der Mann …

Jenny stockte der Atem. Die drahtige Gestalt mit dem kurzen Pferdeschwanz im Nacken gehörte eindeutig Tony Perathoner. Wie kam er hierher? Er war doch zusammen mit Beppo festgenommen worden. Ganz offensichtlich war er wieder auf freiem Fuß …

Arme Kateryna, dachte Jenny gerade, als sie plötzlich gewahr wurde, dass es sich hier keineswegs um ein Liebesspiel handelte. Viola hatte die Augen nicht in Ekstase aufgerissen, nein, sie waren Schreck geweitet. Der Mann hatte seine Hände um den Hals der Frau gelegt, die verzweifelt versuchte, sich aus dem Würgegriff zu befreien.

Jenny schlug die Hand vor den Mund, um nicht laut aufzuschreien. Was sollte sie tun? Sich auf Tony stürzen und riskieren, dass sie sein nächstes Opfer wurde? Jenny sah sich nach einem Gegenstand um, mit dem sie sich nötigenfalls verteidigen konnte. An der Wand gegenüber sah sie einen Spaten. Um den zu erreichen, hätte sie an den beiden vorbeigehen müssen. Das würde Tony mit Sicherheit bemerken.

Ob sie per Handy Hilfe herbeirufen sollte? Jenny verwarf den Gedanken sofort wieder. Bis jemand kam, war es längst zu spät.

Sie sah Violas Körper erschlaffen.

»Nein«, schrie Jenny auf. In dem Moment wurde ihr bewusst, dass sie sich verraten hatte. Augenblicklich drehte sie sich um und rannte davon. Sie hatte nur eine Chance: den Mann von der Frau wegzulotsen und dabei zu hoffen, dass er sie nicht einholte. Sie überlegte, ob sie ihr Rad nehmen sollte. Aber sie hörte Schritte hinter sich. Sie musste weiter, raus aus diesem Gebüsch, auf die Promenade. Vielleicht begegnete ihr dort ein Mensch oder es gelang ihr, den Täter abzuschütteln. Wenn sie erst aus diesem Irrgarten mit seinen zahlreichen Zu- und Abgängen heraus war, brauchte sie nur die Gilfpromenade entlangzulaufen und konnte nach ein paar Metern beim ersten Haus Alarm schlagen.

Jenny war auf dem Hauptweg, der die Insel mit den Pflanzenfiguren umrundete, angelangt. Sie hielt kurz inne, um sich zu orientieren. An dem Tosen vor ihr erkannte sie die Gilfklamm. Sie musste die entgegengesetzte Richtung nehmen, um zur Promenade zu gelangen. Jenny riskierte einen Blick zurück und sah eine Gestalt auf sich zukommen. Ihr Verfolger!

Er versperrte ihr den Fluchtweg zur Promenade. Jenny drehte sich um und rannte in Richtung Gilfklamm. Irgendwo am Weg gab es eine Abzweigung. Wenn sie diesen Weg fand, war sie vorerst gerettet.

Jenny hastete weiter. Ihr Vorsprung wäre schnell verspielt, wenn sie sich im Weg irrte. Wieder blieb sie kurz stehen, um zu lauschen. Er lief nicht, kam einfach mit festen, zügigen Schritten näher und näher. Da, die Abzweigung. Jenny nahm die Stufen in Windeseile. Einmal drohte sie, mit ihren glatten Sohlen auszugleiten. Rasch fing sie sich wieder am Geländer. Weiter, wieder Stufen, gleich hatte sie es geschafft.

Im nächsten Moment blieb Jenny wie angewurzelt stehen. Das war nicht der Weg zur Strecke, auf der sie zurück nach Meran gelangte. Die Stufen führten zur Aussichtsterrasse, die sich hoch über der Gilfklamm befand. Von dort gab es nur einen Weg zurück: Den, auf dem man gekommen war. Eine andere Möglichkeit gab es nicht. Es sei denn, man hatte die Absicht, sich todesmutig in die Fluten zu stürzen.

Jenny wandte sich um. Sie konnte ihren Verfolger nicht sehen, sie hörte ihn näher kommen. Wenn sie umkehrte, würde sie ihm direkt in die Arme laufen. Sie hatte keine Wahl. Sie musste nach oben zur Aussichtsterrasse. Und hoffen, dass ihr unterwegs ein Gegenstand in die Hände fiel, mit dem sie sich zur Wehr setzen konnte.

NEUNZEHN

Dreimal hatte Victor heute die Rennstrecke zwischen Gilfklamm und Steinernem Steg mit dem Kanu befahren. Die Wirbel und Stromschnellen hatten wie immer seine ganze Kraft und höchstes Geschick erfordert. Beinahe hätte er das Training für heute eingestellt. Juri hatte ihn angerufen und ihm mitgeteilt, dass etwas schiefgelaufen war. Sein Bruder hatte Sascha aus den Augen verloren, weil sein Rad einen Platten hatte. Tony Perathoner war festgenommen worden.

Doch inzwischen war das Mädchen wohlbehalten zu seiner Mutter zurückgekehrt und hatte über Juris Missgeschick tunlichst den Mund gehalten. Tony war dank Katerynas Anwalt wieder auf freiem Fuß. Juri hatte seinem Bruder versichert, dass seine Dienste nicht benötigt würden.

Von seinem Standort oberhalb der Gilfklamm blickte Victor versonnen auf die Gischtkronen, die sich zu seinen Füßen auf dem Wasser ausbreiteten. Ein Blick zum Himmel überzeugte Victor, dass eine weitere Übungsrunde auf keinen Fall schaden konnte. Das Gewitter hatte sich verzogen und der Regen begann nachzulassen. Behutsam ließ er sein Kanu in die Passer gleiten.

*

Im Kommissariat in Meran starrte Aldo Klotz auf den Hörer seines Diensttelefons. »Läute endlich, läute.«

Lautlos gab er dem Apparat immer wieder denselben Befehl. Sie standen im Fall Peter Mitterer kurz vor dem Durchbruch. Dass die Ermordung des Malers und die Entführung des Professors eng miteinander verknüpft waren, sah mittlerweile sogar ein Blinder.

Schade nur, dass sie Tony Perathoner, diesen windigen Bergsteiger, und Beppo Pircher, dieses Früchtchen von einem Reporter, hatten freilassen müssen. Das war eine Niederlage. Beide Männer wurden beschattet, und Aldo wartete jeden Moment auf Nachricht. Perathoner oder Pircher – einer von beiden würde sie zu dem Bild führen, das nach wie vor nicht wieder aufgetaucht war.

Aldo lehnte sich in seinem Sessel zurück. Die Vizequästorin war von seiner Idee, die beiden Männer zu beschatten, gar nicht begeistert gewesen. Sie glaubte fest daran, dass der Mörder von Mitterer in Spielerkreisen zu suchen sei. Dabei hatte sie der Präsident der Pferderennbahn schön abblitzen lassen.

»Wir sind ein Ort für die ganze Familie. Die Menschen der Stadt sollen ihre Freude am Pferderennplatz haben. Spielernaturen haben bei uns nichts verloren. Wenn Herr Mitterer bei uns gewettet hat – ich betone, wenn –, dann nur zu seinem Vergnügen«, hatte er wissen lassen.

Franca Bertagnoll selbst hatte es Aldo Klotz erzählt, so aufgebracht war sie über die Abfuhr gewesen. Kurz darauf hatte sie einen Hinweis von Mitterers Hausbank bekommen: Vor zwei Jahren sei es so schlecht um den Maler gestanden, dass die Bank kurz davor war, das Bauernhaus zu versteigern, um die Schulden zu begleichen. Plötzlich habe Mitterer eine Summe eingezahlt, die alle Verbindlichkeiten getilgt habe. Woher das Geld gekommen war, wusste freilich auch der Bankier nicht. Die Geschichte hatte allerdings Francas Spekulationen, dass es sich bei dem Mord um ein Exempel an einem Spielschuldner gehandelt habe, neue Nahrung gegeben. Offen blieb, wie das verschwundene Bild zu dieser Annahme passte.

Aldo Klotz blies die Luft aus. Seit er wusste, dass Perthoner und Pircher einander schon aus Jugendtagen kannten, war der Fall für ihn geklärt: Zwei ehemalige Bergkameraden, die gemeinsame Sache gemacht hatten, um das Bild an sich zu bringen und den Erlös einzustreifen. Dabei war ihnen Professor Kammelbach in die Quere gekommen. Sie hatten ihn betäubt und eingesperrt, sicherlich mit der Absicht, ihn bei nächster Gelegenheit zu beseitigen.

Aldo warf einen Blick auf die heutige Ausgabe des ›Meraner‹. Dass Pircher den Bericht auf der Titelseite geschrieben hatte, passte da nicht recht ins Bild. Andererseits: Wer konnte in die kranken Gehirne von Verbrechern hineinschauen?

Aldo Klotz entsann sich der Theorie, die Comploi ihm am Telefon unterbreitet hatte: Danach war Professor Kammelbach einer der beiden Gäste, die den Maler am Vorabend seiner Ermordung besucht hatten. Irgendetwas von einem rechten und linken Auge hatte Comploi gefaselt …

Verächtlich schüttelte Aldo den Kopf. So weit kam es, dass sein Untergebener sich einbildete, schlauer zu sein. Die Gäste waren zweifellos Pircher und Perathoner gewesen, am nächsten Tag hatten sie Mitterer um die Ecke gebracht.

Das Telefon klingelte. Comploi war am Apparat. »Machen Sie's kurz. Ich warte auf einen dringenden …«

Der Inspektor ließ ihn nicht ausreden. Arthur Kammelbach hatte das Bewusstsein wiedererlangt. Gespannt lauschte Klotz seinem Kollegen.

*

Jenny war auf der obersten von drei Aussichtsterrassen in der Gilf angelangt. Dicht vor sich sah sie den kahlen Felsen. Unter ihr toste die Passer. Es hatte aufgehört zu regnen, Jenny war trotzdem klatschnass. Angstschweiß mischte sich mit der Feuchtigkeit, die sich in ihren Kleidern festgesogen hatte. Ein knapp taillenhohes Eisengeländer trennte sie vom Abgrund. Ein Stück Holz, das sie unterwegs aufgelesen hatte, war ihr einziger Schutz vor der Hand des Mörders.

Die Schritte kamen näher. Sie verbarg ihre behelfsmäßige Waffe vor der Brust. Gleich würde sie sich umdrehen und sie ihrem Verfolger über den Schädel ziehen. Zumindest das Überraschungsmoment wäre auf ihrer Seite.

»Guten Abend, Jennifer. Ich hätte nicht damit gerechnet, dass ich noch einmal das Vergnügen habe.«

Jenny blieb beinahe das Herz stehen. Es war nicht Tony, es war … »Professor Jungmann«, rief sie aus und ließ die Hand, in der sie das Holzstück hielt, sinken.

»Warum so förmlich? Wir hatten uns doch auf Maurice geeinigt.«

Mit zwei Schritten war er bei ihr und entwand ihr das Holz. Er holte aus und schleuderte es über das Geländer. Jenny verfolgte die Flugbahn des Gegenstandes, der sich ein paar Mal überschlug und in den Fluten versank.

Maurice stand dicht bei ihr. Jenny konnte die Aknenarben sehen, die seine Haut verunzierten. Bisher war ihr dieser Makel, der das sonst so perfekte Äußere des Mannes beeinträchtigte, nie aufgefallen. Aus dieser Perspektive war es ihr unverständlich, wie sie ihn für Tony Perathoner hatte halten können. Doch die schlanke, für einen Mann nicht besonders hochgewachsene Gestalt und das Haar, das Maurice heute wie Tony nach hinten gebunden trug, machten eine Verwechslung durchaus plausibel.

»Warum?«, fragte sie in das Schweigen hinein. Obwohl sie nicht damit rechnete, eine Antwort zu bekommen, tat Maurice ihr den Gefallen. »Warum ich Peter Mitterer erschlagen habe? Was meinen Sie, Jennifer?«

Jenny biss sich auf die Lippen. Was war das? Veranstaltete er etwa ein Quiz mit ihr? Egal, solange er mit ihr sprach, ließ er sie am Leben.

»Weil Sie das Bild haben wollten?«, rätselte Jenny.

»Kluges Kind«, sagte er und fuhr ihr dabei mit zwei Fingern über die Halsschlagader. Wenn Jenny es nicht besser gewusst hätte, sie hätte es für eine Liebkosung gehalten.

»Was meinen Sie, warum ich das Bild haben wollte?«

Er musste verrückt sein. Stand hier und stellte ihr Fragen wie ein Moderator in einer Ratesendung.

In Jennys Gehirn arbeitete es fieberhaft. Sie hatte sich bisher keine Gedanken gemacht, wozu Maurice das Bild benötigen würde, da sie ihn nie verdächtigt hatte. Jetzt kam ihr der Schimmer einer Idee … »Sie wollten es für Ihr Buch über Oswald von Wolkenstein verwenden.«

»Richtig, meine Liebe. Sehr gut.«

»Warum haben Sie das Bild nicht auf legalem Weg erworben?«

Kaum hatte sie den Satz beendet, legte er ihr einen Finger auf die Lippen. »Schscht. Ich stelle hier die Fragen.«

Jenny hätte am liebsten aufgeschrien. Sie war hier mutterseelenallein mit einem irren Mörder, der sie in ein sinnloses Frage- und Antwortspiel verwickelte. Sie beherrschte sich. Es brachte nichts, ihn zu provozieren.

»Entschuldigen Sie – bitte«, brachte sie hervor.

»Braves Kind.« Er fasste sie unters Kinn. Im nächsten Moment ließ er von ihr ab.

Plötzlich richtete Maurice seinen Blick auf einen Punkt irgendwo hinter Jenny und begann zu sprechen: »Das Bild war nicht verkäuflich. Peter Mitterer hat es mir und Arthur gezeigt, hatte es jedoch schon einem anderen versprochen. Am nächsten Tag bin ich zu dem Maler gegangen und habe versucht, ihn zu überreden, dass er es mir überlässt. Ich habe eine hohe Summe geboten.« Maurice sah weiterhin in die Ferne und begann wieder, Jennys Hals zu streicheln. »Da war nichts zu machen. Also habe ich ihn erschlagen und das Bild mitgenommen. Ich bin zu Fuß nach Meran gegangen. Es war dunkel und kein Mensch mehr unterwegs. Den Schuppen in der Gilf habe ich zufällig entdeckt und das Bild dort verborgen. Gutes Versteck, finden Sie nicht?«

Jenny wurde es eiskalt bei dem Geständnis, das Maurice so selbstverständlich ablegte. Trotzdem brachte sie ein fügsames Nicken zustande. Maurice fuhr fort: »Ich hatte mit meinem letzten Buch keinen besonderen Erfolg. Man begann, hinter meinem Rücken zu reden. Der große Autor kocht auch nur mit Wasser. So haben sie über mich gesprochen. Mein nächstes Buch musste daher ein Erfolg werden.« Maurice unterbrach sich wieder. Er ergriff Jennys Kinn und zog sie näher an sich heran. »Haben Sie überhaupt eine Vorstellung, was ich an Arbeit in dieses Buch über Oswald gesteckt habe? Jahrelange Recherchen, sämtliche Archive habe ich durchwühlt und nichts Greifbares gefunden, nichts, was nicht irgendjemand längst veröffentlicht hatte. Das Bild wäre meine Rettung gewesen. Das Bild, das beweist, dass Oswald wirklich diese Schiffsreise gemacht hat und in Seenot geraten ist. Ich hätte es auf dem Umschlag veröffentlicht, viele Seiten Papier mit Betrachtungen darüber gefüllt und behauptet, ich hätte es auf einem Dachboden gefunden, und dass der Eigentümer nicht genannt werden will.«

Maurice hatte sich in Rage geredet. So kannte sie den sonst so kontrolliert wirkenden Mann nicht. In den glühendsten Farben schilderte er ihr, wie sein Platz im Olymp der Wissenschaft *und* der Literatur mit diesem Buch ein für alle Mal besiegelt worden wäre. Nur Arthur, der den Zeitungsbericht gelesen und seine Schlüsse daraus gezogen hatte, war Maurice dazwischengekommen und hätte seinen Plan vereiteln können. Unter einem

Vorwand lockte Maurice den vertrauensseligen Kollegen zur Scheune, schlug ihn nieder, fesselte ihn mit seiner Krawatte, knebelte ihn mit seinem Stecktuch und sperrte ihn ein.

»Das Schloss war für mich kein Problem. Als Jungen haben wir oft Ställe und Scheunen aufgebrochen, um uns darin mit den Mädchen zu vergnügen. Schlösser so geschickt zu öffnen und sie wieder so zu schließen, dass man nur bei genauem Hinsehen etwas merkt, war bei uns Knaben zu einem Sport geworden. Ich«, er beugte sich zu Jenny hinunter und sah ihr in die Augen, »habe es darin zu einer Meisterschaft gebracht.«

Was sonst?, dachte Jenny bitter. Maurice wollte offenbar in allem Meister sein. Und wenn das nicht gelang, scheute er vor Mord und anderen Verbrechen nicht zurück. Und sie würde die Nächste sein. Dieser Tatsache musste sie ins Auge sehen.

Was hatte Maurice eben gesagt? Er hatte Arthur gefesselt und geknebelt? Wenn das stimmte, warum hatten sie in der Scheune kein Stecktuch und keine Krawatte gefunden. Die Spur hätte eindeutig zu Maurice geführt.

Als hätte der Mörder ihre Gedanken erraten, setzte er seinen Monolog fort: »Am nächsten Tag bin ich in aller Früh mit dem Rad hinaufgefahren. Ich habe Arthur von seinen Fesseln befreit und ihm stattdessen ein Schlafmittel, das ich in meiner Reiseapotheke hatte, eingeflößt.«

»Und bei günstiger Gelegenheit hätten Sie ihn umgebracht.« Fragen waren zwar verboten, eine Feststellung durfte sie wohl treffen.

»Richtig. Nach dem Symposium hätte ich Arthur an

einen anderen Ort gebracht und dort erledigt. Keiner hätte je eine Verbindung zu mir hergestellt.«

Wenn er sich da nur nicht täuschte, dachte Jenny, vermied es allerdings, ihre Zweifel auszusprechen. Sie fragte sich, wie Maurice so sicher hatte sein können, dass niemand die Scheune betreten würde.

»Bei der Scheune ist mir der Zufall zu Hilfe gekommen. Sie war bis auf ein wenig Stroh leer, es war offensichtlich, dass sie nicht benutzt wurde. Da konnte ich ziemlich sicher sein, dass sie in den nächsten Tagen niemand betreten würde.«

»Und wenn doch?« Jenny hätte sich am liebsten auf die Zunge gebissen. Doch Maurice schien den Regelverstoß nicht bemerkt zu haben.

»Ein Restrisiko ist immer dabei. Für den Fall habe ich die Flucht in die Berge und über die Grenze in die Schweiz vorbereitet. Dort wartet ein falscher Pass auf mich und damit geht es ab nach Südamerika.« Maurice blickte Jenny an, seine Augen funkelten. »Das alles hätte ich mir sparen können, wenn Sie nicht gewesen wären, Jennifer.«

Jenny wollte protestieren, doch Maurice ließ sie nicht zu Wort kommen: »Gestern in der Früh wollte ich zurückradeln. Die Kette riss. Ich bin ein Stück zu Fuß gegangen und habe anschließend den Bus genommen. Dabei bin ich niemandem aufgefallen. Das Rad habe ich in der Eile bei der Scheune liegen gelassen. Wenn Sie es nicht entdeckt hätten …«

Den Rest des Satzes ließ er unvollendet. Jenny hätte ihn gerne gefragt, was Viola damit zu tun hatte. Sie wagte es nicht.

Erneut hörte sie das Tosen des Wassers unter sich. Die Todesangst hatte das Geräusch ausgeblendet. Jetzt verschaffte sich die Passer mit aller Kraft Gehör.

Mit einem Mal umfasste Maurice mit beiden Armen Jennys Taille und hob sie hoch. Nicht in die Klamm, schoss es Jenny durch den Kopf. Sie mobilisierte sämtliche Kräfte, die sie in ihrem erschöpften Zustand zur Verfügung hatte. Sie trat, kratzte und spuckte, was das Zeug hielt. Maurice hielt sie eisern umklammert, doch ihre Attacken begannen, ihm zuzusetzen. Jenny war es gelungen, wieder festen Boden unter den Füßen zu bekommen, Maurice hob sie erneut hoch.

Kein Zweifel, er hatte vor, sie in die Klamm zu werfen. Jenny machte einen weiteren verzweifelten Versuch, sich aus Maurice' Griff zu befreien. Neuerlich begann sie, sich mit aller Kraft in der Umklammerung zu winden. Maurice' Rucksack behinderte ihn bei dem Gerangel, das verschaffte Jenny einen Vorteil.

Um ihren Attacken auszuweichen, hatte Maurice seinen Körper ein wenig gedreht und stand seitlich zum Geländer. Jenny holte aus, um einen Schwinger auf seinem Kinn zu platzieren. Doch Maurice durchschaute ihre Absicht und wich mit dem Kopf zurück. Jenny vermeinte, sich aus der Umklammerung befreien zu können. Plötzlich strauchelte Maurice. Er verlor das Gleichgewicht und stürzte über das Geländer. Doch anstatt sie loszulassen, riss er sie mit sich in die Tiefe.

So viel Glück wie der Knabe Arbeo, dass sie unverletzt auf einem Felsvorsprung landet, würde sie wohl nicht haben, war der letzte Gedanke, der Jenny im Fallen durch den Kopf schoss. Sie spürte den Aufprall auf der Wasseroberfläche. Eisig kaltes Wasser umfing sie. Der Schmerz lähmte ihre Glieder und raubte ihr die Luft zum Atmen.

*

Lenz Hofer radelte die Passer entlang. Er hatte auf seinem Weg vom Spital zum Kurhaus, wo er Jenny zuerst suchen wollte, einen Stopp einlegen und sich unterstellen müssen. Der starke Regen machte die Weiterfahrt unmöglich, wollte Lenz nicht riskieren, zu stürzen. Endlich erreichte er das Kurhaus. Doch von Jenny war nach wie vor keine Spur.

Er hatte in sämtlichen Sälen und Konferenzräumen nachgesehen und sie nirgends entdecken können. Sogar in den Pavillon des Fleurs war er hinübergegangen.

Resigniert hatte er auch im Café nachgeschaut. Es hätte ja sein können, dass Jenny sich dort eine Erfrischung gönnte. Dem war nicht so. Schließlich hatte er sich wieder auf sein Rad gesetzt und war weitergeradelt. Seine letzte Chance war das Tirolia. Wenn er Jenny auch dort nicht fand, konnte er nur hoffen, dass sie mittlerweile im Krankenhaus eingetroffen war – oder ihn zumindest am Handy anrief.

Wieder meldete sich die Sorge, die ihn veranlasst hatte, Jenny zu suchen. Arthurs Entführer und Peter Mitterers Mörder war auf freiem Fuß – und Jenny ahnte nichts davon. Es war ihr ohne Weiteres zuzutrauen, dass sie auf eigene Faust nach dem Bild suchte und dabei dem Täter in die Quere kam.

Inzwischen hatte der Regen aufgehört und der Asphalt begann zu trocknen. Kaum hatte er die Wandelhalle passiert, verengte sich der Weg und machte einen Bogen nach links. Die Brückenpfeiler des Steinernen Steges kamen in Sicht.

Plötzlich vernahm Lenz die Sirene eines Einsatzfahrzeuges. Brannte es etwa? Lenz erkannte seinen Irrtum. Das Signal kam nicht von einem Feuerwehr-, sondern von einem Rettungswagen. Der bog von der Straße her in die Promenade ein, holperte ein kurzes Stück flussaufwärts und stoppte jäh.

Da vorn musste etwas passiert sein. War ein Kanufahrer gekentert? Plötzlich überkam Lenz eine Ahnung. Jäh beschleunigte er und radelte zu dem Fahrzeug, dem zwei Sanitäter entstiegen.

*

Jenny spürte Lenz' Lippen auf den ihren. Sein Kuss schmeckte köstlich. Viel zu lange hatte sie darauf warten müssen, endlich war es so weit. Das hätte sie bereits viel früher haben können, wenn sie sich nicht so geziert hätte. Was machte das bisschen Altersunterschied zwischen ihnen aus? Zugegeben, es war nicht nur ein bisschen. Doch heutzutage war das kein Problem mehr. Dass Männer Ehefrauen und Geliebte hatten, die viel jünger waren, gab es seit Jahrhunderten. Mittlerweile nahmen sich auch Frauen das Recht heraus, eine Verbindung mit einem jüngeren Mann einzugehen.

Die Popdiva Madonna, kam Jenny in den Sinn, und

eine Hollywoodschauspielerin, deren Name ihr gerade nicht einfiel … Der Kuss endete jäh. Nicht aufhören, dachte Jenny, und öffnete die Augen.

Der Mann, der sich über sie beugte, hatte kurzgeschorenes, helles Haar, ein breites, flächiges Gesicht und ausgeprägte, slawische Wangenknochen. Victor, schoss es ihr durch den Kopf. Oder Juri?

Augenblicklich fiel Jenny alles wieder ein. Maurice hatte bei ihrem Kampf das Gleichgewicht verloren. Zusammen waren sie in die Gilfklamm gestürzt. Im Fallen hatte er sie losgelassen. Doch das war nur ein schwacher Trost gewesen. Sie tauchte in das eisige Wasser ein, der Sog des Strudels zog sie unbarmherzig in die Tiefe.

Was hatte Lenz am Vortag zu ihr gesagt? »Ruhe bewahren, durchtauchen.« Dank seiner Worte war sie zumindest auf den Kälteschock vorbereitet. Sie konnte nur versuchen, sich seine Ratschläge zu Herzen zu nehmen. Mit aller Kraft widerstand sie dem Wunsch, nach oben zu schwimmen, sondern tauchte tiefer hinunter. Bald hatte sie das Gefühl, dass die Wirbel an Gewalt verloren. Zugleich merkte sie, dass ihr die Luft ausging. Ein kleines Stück schwamm sie unter Wasser flussabwärts, bis es ihr gelang, aufzutauchen.

Im nächsten Moment umklammerte sie jemand von hinten, danach wurde ihr plötzlich schwarz vor den Augen.

Maurice war es gelungen, ihrer habhaft zu werden und sie zu töten. Wie, daran konnte sie sich nicht erinnern.

Eines war offensichtlich: Sie befand sich im Himmel und die Engel sahen aus wie Saschas Bodyguards. Zumindest der, der sich über sie beugte. Der Engel drückte ihr mit beiden Händen auf den Solarplexus. Reflexartig richtete Jenny sich auf. Ein Schwall Wasser bahnte sich seinen Weg durch ihre Kehle und ergoss sich über ihre Brust.

»Sie kommt zu sich«, rief der Engel. Oder war es etwa doch Victor und sie lebte? Zwei Männer in Rettungsuniformen standen neben ihr und rissen sie hoch. Einer von ihnen umfasste sie von hinten und drückte ihr wieder kräftig auf einen Punkt unterhalb ihres Busens. Sie begann wieder zu würgen und spie einen weiteren Wassersschwall auf die Steine zu ihren Füßen.

Ein paar Mal wiederholten die Männer diese Prozedur, bis sie von Jenny abließen. Anscheinend hatte sie genug Flüssigkeit von sich gegeben.

»Bring' mier sie ins Krankenhaus«, hörte sie einen der beiden sagen. »Leg'n S' krod die Orm um unsere Schultern?« Jenny versuchte sich zu bewegen. Es funktionierte. Beide Männer waren links und rechts neben ihr und stützten sie. Schritt für Schritt hievten sie Jenny die Böschung empor. Zuletzt führten ein paar schmale Stufen hinauf zur Promenade. Ehe Jenny sich versah, hatte einer der beiden Rettungsmänner sie auf die Arme genommen und trug sie zu der Trage, die auf der Promenade bereitstand.

Kaum hatten die beiden Sanitäter sie hochgehoben, stürzte ein Mann auf sie zu. Lenz! Diesmal war er es wirklich. »Jenny!« rief er und trat auf einen der Rettungsleute zu. »Ich muss mitkommen. Die Frau ist …«

»Kennen Sie den Herrn?«, unterbrach ihn der Rettungsmann und wandte sich Jenny zu. »Ja. Er ist mein«, kurz zögerte sie, »er ist mein Freund«, vollendete sie den Satz.

Der Sanitäter sah zu seinem Kollegen hin, der ihm zunickte.

»Steigen S' vorne bei mir ein«, sagte er zu Lenz.

Jenny wurde auf ihrem Traggestell in den hinteren Teil des Fahrzeugs verfrachtet. Einer der beiden Männer schnallte ihr ein Blutdruckmessgerät um den Oberarm, während der andere am Fahrersitz Platz nahm und den Wagen startete.

Der Sanitäter lauschte ihren Pulsschlägen. Jenny fuhr hoch. »Viola!«, rief sie. »Sie liegt im Schuppen. Jemand muss sich um sie kümmern.«

Resigniert nahm der Mann die Stöpseln seines Stethoskops aus den Ohren und öffnete das Schiebefenster, das ihn von seinem Kollegen trennte. »Wir brauchen einen zweiten Einsatzwagen.« Er ließ sich von Jenny die genaue Lage des Ortes beschreiben, an dem sie Viola zurückgelassen hatte.

Kaum hatte Jenny ihren Bericht beendet, sank sie erschöpft zurück. Das Ganze war wohl ein wenig zu viel für sie. »Nicht einschlafen«, sagte der Rettungsmann und begann, ihr kräftig die Wangen zu tätscheln. Warum ließ er sie nicht in Ruhe? Sie hatte doch alles gesagt. Sie wollte nur schlafen. Schlafen, träumen …

»Sie verliert das Bewusstsein«, rief der Sanitäter durch die offene Scheibe seinem Kollegen zu. Jenny hörte es nicht mehr.

DONNERSTAG

ZWANZIG

Mutmaßlicher Mörder Peter Mitterers tot geborgen

Die Polizei hat die Leiche des berühmten Autors Maurice Jungmann geborgen. Er wird verdächtigt, den Südtiroler Heimatmaler Peter Mitterer ermordet zu haben.

Die Leiche ist kurz vor der Einmündung der Passer in die Etsch ans Ufer gespült worden. Bei dem Toten wurde ein Rucksack gefunden. Darin befand sich ein Bild, das vermutlich Oswald auf dem Weinfass zeigt. Laut Angaben der Polizei wurde das Gemälde durch den langen Aufenthalt im Wasser bis zur Unkenntlichkeit beschädigt.

»Wir prüfen, ob eine Restaurierung möglich ist. Die Entscheidung darüber ist Sache der Erben«, erklärte dazu Vizequästorin Franca Bertagnoll vom Meraner Kommissariat. Das Rätsel um das geheimnisvolle Bild ist demnach weiterhin nicht gelöst.

Beppo Pircher saß an der Sesselkante und beobachtete gespannt das Mienenspiel seines Chefredakteurs. Vinzenz Gasser las den Bericht Zeile für Zeile.

»Der Artikel isch in Ordnung«, sagte er.

»Vielleicht erfahr ich noch etwas über das Bild. Sollten wir vielleicht noch warten…«, begann Beppo.

»Na, so wie's da steht, passt es«, beschied der Chef. »Und wenn du no was in Erfahrung bringsch, na kimmsch zu mir. Aber mi interessieren nur Fakten, koane Spekulationen«, fügte er streng hinzu.

Beppo nickte. Er konnte froh sein, dass er seinen Job behalten hatte. »Ich schick den Artikel für die morgige Ausgabe an den Chef vom Dienst. Wenn's was Neues gibt, meld ich mich«, versprach er und verließ Gassers Büro.

*

Lenz Hofer war im Krankenhaus angelangt. Er hatte die Teilnehmer des Symposiums über die Ereignisse informiert und sie über das vorzeitige Ende der Tagung in Kenntnis gesetzt. Damit waren die Formalitäten erledigt, mehr konnte er nicht tun.

Wenigstens ging es Arthur besser. Er war von der Intensivstation in ein Einzelzimmer verlegt worden. Von drinnen hörte Lenz Stimmen. Wer war bei Arthur?

Rasch öffnete er die Tür. Arthur sah von seinem Krankenbett hoch. Die Person, die auf dem Stuhl daneben saß, drehte sich um.

»Hallo, Lenz«, sagte sie und ein leiser Vorwurf schwang in ihrer Stimme. »Du weißt, dass man anklopft, bevor man ein Zimmer betritt.«

»Jenny«, rief Lenz aus. Nur mit Mühe konnte er seine Überraschung verbergen. Sie war gestern wieder zu sich gekommen. Die Ärzte hatten sie über Nacht im Krankenhaus behalten. Er hatte nicht erwartet, dass sie bereits kräftig genug war, um Arthur einen Besuch abzustatten.

»Setz dich zu uns«, sagte sie. »Arthur wollte mir gerade erzählen, wie die ganze Sache begonnen hat.«

Lenz tat wie ihm geheißen. Er brannte darauf, mehr zu erfahren.

»Maurice und ich haben Peter Mitterer bei einem Ausflug auf den Pferderennplatz kennengelernt. Wir kamen ins Gespräch. Er meinte, er würde uns gerne etwas zeigen und lud uns zum Abendessen ein«, berichtete Arthur.

Nach dem Essen führte er sie in sein Atelier, enthüllte das Bild und berichtete, dass er es von seinem Urgroßonkel und der wiederum von einer jungen russischen Dame, die in Meran zur Kur weilte, bekommen hatte.

»Was meinen Sie?«, hatte er Arthur und Maurice gefragt. »Ist das wirklich Oswald von Wolkenstein, den wir da vor uns haben?« Maurice hatte sofort zugestimmt, Arthur war zurückhaltend geblieben. Während er die Darstellung eingehender betrachtet hatte, hatte Maurice dem Maler ein Angebot gemacht. Doch der hatte abgelehnt. Er habe einen Käufer, der das Bild am nächsten Abend holen komme.

»Warum haben Sie es uns überhaupt gezeigt?«, hatte Maurice zu wissen begehrt. Arthur hatte den ärgerlichen Ton in der Stimme seines Kollegen bemerkt.

»Weil ich sicher gehen wollte, dass alles in Ordnung ist. Ihr seid's Experten. Wenn Ihr meint's, dass das der Oswald von Wolkenstein ist, verlass ich mich darauf.«

Jenny konnte nicht an sich halten. »Ist dir das nicht seltsam vorgekommen? Für mich klingt Mitterers Erklärung nicht plausibel.«

Arthur schüttelte den Kopf. »Ich hatte zu dem Zeitpunkt keinen Verdacht. Erst später ist mir klar geworden, dass etwas an dem Bild nicht stimmte.«

»Was war das?« Jenny kam Lenz mit ihrer Frage zuvor.

»Das falsche Auge war geschlossen. Auf den Porträts, die von Oswald überliefert sind, ist das rechte Auge geschlossen. Auf dem Bild, das ich bei Peter Mitterer gesehen habe, war es das linke.«

Lenz erinnerte sich erneut an den Streit der beiden Mädchen. Sascha, die das Bild vom Medaillon ihrer Mutter kannte, hatte darauf bestanden, dass das rechte Auge zu sei. Kristl dagegen war überzeugt davon, dass es das linke Auge sei.

»Demnach hat es sich nicht um das Bild gehandelt, das Katerynas Urgroßmutter in Meran zurückgelassen hat«, stellte Lenz fest.

»Es muss eine Kopie gewesen sein. Ich vermute, dass Mitterer testen wollte, ob wir den Fehler bemerken. Wie er zu dem Bild gekommen ist und wo sich das Original befindet …«

Eine Krankenschwester betrat das Zimmer. Lenz konnte ihr ansehen, dass sie über seine und Jennys Anwesenheit nicht erfreut war.

»Der Herr Professor braucht Ruhe«, sagte sie streng. Jenny war aufgesprungen und machte Anstalten zu protestieren. Lenz hielt es für besser, der Aufforderung zu folgen. Arthur wirkte erschöpft. Sachte schob er Jenny aus dem Zimmer.

FREITAG

EINUNDZWANZIG

Jenny befand sich in ihrem Hotelzimmer und packte den Koffer. Sie war heute Morgen aus dem Krankenhaus entlassen worden. Am Weg hinaus begegnete sie Tobias Winkler. Er kam von Viola. Sie hatte den Mordversuch dank Jennys Einschreiten überlebt.

»Viola und Maurice hatten ein heimliches Verhältnis«, berichtete er Jenny ohne Umschweife. »Er überredete Viola, ihm die Geige zu überlassen. Es sei zu ihrem Besten, wenn sie einen plausiblen Grund habe, nicht am Wettbewerb teilnehmen zu müssen. Viola willigte ein und spielte uns gegenüber die Ahnungslose. Zufällig überraschte sie Maurice im Hotel beim Packen. Sie wurde misstrauisch, doch er beschwichtigte sie und überredete sie, mit ihm zu kommen. Er habe etwas Wichtiges zu erledigen und sie könne ihm dabei helfen.«

Jenny wunderte sich. Wie hatte die durchtriebene Viola so naiv sein können?

»Sie war davon überzeugt, dass Maurice sie liebte, und ist gar nicht auf die Idee gekommen, dass er ihr etwas antun könnte«, antwortete Tobias.

Jenny hatte es dabei bewenden lassen. Wie dumm von ihr, dass sie auf Viola eifersüchtig gewesen war. In Wirklichkeit hatte sich die Musikerin überhaupt nicht für Lenz interessiert. Ihr Betragen war nur Show gewesen.

Jennys Blick fiel auf die Zeitung. Beppos Artikel über Maurice' Tod prangte auf der Titelseite. Unter der Überschrift ›Nach Redaktionsschluss‹ hatte er hinzugefügt:

> Die Polizei hat ein Schreiben Peter Mitterers gefunden. Daraus geht hervor, dass er das Bild seines Urgroßonkels vor Jahren auf dem Schwarzmarkt verkauft und eine Kopie angefertigt hat. »Wir können davon ausgehen, dass es sich bei dem zerstörten Bild nicht um das Original handelt«, erklärte Vizequästorin Franca Bertagnoll.

Damit war Arthurs Vermutung bestätigt. Ob die Polizei versuchen würde, das originale Bild zu finden? Jenny wusste es nicht. Kateryna jedenfalls hatte ihr heute eröffnet, dass sie nichts weiter unternehmen wollte.

»Ich lasse die Vergangenheit ruhen«, verkündete sie bei dem gemeinsamen Mittagessen, zu dem sie Jenny eingeladen hatte. Obwohl Kateryna von den Ereignissen betroffen schien, ging eine Art inneres Strahlen von ihr aus. Beim Abschied vertraute sie Jenny an: »Tony und ich werden heiraten. Ich erwarte ein Kind von ihm.«

»Was sagt Sascha dazu?« Jenny konnte sich nicht vorstellen, dass das eigenwillige Mädchen damit einverstanden war. Kateryna zerstreute ihre Bedenken. »Tony und Sascha haben sich ausgesöhnt und sie freut sich auf das Geschwisterchen.«

Jenny wollte es gerne glauben. Sie gönnte Kateryna ihr Glück. Zumal die Ukrainerin vorhatte, Martha Tappeiner und ihre Tochter Kristl finanziell zu unterstützen.

Ein Klopfen riss Jenny aus ihren Gedanken. Sie schlüpfte in ihre Schuhe und öffnete die Zimmertür. Lenz stand davor und sah sie erwartungsvoll an. Sie wollten ihren letzten Abend in der Kurstadt gemeinsam verbringen.

»Zeig ich dir den schönsten Ort von Meran«, hatte er versprochen.

»Hallo, Lenz, es kann losgehen.« Jenny stellte sich auf die Zehenspitzen und gab ihm einen flüchtigen Kuss auf die Wange. Hand in Hand verließen sie das Hotel.

*

In den Botanischen Gärten von Schloss Trauttmansdorff verstaute Beppo Pircher seinen Fotoapparat in der Tasche. Sein Chef hatte ihn beauftragt, ein paar Stimmungsfotos zu schießen. Beppo hatte die sich herabsenkende Dämmerung genutzt, um die Farben- und Lichtspiele, die der Garten bot, einzufangen.

Bevor er die Anlage verließ, warf er einen Blick zurück. Auf der Bühne, die in dem künstlich angelegten Teich auf einem Bett von Seerosen schwamm, stimmten zwei Sängerinnen ein Liebeslied an. Aus allen Teilen des Gartens strömten die Besucher herbei, um den Klängen aus nächster Nähe zu lauschen.

Ein Paar schlenderte den Panoramaweg herab. Ein

großer, schlaksiger Mann hatte seinen Arm um die Schultern einer zierlichen Frau gelegt, die ihn an der Hüfte umfasste. Beppo kannte die beiden. Ob er ihnen entgegengehen und ein paar Worte mit ihnen wechseln sollte?

Nein, entschied er. Die zwei brauchten keine Gesellschaft. Rasch bog er in einen der Seitenpfade und ging zum Ausgang.

ENDE

QUELLEN

Wie eingangs bemerkt, handelt es sich bei den dargestellten Ereignissen und Figuren dieses Kriminalromans um reine Fiktion. Folgende Quellen haben mir Hintergrundwissen geliefert:

Anton Schwob: Oswald von Wolkenstein. Eine Biographie. Bozen: Athesia 1989.

Ruth Neubauer-Petzoldt: Oswald von Wolkenstein. Künstler und Kunstfigur, Mann und Mythos. In: Ulrich Müller u.a. (Hrsg.): Mittelaltermythen; Bd. 4. Konstanz: UVK 2005.

Ulrich Müller; Margarete Springeth (Hrsg.): Oswald von Wolkenstein. Leben – Werk – Rezeption. Berlin/New York: de Gruyter 2011.

Dieter Kühn: Ich Wolkenstein. Frankfurt: Fischer 2000.

Südtirol in Wort und Bild. 2. Quartal 2011, 55. Jahrgang.

Julia Hörmann: Schloss Tirol. Mit einem Leitfaden zu den Portalen von Siegfried de Rachewiltz. Lana: Tappeiner 2004.

Sebastian Marseiler: Meran Burggrafenamt. Im Weichbild der alten Landeshauptstadt. Lana: Tappeiner 1993.

Weitere Krimis finden Sie auf den folgenden Seiten und im Internet:

WWW.GMEINER-SPANNUNG.DE

SIGRID NEUREITER
Dolomitenrot

978-3-8392-1680-4 (Paperback)
978-3-8392-4637-5 (pdf)
978-3-8392-4636-8 (epub)

ROSENGARTENFLUCH PR-Beraterin Jenny Sommer und ihr Freund Lenz Hofer suchen in den Dolomiten nach Spuren der Sagenfigur König Laurin. Bei einer Touristenattraktion im Naturpark Schlern-Rosengarten entdecken sie eine Leiche. Als ein Verwandter von Lenz des Mordes verdächtigt wird, beginnt das Paar zu ermitteln. Zusammen kommen sie der Lösung des Falles Schritt für Schritt näher. Doch immer, wenn sie meinen, den Mörder entlarvt zu haben, eröffnet sich eine neue Perspektive, die ihre jeweilige Theorie ins Wanken bringt.

Das Neueste aus der Gmeiner-Bibliothek

Unser Lesermagazin

Bestellen Sie das kostenlose Krimi-Journal in Ihrer Buchhandlung oder unter www.gmeiner-verlag.de

Informieren Sie sich …

www … auf unserer Homepage: www.gmeiner-verlag.de

@ … über unseren Newsletter: Melden Sie sich für unseren Newsletter an unter www.gmeiner-verlag.de/newsletter

f … werden Sie Fan auf Facebook: www.facebook.com/gmeiner.verlag

Mitmachen und gewinnen!

Schicken Sie uns Ihre Meinung zu unseren Büchern per Mail an gewinnspiel@gmeiner-verlag.de und nehmen Sie automatisch an unserem Jahresgewinnspiel mit »mörderisch guten« Preisen teil!